L'Homme qui voulait voir Mahona

Henri Gougaud

L'Homme qui voulait voir Mahona

ROMAN

Albin Michel

Qu'est-ce que la vie ?
C'est l'éclat d'une luciole dans la nuit.
C'est le souffle d'un bison en hiver.
C'est la petite ombre qui court dans l'herbe
Et se perd au coucher du soleil.

Crowfoot, chef blackfoot.

L'aventure d'Alvaro Núñez Cabeza de Vaca et de ses compagnons est librement inspirée de la *Relation de voyage* qu'il écrivit, à son retour des Amériques, à l'intention du roi d'Espagne.

Prologue

A vous, mon fils, l'entière vérité. A vous mes fatigues, mes désespoirs, mes naufrages, mes renaissances, ma force et ma mémoire. A vous seul, mon bien-aimé, ce qu'il me fut donné de vivre sur les vastes terres de Floride et autres lieux d'outre-océan où aucun soldat ni clerc de Castille n'avait avant moi cheminé.

Je me sens un cœur de taureau depuis que m'est apparue l'évidence de ce que je devais faire pour votre édification et la conjuration de ma mélancolie. Parler enfin sans fard, sans crainte ni vergogne. Inscrivez dans votre jeune mémoire l'instant et le lieu où votre père s'est résolu à entreprendre ce récit : la nuit dernière, au bas de la falaise où est notre demeure, face à la mer obscure. Il n'y avait ni lune au ciel ni vent de la terre ou du large. Une lueur de barque est apparue au loin. Comme mon épouse contemplait cette étoile mouvante dans les ténèbres, elle a murmuré mon nom, puis elle s'est mise à fredonner un chant comme elle faisait parfois, sur un autre rivage. Elle me savait perdu dans des pensées amères. En vérité, depuis notre départ d'Espagne, j'enrageais. J'ai à peine entendu sa voix, mais ce fut comme si la cascade d'Inguazi me déferlait soudain dessus. N'en soyez pas surpris, mon fils, il n'y eut là aucun miracle, sauf d'amour attentif. Le chant de votre mère fut comme le dernier souffle sur les braises, celui après lequel le feu jaillit, vivant et neuf. J'étais prêt, elle le savait. J'ai serré si fort sa main qu'elle en a gémi avant d'en rire, et ce matin me voici à l'écritoire.

Vous n'ignorez pas que j'ai autrefois rédigé à l'intention de Sa Majesté le roi d'Espagne une précédente relation de ma longue et lointaine errance. Vous en trouverez copie, si vous prend le désir de la lire, au couvent San Francisco de Séville, où mon ami le frère prieur Bartolome me fait la charité de l'héberger. Ce premier récit ne fut pas mensonger, sachez-le, si ce n'est par prudente omission. Je me souviens m'y être honnêtement appliqué à décrire la misérable existence de ces êtres qui m'accueillirent parmi eux, et à glorifier les prodiges que, par mon entremise, il plut à Dieu d'accomplir pour leur sauvegarde. Mais il est vrai que mon souci le plus constant fut de tenir en bride l'ardeur qui m'échauffait les sangs, et de repousser hors de mes feuillets tous les événements, aventures, rencontres et découvertes qui pouvaient paraître déraisonnables à un esprit convenablement catholique. Quand j'eus relu le dernier mot, j'avoue avoir soupiré d'aise. Selon mon sentiment, je n'avais rien écrit qui puisse ébouriffer les sourcils d'un prêtre, d'un juge ou d'un courtisan. J'avais oublié, après huit années loin des jardins et des palais de Madrid, l'insigne fragilité des monarques. Le nôtre ne put supporter d'entendre que les Indiens n'étaient pas des bêtes mais des hommes, et qu'il était injuste de les asservir et de les massacrer comme l'on aurait fait de cerfs ou de bisons. Il ordonna que l'on m'exile dans la poussiéreuse lumière d'Oran, la plus espagnole des cités barbaresques, où Dieu merci nous demeurons en paix.

A vous donc, mon enfant qui m'êtes plus précieux qu'un roi, le véritable récit de mes tribulations dans ce pays sans chemins où votre mère a vu le jour. A quel autre vivant pourrais-je confier ces malheurs et ces bontés qui ont si rudement nourri mon âme ? A Dieu ? Sa figure m'est trop lointaine. Vous, je vous entends, je vous respire, et vous me regardez quand je vous prends aux épaules. Je suis fier de vos yeux, ils savent rire droit malgré votre jeune âge. Il me plaît de penser que vous ferez bon usage de mon histoire. Vous y apprendrez qui je fus, ce qui est peu, et vous y trouverez ce que j'ai récolté dans le champ de la vie. Est-ce beaucoup ? Question pour le moins superflue. Je n'ai rien d'autre à vous offrir. En vérité, si je vous écris ainsi, c'est dans le pur et simple espoir que mon héritage vous sera nourricier et qu'il vous donnera le désir et la force de découvrir des horizons que votre père n'a su voir.

Ma fenêtre, ce matin, est grande ouverte sur la mer. Dans notre figuier familier dont je n'aperçois qu'une fin de branche, des oiseaux vont et viennent. Leurs pépiements se mêlent au crissement de ma plume, à votre voix studieuse dans la pénombre de la chambre voisine, à vos soupirs comiquement exténués. Tandis que je vous écris vous apprenez à lire, et vous n'aimez pas cela. Votre mère est auprès de vous, je l'entends qui vous encourage et vous remet obstinément à votre labeur. Je n'ose parler d'elle à l'enfant que vous êtes. Mais au jeune homme que j'imagine penché sur ces lignes malhabiles, il me suffit de dire ceci : Dieu veuille vous conduire un jour à l'épouse qui s'agenouillera devant vous à l'instant même où, par amour, vous tomberez à genoux devant elle.

Oui, certes, j'éprouve quelque gêne. L'aveu des sentiments me fut toujours fort incommode. Il est vrai que je fus longtemps un homme au cœur inhabité, sauf par quelques frères d'armes, des rêves turbulents et des espérances naïves, quoique hautes. A vingt ans, je ne connaissais que le métier militaire. Il me conduisit à Ravenne où, pour le plaisir et la gloire de mon roi, j'ai troué des corps sans visage avec une fureur d'affamé que mes compagnons admiraient. Je croyais en ces temps que tout, même le Ciel, devait être conquis par force et par courage. Les femmes ne m'étaient que des haltes d'auberges. Leur conversation m'ennuyait. Je ne savais comment répondre à leurs malicieuses questions, à leurs sous-entendus, leurs rires. Mon oncle m'avait appris à me battre, mon père à rêver de lui, ma mère à redouter l'enfer et ma nourrice à être aimé par droit d'enfance et de noblesse. Je ne connaissais du monde, outre le méchant plaisir des batailles, que les couleurs des saisons, les cloches des églises, mes chiens et quelques amicales maisons. Hors ma famille et mes fraternités, les êtres m'importaient peu. En compagnie je parlais haut, je m'efforçais d'être joyeux, je raillais volontiers le monde et, quand je me retrouvais seul, je me sentais rogneux, à l'étroit dans mon être. Il m'arrivait d'écrire à Dieu, après quelque ivresse brutale, des lettres aussitôt déchirées de peur qu'elles ne soient découvertes. Je me plaignais de Son indifférence à mon égard, j'exigeais qu'Il me parle, qu'Il s'occupe de moi. J'étais un Núñez, un Cabeza de Vaca, mais l'ambition qui m'occupait était infiniment plus haute que celle de mes orgueilleux ancêtres. Eux n'avaient jamais désiré que l'estime de leur roi. Moi, c'était celle de l'Eternel que je voulais.

Cabeza de Vaca. Je n'aimais pas cet inélégant sobriquet. Mon oncle m'avait pourtant mille fois conté comment, par la grâce de je ne sais plus quel fameux roi de Castille, un Núñez vieux de quelques siècles avait mérité le droit de le porter. Entendez donc l'histoire, mon fils, c'est votre tour. C'était au soir d'une bataille presque perdue. Notre aïeul errait seul à l'avant de la troupe, cherchant quelque chemin par où permettre au roi de s'enfuir sans dommage. Or, comme il chevauchait ainsi au hasard, il découvrit un sentier parmi les hautes herbes qui menait droit au flanc de l'armée ennemie. Comment prévenir ceux qui, de loin, le suivaient ? Un crâne de vache était là, au bord du pré. De son museau pointu il désignait la piste. Notre roi s'empressa d'y engager ses hommes, il prit à revers les coquins qui déjà se voyaient vainqueurs et, disait l'oncle avec une gourmandise d'ogre, « il fit de ceux qui n'avaient pas pu s'échapper des dîners de loups et de renards ». Tête de Vache. Il me plaît aujourd'hui que ce surnom soit mien, et vôtre, un jour. Je l'ai porté si loin ! Je vous l'ai ramené intact, chargé non point de gloire mais d'embruns, de poussière et de lumières ignorées de nos princes et de nos évêques. Aujourd'hui, me retournant sur ma route, je m'émerveille d'être parvenu jusqu'à vous par des chemins tant imprévisibles que l'envie me prend d'en rire comme un enfant. Je me demande quel dieu saugrenu trame nos vies comme elles sont faites. Le hasard ? Non, il ne me paraît pas assez ingénieux. Quelqu'un assurément nous conduit, aveugles que nous sommes, où lui seul sait que nous devons aller. Nous ne sommes ni assez clairvoyants ni assez follement rêveurs pour percevoir le sens de nos destinées. Nous avons beau imaginer, sur nos routes futures, tous les voyages possibles, nous oublions toujours le seul qui nous viendra devant dans la lumière joueuse des jours.

Allons, il est grand temps de vous conter mes aventures. Comme le disait ma nourrice quand elle entrait dans ses histoires, ouvrez grands vos yeux qui écoutent et vos oreilles qui regardent. Ici commence la périlleuse errance d'Alvaro Núñez Cabeza de Vaca votre père qui s'en fut conquérant et revint désarmé.

Première partie

1

Je me souviens de nos cinq caravelles à l'ancre contre la jetée de Sanlúcar. Le jour n'était pas encore levé. J'étais seul. Tout dormait alentour. Je suis monté à bord du navire amiral. Il grinçait, il remuait un peu, comme un berceau. Dans l'ombre j'ai erré jusqu'à trouver la proue, je me suis planté droit face aux lueurs dorées sur la crête des vagues et, tandis que s'éveillait le ciel où dérivaient des oiseaux blancs, je me suis longuement empli de ce magnifique et terrible infini que j'allais devoir affronter. C'était en l'an 1527, le dix-septième jour de juin. J'avais vingt-sept ans d'âge et je n'avais jamais navigué. L'océan ne m'effrayait pas, il m'exaltait au point que tout mon être, tandis que je goûtais le vent, n'était qu'un ample chant. Derrière moi, proche et pourtant déjà presque oubliés étaient mon Espagne familière, les ruelles du port, le sommeil des tavernes. J'étais comme un enfant sorti pour la première fois sur le seuil de sa maison, et découvrant la démesure du monde.

La veille, à Séville, je n'avais dit adieu qu'à Felicia, ma vieille nourrice. Mon père était mort à Majorque et ma mère dans un couvent de Cadix. Hors mes trois frères cadets que je ne fréquentais pas, ma « Feli », si grosse et tant aimante, était le dernier témoin de mon enfance. Pourquoi sa figure et ses gestes de ce soir-là sont-ils demeurés aussi précisément inscrits dans ma mémoire ? J'ai longtemps cru qu'elle ne m'importait guère, et pourtant aujourd'hui encore il me suffit de rêver à peine pour revoir sa maison basse au fond de la rue, son ombre sur le pas de sa porte où elle m'avait tout le jour espéré, ses signes de croix éperdus quand j'étais apparu au coin de la boutique maure, son empressement trébuchant à venir à ma rencontre, à m'entraîner dedans. Sur la table brûlait une fin de chandelle, le feu dans la cheminée n'était que braises et cendres, elle ne l'avait pas entretenu, tant elle s'était inquiétée de moi. Elle avait pris mon visage dans ses mains en me reprochant, toute plaintive, le chagrin que je lui faisais. Le médaillon où sont la Vierge et son Enfant avec lequel, parfois, il vous plaît de jouer, c'est elle qui, ce dernier soir avant l'embarquement, me l'a passé au cou. Dieu me pardonne, je me souviens l'avoir reçu de mauvais gré. Elle avait dû se hisser sur la pointe des pieds pour franchir ma tête à peine courbée. Et ces provisions de route qu'elle avait fourrées de force dans mon sac, et dont je n'avais que faire, ses sanglots, ses interminables bénédictions ! Je m'étais trouvé incapable de lui dire le moindre mot. Après que je l'eus serrée dans mes bras, elle avait agrippé ma manche tandis que je me détournais. Je m'étais défait d'elle comme d'un accroc de broussaille et j'étais parti sans autre regard.

De cet instant je n'avais plus eu qu'une hâte : rejoindre au plus vite le port. Je m'étais enivré de vent à chevaucher toute la nuit le long du Guadalquivir où naviguaient sans bruit de lourds radeaux bâchés. J'avais abandonné mon cheval au bout de la jetée sans même me soucier d'attacher quelque part sa bride et j'étais secrètement monté à bord du navire, sur la pointe des bottes, de crainte de réveiller les gardes. Il me plaisait d'être le premier homme de la troupe du gouverneur Pánfilo Narváez à poser le pied sur le pont de sa caravelle. Je me souviens avoir pensé que je plaçais ainsi ma bonne étoile, dans le ciel océan, devant celle des autres. J'aime croire aujourd'hui qu'elle me sut gré de l'avoir fait ainsi briller, car jamais elle ne cessa de veiller sur ma vie, qu'elle ramena saine et sauve, après huit années de misères et de prodiges, dans ce port de Sanlúcar de Barrameda d'où je partis vers le milieu du jour.

J'avoue que je ne pus retenir un sanglot à l'instant où nos sept cents officiers et soldats, pressés en foule contre les bastingages de nos navires, entonnèrent à pleine voix le *Salve Regina*, tandis qu'ils regardaient s'éloigner le rivage. Quel magnifique déchirement ce fut ! Plus beau qu'eux-mêmes est le chant des hommes. Rien au monde ne dit plus bravement leur dénuement, leur foi, leur insoupçonnable grandeur. Alors que ma voix misérable tentait de s'accorder au prodigieux éclat des autres, il m'apparut que la terre et le ciel, l'océan, les oiseaux, le vent même sous les nuées faisaient silence, et que les dieux qui les gouvernent s'étonnaient de notre force d'âme et cessaient un moment de croire en leur toute-puissance. Quand les maisons, les barques et les chemins du port se furent effacés dans la brume, le chant s'éteignit, et l'on n'entendit plus que la rumeur des vagues, les claquements des voiles, les remuements et les appels des hommes sur le pont du navire amiral. Je restai seul, face au grand large, heureusement oublié.

Mille pensées turbulentes se bousculaient dans mon esprit mais il en était une qui surpassait les autres : j'étais libre, et je partais à la conquête du paradis.

Car je ne doutais pas qu'il fût au-delà de cet océan où j'espérais bientôt aborder, non point seulement sain et sauf, mais plus vigoureux que jamais. Le fameux capitaine Christophe Colomb avait découvert, sur ces terres où le temps n'était jamais passé, un fleuve si puissant et si large qu'il ne pouvait descendre, selon son sentiment, que du jardin de Dieu. Quelques-uns de ses matelots avaient rapporté que leurs chaloupes s'élevaient au-dessus des eaux, tandis qu'ils remontaient son cours, et que ses rives où bruissaient des arbres sans pareils semblaient peu à peu se défaire des pesanteurs terrestres. Je croyais ferme à ces récits, mes rêves en étaient farcis, tant il est vrai que le lointain est toujours peuplé de merveilles. Je n'étais pas le seul à m'enivrer de ces éblouissants mirages qui donnent à la vie ses plus purs élans et ses plus fiers enthousiasmes. De fait, nos premiers jours et nuits de voyage ne furent occupés, entre compagnons sévillans, que des beautés et des bonnes fortunes qui nous attendaient dans ces pays sans bornes offerts à nos désirs. Rares, il est vrai, étaient les ambitieux aussi déraisonnables que moi. L'or, les esclaves et l'opulence étaient, pour presque tous, l'unique Eden qui vaille. Ils n'en voulaient pas plus. Je les trouvais vulgaires. « Impossible est impossible », m'avait dit mon oncle, un jour que j'estimais n'avoir plus la force de lever le sabre contre mon maître d'armes. Cette sentence m'avait touché le cœur. L'idée m'était venue d'en faire ma devise. Introuvable, le paradis, le jardin de notre père Adam, le lieu entre tous désirable de nos naissances et de nos fins ? Allons, il suffisait de le vouloir assez. Quand je m'exaltais à discourir ainsi, nul n'osait ricaner. Certains m'écoutaient même avec, dans leurs yeux, une lumière d'envie. Le seul de notre cercle à sourire de mes folies était frère Juan de Palos. C'était un petit homme sec, rigoureux autant que fragile, au maintien raide, au regard doux. Il était franciscain. J'aimais sa voix toujours égale, soucieuse de parler juste, en peu de mots, sans brusquerie.

– Le paradis ? me disait-il. Allons, Alvaro, mon ami, la terre est trop lourde pour lui.

Je tenais à mes espérances. Je lui répondais vivement que l'on ne pouvait mettre en doute la parole de ces admirables chrétiens qui avaient poussé leurs barques aussi profondément en terre inconnue. Il remuait la tête et souriait encore.

Autant que le temps le voulait, frère Juan et moi passions nos nuits dehors, sous la grande vergue, en compagnie d'Andrés Dorantes que j'avais connu à Ravenne et qui faisait, tant en taille qu'en envergure, presque deux fois le moinillon. Les réduits de planches mal jointes réservés aux clercs et aux officiers de la troupe étaient si puants que l'on ne pouvait y respirer sans vertige, trop proches qu'ils étaient des latrines et de l'égorgerie du bord où l'on saignait et conservait les viandes de nos soupes. Donc, une nuit de veille sans le moindre souffle de vent et peuplée d'étoiles si vives qu'elles semblaient toutes neuves au ciel, comme nous écoutions le bourdonnement tranquille des vagues :

– Je connais ce pauvre pays, nous dit posément frère Juan. Nous y faisons beaucoup de mal.

Il nous apprit qu'il avait accompagné monseigneur Pánfilo Narváez lors de la précédente et catastrophique expédition qu'il avait conduite, sur l'ordre du roi Charles, contre le trop puissant Cortés. Notre gros rouquin de général en était revenu borgne, vaincu, et plus haineux qu'un tigre en cage. Il avait, par désir de revanche, patiemment intrigué auprès des conseillers du palais pour se faire nommer gouverneur de la Floride, que le capitaine Ponce de León avait découverte, mais dont il n'avait exploré que quelques lieues de rives.

– Cette terre où nous allons n'est pas déserte, nous dit le moine. Des hommes y vivent.

– Allons, grogna Dorantes, des Indiens, rien de plus.

Frère Juan murmura :

– Oui. Des enfants de Dieu.

Je lui demandai pourquoi il estimait que nous faisions le malheur de ces peuples, mais il ne voulut pas me répondre. Il soupira, s'enfouit sous sa couverture et se pelotonna contre le pied du mât.

Ce fut le lendemain, après les chants du soir et le *Pater noster*, qu'Esteban rejoignit notre compagnie sous la lanterne de la vergue. A dire vrai, j'éprouvai aussitôt pour cet homme une amitié que certaines gens de Castille pourraient juger de mauvais goût, car il n'était pas de notre condition. Peu m'importe leur opinion. Esteban était un grand diable d'esclave noir que le père d'Andrés Dorantes lui avait autrefois ramené du pays des Maures. Il avait sa paillasse avec celles des basses gens de la troupe, sous le pont du navire, dans un vaste dortoir tout grouillant de vermine et de hordes de rats. Les miasmes de ce lieu lui répugnèrent tant qu'après quinze nuits de voyage à ne fermer l'œil qu'à moitié il se résolut à venir s'accroupir auprès de nous, à la belle étoile, sous l'astucieux prétexte d'être plus proche de son maître et de se trouver aussitôt à ses ordres, s'il avait quelque service à lui demander. Il accueillit avec indifférence les rires indulgents que provoqua sa ruse, et ne parut pas davantage s'émouvoir de ce qu'Andrés nous apprit de lui. Esteban était un enfant de la cité d'Azemmour, dont le père et les frères avaient perdu la vie au cours de l'assaut mémorable que les trois mille fantassins et cavaliers de don Juan de Menenses avaient mené contre ce port antique et fortuné. Il avait été conduit parmi d'autres captifs jusqu'à la ville de Meknès, où le vieux Dorantes l'avait échangé contre deux putains de Cadix. Andrés nous dit de lui, ce soir-là, l'œil rieur :

– C'est un compagnon d'assez bon aloi. Il parle souvent de la vie et des étrangetés du monde par dictons, contes ou proverbes, ce que je trouve plaisant, quoique saugrenu. Ses silences sont quelquefois d'une remarquable insolence, ce que j'admire mais réprouve. Enfin, il se lave à l'excès, au moins cinq ou six fois par jour, ce qui témoigne, à mon avis, d'un très condamnable penchant pour les voluptés de harem.

Il partit d'un éclat sonore, empoigna la nuque de son esclave et la caressa rudement comme il aurait fait d'une bête. L'autre consentit à sourire.

– François d'Assise aussi aimait nourrir ses frères de contes et de fabulettes, dit frère Juan. Il les estimait autant que les fruits sauvages, qu'il préférait à ceux des vergers bien peignés.

Esteban parut s'éveiller de l'indolence dédaigneuse où il se tenait enfermé. Les paroles du moine avaient touché son cœur. Il lui jeta un coup d'œil content, et répondit, à voix lente et sonore :

– Il est vrai que les contes sont de très serviables compagnons, fils d'Adam, mais crois-en le nègre qui te parle, personne, pas même le roi d'Espagne, ne peut faire d'eux des esclaves.

Fils d'Adam. Etre ainsi nommé plut au moine. Une lueur d'enfance s'alluma dans son regard.

– J'ai eu de ces bons amis-là, autrefois, dit-il, mais je les ai perdus. Sans doute s'ennuyaient-ils en ma compagnie. J'étais trop sérieux. Ils ont fui.

– Oh, moi, je ne les perdrai pas, répondit Esteban. Ils sont mes trésors de pauvre homme. Sans eux, je ne pourrais plus vivre.

Il dit encore, en confidence :

– Ils me viennent de ma nourrice.

Ce mot m'était intime. J'en eus le cœur piqué. Je n'imaginais pas un esclave bercé sur le sein d'une femme comme moi, seigneur castillan, je l'avais autrefois été. Du coup, j'examinai ce grand gaillard crépu avec un intérêt nouveau.

– Sur l'île de Cuba j'ai vécu quelque temps auprès d'un Indien caraïbe, dit frère Juan. Sa mère l'avait nourri, lui aussi, de ces vieilles histoires qui font fermer les yeux pour mieux les écouter. Et il est vrai qu'elles l'aidaient à survivre dans les tourments épouvantables qu'il subissait des Espagnols.

Il se tut un moment puis s'animant soudain :

– Le lait d'amour, voilà le plus précieux des femmes. Les contes qu'elles disent aux enfants sont des tétées de lait d'amour. Cette source de vie que nous cherchons partout peut-être est-elle là, dans les murmures des nourrices avant notre sommeil. J'ai parfois remarqué, auprès de ceux qui meurent, que seul demeure un conte, quand tout est oublié, une comptine, une chanson d'enfance, un de ces riens qui sont mille fois plus que le savoir des livres. Au pays où Colomb crut voir le paradis, savez-vous ce que font les mères, les aïeules ? Quand on apprend dans les villages qu'une troupe chrétienne vient, elles rassemblent à la hâte ce qu'elles peuvent trouver de graines, de semences, elles les cachent dans leur chevelure, elles les enferment là serrées avant de quitter leurs maisons, car chacun sait que ces démons ne laisseront partout que cendres. Elles fuient, la tête pleine, les hommes les protègent, car elles portent la vie, elles fuient jusqu'à n'être plus poursuivies, sur une autre rive du fleuve, plus loin dans la plaine ou les bois. Parvenues à l'abri des monstres, elles secouent leurs cheveux défaits autour de leur nouveau village et sèment là les grains sauvés.

Esteban sourit à la nuit. Dorantes s'était endormi et ronronnait, la bouche ouverte, affalé contre le grand mât. Moi, j'étais stupéfait. Ce que le moine nous avait dit de ces Indiennes et de leurs ruses chevelues m'importait peu. Je l'avais à peine entendu, tant m'avait offensé son étrange détestation des Espagnols.

– Des démons, les chrétiens de Castille ? lui dis-je en me forçant à rire. Frère Juan, vous déraisonnez !

Il se raidit, le regard noir. Sa face m'apparut blafarde à la lueur de la lanterne qui se balançait en geignant à quelques empans de nos têtes. Il me répondit :

– Ecoutez. Ceci, hélas, n'est pas un conte. Un jour, un capitaine de Cortés revint bredouille de la chasse. A la lisière d'un village il croisa une jeune Indienne. Elle portait sur la tête un panier de légumes et sur le dos un nourrisson. Les quatre chiens de ce chasseur n'avaient rien mangé depuis l'aube. Il prit l'enfant de cette femme et le jeta sous leur museau. Ils ne laissèrent sur ses os pas la moindre pincée de chair.

Je restai bouche ouverte et le cœur dans la gorge. Je voulus protester.

– Non, Alvaro, dit-il. Cet homme ne fut pas pendu. Il ne fut même pas blâmé. Au soir de ce jour-là, on le vit à la table d'un noble de Madrid. Il y raconta l'aventure. On en plaisanta, rien de plus, comme d'une farce banale. Voulez-vous savoir, petit frère, ce que font les chrétiens aux portes de votre paradis ? Ils pillent, ils massacrent, ils entassent partout des charniers d'innocents. La sainte croix des franciscains qui viennent offrir Jésus-Christ à ces peuples ne se penche que sur des morts. Les hommes de notre roi catholique, nos semblables, Alvaro, nos proches castillans récitent comme nous le *Pater* et l'*Ave*, ils parlent les patois d'Espagne et partout où ils vont ils éventrent, ils égorgent, ils piétinent les crânes, arrachent les enfants à leur mère, les font virevolter en leur tenant les pieds au-dessus de leur casque et les brisent contre les rocs, ou les lancent à grands coups de bottes dans les rivières ou les torrents. Les prisonniers ? Ils les assemblent et parient quelques sous, entre bons compagnons, à qui les ouvrira du nombril au menton d'un seul coup de couteau, ou par groupes de douze ils les attachent en gerbes et les font brûler sur des braises, à feu doux, pour qu'ils souffrent plus. Pourquoi par douze ? Devinez.

Il retint un sanglot. Il dit, tout étranglé :

– En hommage au nombre d'apôtres qui ont suivi Notre

Seigneur. Car ils croient que leurs infamies honorent le Sauveur, et ils chantent Sa gloire en brandissant leurs piques dans la fumée qui monte des cadavres. Pardonnez mes larmes, Alvaro.

– Vous faites bien des simagrées pour quelques écarts de soudards, grogna Dorantes, somnolent. Les Indiens nous accueillent partout comme des dieux venus à cheval du soleil. Pourquoi en ferions-nous de la chair à pâté ?

Il bâilla bruyamment, ramena son manteau sur ses épaules et se rendormit aussitôt. Je voulus éperdument croire au bon sens placide d'Andrés. Je dis à frère Juan que ces crimes, en effet, n'étaient peut-être pas aussi fréquents qu'il le pensait, et qu'assurément ils étaient l'œuvre de quelques-uns de ces bandits et pègreleux qu'on recrutait à la va-vite dans les bas-fonds de Séville. Il me répondit, la voix raffermie :

– Une troupe de gens d'Espagne, en l'an 1509, s'en vint sur l'île de San Juan et celle de la Jamaïque, des merveilles de terres où n'étaient partout que vergers de fruits si délicieux qu'ils paraissaient mûris dans la main du bon Dieu. Presque un million d'Indiens vivaient là sans souci. Il n'en reste aujourd'hui que quatre ou cinq centaines, tous esclaves des conquérants. On pilla, on brûla jusqu'au moindre village. Aucun ne demeura debout. Des mois durant, les chiens furent nourris de nouveau-nés et d'enfants qui trottaient à peine. Les femmes trop jeunes ou trop vieilles pour être servantes ou putains furent embrochées et rôties comme du gibier de forêt, et l'on força les hommes à trimer jour et nuit au fond des mines d'or. Pas un ne survécut. Ces bateaux de trésors qui éblouissent la cour du roi d'Espagne sont pleins, en vérité, de fantômes d'Indiens, de leurs larmes, de leur sang, de leur haine. Tous sont morts sans la foi que nous leur apportions. J'ai assisté l'un de ces pauvres êtres. Il contemplait le ciel, couché, nu comme Adam, sur une pierre plate. J'ai tenté de le consoler. Je lui ai promis le paradis. Il m'a dit : « Mon père, est-ce là votre royaume des morts ? » Je lui ai répondu que oui, et qu'il y serait bienheureux. Alors il m'a saisi durement le poignet et son dernier souffle m'a dit : « Si je dois y trouver encore des chrétiens, je préfère aller en enfer. »

Il essuya ses yeux en deux revers de manche, me sourit misérablement et se détourna. Esteban me lança un coup d'œil goguenard.

– Seigneur Alvaro, me dit-il, qu'avez-vous donc ? Allez-vous mal ? Vous êtes gris comme un matin. Voulez-vous de l'eau de mélisse ? J'en ai un flacon dans mon sac.

Je l'entendis à peine. L'épouvante et la rage se disputaient mon cœur. Dorantes, à côté de moi, ronflait comme une bête brute. L'envie me prit de l'empoigner, de le secouer, de lui crier à la figure : « Alerte, Andrés, réveille-toi, nous avons embarqué sur le navire des damnés, nous allons droit chez les démons, nous nous sommes trompés de route ! » C'était lui qui m'avait parlé, le premier, de ce grand voyage. Seigneur ! Nous en avions passé, des nuits, à rêver de ce pays neuf, lui de son or et de ses femmes, moi de ses fleuves qui menaient aux sources mêmes de la vie, de ses jardins voluptueux, de ses beautés inépuisables sous des soleils perpétuels ! Il était un matin venu frapper chez moi, braillant mon nom, et qu'on lui ouvre. Pánfilo Narváez cherchait des officiers. Pour quelle route ? La Floride, dans moins d'un mois. Quelle bombance, ce jour-là, à la santé du Nouveau Monde ! Que n'avons-nous imaginé ! Avons-nous craint de grands malheurs, des défaites, des vents contraires ? Certes oui, mais pour frissonner, pour mieux jouir de notre foi en nos increvables destins. Avons-nous songé aux batailles qu'il faudrait sans doute livrer ? Assurément, mais quoi, nous étions chevaliers et nous savions nous battre, de bon cœur, en vrais Castillans. Les Indiens ? Ils nous intriguaient comme des êtres inconnus, mais ils ne nous inquiétaient guère. Ils n'étaient rien de plus, selon notre opinion, que d'étranges humains en enfance, stupides, cruels, indigents, et qu'ils soient châtiés, s'ils désobéissaient, nous semblait dans l'ordre chrétien. Mais comment concevoir ces embrochements de nouveau-nés, ces peuples massacrés, ces jeux macabres de soldats, ces ravages d'ogres sans âme où nous amenaient nos bateaux ? J'étais, en ce temps-là, de cœur plutôt rugueux, et j'abandonnais volontiers la compassion aux gens d'Eglise, mais j'étais un homme d'honneur. Plus encore que les cruautés des gens de troupe me répugnait l'indignité de leurs capitaines qui les avaient laissé commettre, et je me sentais là, entre l'océan noir et la tranquillité des étoiles, horrifié, perdu, piégé comme un lion pendu dans un filet. Je tentai, par fierté, de n'en rien laisser voir. Je demandai à frère Juan si Narváez avait eu vent de ces effroyables folies. Il me répondit d'un hochement de tête. Le gouverneur savait.

– Et qu'en dit-il ?

Le moine fit un geste vague.

– Il s'en moque. Il n'est occupé que de lui, de son royaume de Floride, des palais qu'il fera bâtir et de sa haine de Cortés.

– C'est un lâche.

– Il est faible, et c'est sans doute mieux.

J'examinai soudain le frère avec une attention pointue.

Une idée lui était venue. Je l'interrogeai du regard. Il me répondit, l'air timide, comme s'il demandait pour lui une faveur :

– Ces vastes terres où nous allons sont inconnues des Espagnols. Aucun n'y a jamais mis les pieds, sauf sur quelques lieues de rivage. Si vous, Andrés Dorantes et d'autres officiers le décidez ensemble, au moins dans ces contrées vous pourrez faire en sorte que les gens soient traités comme il convient. Pour peu que vous demeuriez fermes et soucieux de justice, le gouverneur Narváez vous laissera la bride sur le cou. Les Indiens l'indiffèrent.

Dorantes remua, bâilla et s'étira.

– Moi, ils m'amusent, grogna-t-il dans un petit rire faraud. Un jour j'en ai vu un, au marché de Cadix, monté sur un tonneau. Son maître l'exhibait en racontant je ne sais quelles fables. Il était hébété comme un singe sans poils devant un saint ciboire, mais m'a paru de bonne nature, et en tout cas domesticable sans trop grande difficulté.

Je lui rapportai sèchement ce que frère Juan m'avait appris du martyre de ces peuples, et ce qu'il estimait nécessaire de faire pour qu'ils n'aient pas à souffrir exagérément de notre présence. Il m'écouta, l'œil fixe, les sourcils en bataille, puis il déploya son grand corps et s'en fut un moment respirer l'air du large à l'extrême bout de la proue. Je connaissais mon homme, je le savais ému. Il revint, mais resta muet. Je m'impatientai. Je lui dis :

– Parle, Andrés. Je veux ton avis.

Il remua la tête comme un taureau buté, soupira, excédé. Il répondit enfin :

– Nous sommes sur ces caravelles quarante officiers et

chevaux, cinq moines et six cents fantassins. Qu'espèrent presque tous ces gens de ce voyage interminable ? Ce que la vieille et sainte Espagne ne pourra jamais leur offrir : la liberté sans loi, sans bornes, le loisir absolu d'être des maîtres, des tyrans, des dieux, des monstres, des torrents, et de patauger dans le sang, de se goinfrer d'or et de filles, d'être des porcs et des pachas, de tout prendre à la pointe du couteau sans avoir à rendre aucun compte. Et tu veux tempérer cela ? Tu veux dire à ces enragés : « Ne tuez pas plus qu'il ne faut et faites place à nos bons moines qui portent le Christ aux Indiens » ? Bien, Alvaro, bien, tu es noble. Et comme, malchance pour moi, je suis ton ami de toujours, je combattrai à ton côté. Frère Juan, mon bon, s'il vous plaît, préparez les hosties de nos dernières communions, car à deux contre six cents diables soufflant chacun son ouragan nous serons arrivés Là-haut avant que le portier du Ciel n'ait eu le temps d'ouvrir la porte, et nous n'aurons rien évité.

Il se tut. Chacun fit silence.

– Il nous faut essayer, dit enfin frère Juan. La sainte Eglise et notre roi nous ont confié la mission d'être des bergers secourables sur ces nouvelles terres. Nous devons protéger ces gens.

Sa voix n'était qu'un souffle mais elle me fit frémir tant elle portait de feu, de force. Andrés aussi en fut touché, je le vis à la moue qu'il fit, bouche en avant d'enfant boudeur et regard sombre de forban. Il grogna :

– Vous ne pouvez pas porter seul le Ciel, frère Juan.

Et s'échauffant soudain :

– Esteban, sacré nom ! Tu dors ? Qu'en penses-tu ?

– Mon maître, répondit le nègre, un conte s'est perché sur mon épaule pendant que je vous écoutais.

Il attendit, nous regarda, s'assura de notre attention, leva l'index et dit ceci :

– Il était un jour un moineau, un misérable, un minuscule, un très négligeable moineau. Et savez-vous ce qu'il faisait quand un orage menaçait ? Il s'allongeait, le bec en l'air, et tendait ses pattes aux nuées en priant comme un franciscain. Un compère renard, un soir de gros nuages, le vit ainsi couché. Il s'étonna. Il demanda : « Que fais-tu là, petite bête ? » L'oiseau lui répondit : « Je protège la terre. Elle porte tant d'êtres vivants ! Si la foudre tombait, elle écraserait tout. Je dois la tenir à distance. » L'autre rit à perdre le souffle, hoqueta et lui dit enfin : « Moineau, les as-tu vues, tes pattes ? Deux ridicules brins de paille ! C'est avec elles, pauvre fou, que tu comptes empêcher la foudre de nous dégringoler dessus ? »

– Bien répondu, conclut Dorantes. Aussi vaillant que vous soyez, frère Juan, vous ne pouvez rien.

Esteban sourit à demi, toucha la manche de son maître.

– Le conte, lui dit-il, ne finit pas ainsi. Le dernier mot est à l'oiseau. Ecoutez donc, fils de vos mères, d'Adam et de Dieu tout-puissant.

Sa voix se fit ample et sonore.

– « Renard, répondit le moineau, j'admets que je suis insensé, mais mon espérance et ma foi sont plus vastes que ma raison. Que savons-nous vraiment de nos forces secrètes, des faiblesses des foudres et de la compassion du Ciel ? Moi, j'aime les vivants et je me soucie d'eux. Je fais donc ce que je crois bon pour qu'ils n'aient pas trop à souffrir. Le reste ne m'appartient pas. Si Dieu veut, qu'Il fasse un miracle. Je lui en donne l'occasion. »

Le nègre se tut, satisfait, puis pour lui seul, dans un murmure :

– Bénis soient les moines moineaux.

Andrés n'entendit pas. Il boudait à nouveau. Je l'entraînai au bastingage dans le vent mouillé de la nuit. Je lui dis que Narváez réunirait bientôt les officiers et gens d'Eglise, et qu'alors frère Juan et moi tenterions de l'amadouer. Je voulais espérer je ne sais quel miracle, mais je ne me faisais guère d'illusions. Mon compagnon non plus. Il resta renfrogné. Je tentai pourtant de le convaincre que nous avions tout à gagner à flatter notre gouverneur.

– Je l'assurerai de l'admiration de ses hommes, lui dis-je, et j'affirmerai devant tous qu'au contraire d'Hernán Cortés, dont le seul nom lui fait horreur, son cœur est d'un parfait seigneur. Il se rengorgera, il en sera piqué, il se verra forcé d'agir avec honneur.

Dorantes haussa les épaules et ne répondit pas. Je m'en trouvai découragé. Nous étions au trente-deuxième jour de voyage. Nous n'avions jusque-là croisé qu'un temps d'été. J'en vins à espérer quelque énorme tempête où ma peine et ma rage s'épuiseraient à batailler contre le dieu des océans, à défier vents et tonnerres, à hurler ma haine aux nuées, à ouvrir ma chemise aux lames déferlantes par-dessus la couronne de notre Vierge de la proue. Hélas, le soleil s'obstina.

Vint le jour du Conseil des officiers. On y parla, après la messe, viandes pourries, tonneaux d'eau douce, chasse aux rats et crasse des gens sous l'œil ensommeillé de notre gouverneur, puis comme je sentais venu le bon moment de dire, en présence de tous mes nobles compagnons, les mots qui emballaient mon cœur, on entendit, dehors, un grand fracas de voix et de piétinements. Narváez me parut s'éveiller en sursaut. Un valet, sur son ordre, s'empressa aux nouvelles. Il s'en revint presque aussitôt avec une bande de gens de troupe qui poussaient devant eux deux soldats demi-nus, au visage marqué de coups. Un sergent broussailleux, bedonnant, tout rougeaud, s'avança devant le général et, à grosse voix malhabile, il accusa les prisonniers, qu'on avait jetés à genoux, du crime de sodomie. Les hommes entrés avec lui l'approuvèrent furieusement. Les clercs et quelques officiers se signèrent, ce que ne fit pas frère Juan. Il s'en fut au fond de la salle où était une grande croix et resta planté devant elle, le front haut, les mains dans le dos. Narváez quitta son fauteuil avec une lenteur de chat, se pencha sur les accusés et leur demanda, l'air compatissant, en flattant leur échine courbe, si ce qu'on disait était vrai. Il n'attendit pas la réponse. Il redressa sa lourde taille et tonna, soudain furibond, qu'on inflige à ces scélérats le supplice de l'estrapade. La troupe accueillit son verdict avec une joyeuse et bruyante impatience. Tout le monde sortit en grand tohu-bohu.

Le général voulut lui-même présider à ce que la plupart de nos gens estimaient être une réjouissance d'excellente venue dans la monotonie des jours. On traîna les deux coupables sur le pont, et tandis que tout le navire assemblé entonnait un cantique, ils furent liés au bout d'un filin, et précipités par-dessus bord. Ceux qui savaient compter le firent, penchés au bastingage, lentement, tout rieurs, en se poussant du coude pour guetter à leur aise les brusques soubresauts de la corde enfoncée dans les eaux mouvantes.

Quand fut crié le chiffre cent on tira les suppliciés, un bref instant, de sous la houle, gigotant, toussant et crachant, happant à grands râles la vie. Deux fois encore on les plongea sous la crête des vagues qui se refermèrent sur eux. Ils furent enfin jetés sur le pont, ruisselants, aux pieds de Narváez. Il les remua, du bout de la botte. L'un vivait, et l'autre était mort. On les délia tous les deux. Tandis que les hommes de troupe s'en retournaient à leur désœuvrement, je vis Esteban se pencher sur le trépassé, que deux soldats empoignaient pour le jeter à l'eau, et Dorantes entraîner brutalement son esclave en l'accablant de réprimandes inaudibles. Je ne sais ce qu'on fit du survivant, car je suivis le gouverneur qui me voulait auprès de lui pour faire le compte de ce qui nous restait de vivres. Nous pensions trouver vide la salle du Conseil, mais frère Juan y était encore, toujours debout devant la grande croix, comme nous l'avions laissé. Quand il nous entendit entrer il se retourna vivement et sortit à grands pas sans le moindre salut à Narváez. A peine croisa-t-il mon regard, mais ce fut suffisant pour que je m'aperçoive qu'il avait pleuré.

Je ne m'attardai pas à m'étonner de son chagrin, j'étais trop occupé de ce rendez-vous inattendu que la Providence m'offrait avec le gouverneur. Je ne savais rien de cet homme avant d'embarquer avec lui, sauf qu'il était un intrigant, ce qui m'importait peu. J'estimais ce défaut véniel et ordinaire pour un grand seigneur de la Cour. De fait, à peine étions-nous attablés devant notre registre qu'il soupirait déjà, impatient d'en finir. Je l'observai par brefs coups d'œil, penché sur ma liste de comptes. Il étouffait des bâillements, sans cesse contemplait ses bagues, les lissait contre son gilet et les observait à nouveau, l'œil inquiet, les sourcils froncés. Il me parut inaccessible aux sentiments qui m'animaient. J'avais détesté sa façon de condamner les sodomites. Ces hommes méritaient, certes, d'être punis, mais point avec ce vif plaisir qui avait rougi sa figure et fait luire son regard borgne. Le gouverneur Narváez était, en vérité, un tyran jouisseur, une manière d'ogre. Il en avait les flamboyantes rousseurs, le puissant embonpoint, l'indolence trompeuse. Voilà ce que je découvris, tandis que je travaillais seul, car il ne m'aida guère. Il me déplut tant et si fort qu'après une heure en sa compagnie je me sentis incapable de le flatter sans en avoir la bouche amère. Pensant à frère Juan qui espérait mon aide, je me forçai pourtant à lui dire que j'étais impatient de marcher sous ses ordres dans ces pays nouveaux où nous serions bientôt. Il ne me fit pas de réponse. Il me regarda fixement, la mine circonspecte. A l'évidence il prenait mes paroles pour un préambule poli à quelque demande de faveur. Il ne se trompait pas. Je m'agaçai de me voir découvert. Je soutins son regard finaud, lui souris bravement malgré ma répugnance et poursuivis ainsi :

– J'ose espérer, monseigneur, que nous y serons meilleurs chrétiens que le fut Hernán Cortés sur ses terres du Mexique.

Il me contempla sans comprendre. Apparemment il attendait une supplique courtisane. Un cheminement lent se fit dans son esprit. Il s'exclama enfin, dans un rire ébahi :

– Quoi, Alvaro Núñez, vous aimez les Indiens ?

Il demeura la bouche ouverte, tant cela lui paraissait inconcevable. Je me raidis. Je répondis :

– Je ne les aime ni ne les déteste, monseigneur. Ils sont, comme le dit frère Juan de Palos, des enfants de Dieu, voilà tout, et Sa Majesté le roi Charles nous envoie leur porter le Christ.

– Certes, certes, dit-il, moqueur. Allez donc en parler aux clercs, c'est leur affaire, point la mienne. Moi, je ne suis que gouverneur. A vous revoir, monsieur Núñez.

Il me congédia d'un geste et appela son serviteur. Il était impatient qu'on lui brosse les ongles. Je m'en allai furieux et gravement honteux de la misérable réponse que je lui avais faite. Je n'avais certes jamais eu la moindre estime pour cet homme. De cet instant, je le pris en haine féroce.

Je retrouvai mes compagnons, la nuit venue, sous la grand-voile que gonflait un vent délicieux. Je n'eus pas le cœur de leur rapporter exactement ma conversation avec Narváez. Je leur dis, sans autrement insister, qu'il était un homme vulgaire mais point aussi stupide qu'on pouvait le penser, et qu'il était vain d'espérer qu'il soit jamais notre allié.

– Sa cruauté est remarquable, dit pensivement frère Juan.

Me revint à l'esprit la trace de ses larmes que j'avais remarquée en croisant son regard, au seuil de la salle du Conseil. Je n'osai lui demander la raison de son désarroi. Dorantes, lui, le fit, à sa façon bourrue.

– Quand nous sommes sortis avec les condamnés, lui dit-il, je vous ai vu en pleurs. Eh, qu'aviez-vous donc, petit frère ? Je ne peux pas imaginer que vous ayez été ému par le sort fait à ces deux bougres, vous qui avez été témoin de toutes sortes de tueries.

Frère Juan répondit d'un haussement d'épaules et d'un pauvre sourire, puis se reprit soudain et dit à Esteban :

– Ainsi, tu es chrétien.

L'autre le regarda, surpris.

– Je suis esclave, fils d'Adam.

– Mais ton nom est celui d'un saint.

– Le vrai est d'un poète que mon père admirait.

Frère Juan hésita. Je m'étonnai de l'intérêt qu'il portait à cet homme. Il dit :

– Es-tu mahométan ?

Une lueur d'amusement, fugace, vive, malicieuse, traversa les yeux d'Esteban.

– J'aime le parfum du Coran.

– Qu'y a-t-il de si odorant, petit frère, dans ton Coran ?

L'autre dressa l'index comme à l'entrée d'un conte. Il eut un petit rire espiègle.

– C'est la question que l'on posa, un jour, à un saint homme qui respirait le sien, sans cesse, avec bonheur. Il répondit ceci : « Deux pétales de fleur et une lettre qui m'est chère, celle de mon ami Moktar. »

Frère Juan demeura pensif. Il dit enfin, tout embrumé d'une étrange mélancolie :

– Ce saint homme était un fidèle de la religion de l'amour.

Sa voix m'émut.

– Allons, lui dis-je, vous savez aimer, vous aussi.

Il se tut et baissa la tête. Il nous parut alors si fragile et perdu que même Andrés Dorantes en fut intimidé. Je me dis que le moine endurait une peine secrète dont il ne pouvait pas parler. Je m'en trouvai déconcerté. Que pouvait-il donc nous cacher ? J'allai m'allonger à l'écart, au plus près des rumeurs marines. La nuit était si lourde et moite que les puanteurs du dortoir nous venaient jusque sous le vent.

Aux environs du quarantième jour de voyage, nous eûmes à nous inquiéter de l'épuisement de nos viandes et de nos tonneaux d'eau douce. La chaleur ensommeillait nos moindres mots, nos moindres gestes. La terre tardait à venir et les hommes de troupe affalés partout sur le pont n'avaient même plus le courage de jouer leur pitance aux dés. Or, une fin de nuit, dans le silence que troublaient à peine la houle et les grincements du bateau, un grillon se mit à chanter. Tous les hommes qui l'entendirent se redressèrent, stupéfaits, cherchant dans le noir d'où venait cette musique de prairie. On entendit des voix, des émerveillements autour d'un jeune Sévillan. Une lanterne l'éclaira. Il tenait au creux de la main une cage enfantine faite de brins de bois liés. L'insecte était là, enfermé.

– Depuis que nous sommes partis, il n'a jamais chanté, dit-il. Ecoutez-le, il sent la terre.

On courut à la proue. Le jour venait à peine. On scruta, les yeux affamés, le petit jour qui grisonnait. Des cris, soudain, des doigts tendus désignèrent des formes noires et des blancheurs d'écume, au loin. Des récifs nous venaient dessus. On courut alerter les pilotes. Ils dormaient. On vira en hâte de bord. Au seuil des îles Caraïbes une musique de grillon nous avait sauvés du naufrage. Comment, après un tel miracle, ne pas croire en nos destinées ? Tandis que la troupe assemblée sur les ponts de nos caravelles découvrait le rivage dans la lumière du matin, un *Salve Regina* triomphant salua la bonté du Ciel. Nul ne douta que cette terre nous était de toujours promise. Elle nous apparut tant heureuse de nous voir enfin arriver que beaucoup d'entre nous pleurèrent, éblouis, et que plusieurs aperçurent des anges, les ailes déployées à la lisière des vagues, nous appelant à les rejoindre. Nous étions au trentième jour du mois d'août. J'étais un homme au bord du monde et j'étais sûr que Dieu m'aimait.

2

Un horizon d'arbres touffus derrière une ligne de sable, des cabanes basses, des gens courant dans l'écume du bord, voilà ce que je vis d'abord, debout sous la brise salée, dans la lumière du matin. Puis, comme nous longions la côte, sortit soudain des rocs, entre le ciel et l'eau, à l'entrée d'un grand fleuve, une forteresse aux remparts plus hauts que l'éclat du soleil. Autour de moi, des hommes de troupe qui n'en étaient pas à leur premier voyage la désignèrent, crièrent son nom, *Santo Domingo*, et celui de l'île qui venait à notre rencontre : Saint-Domingue l'Espagnole. Tandis que nous approchions du rivage, nous vîmes s'assembler en haut des tours et du donjon une nuée de gens qui se mirent à lancer leurs chapeaux dans l'air bleu, à brandir leurs piques, leurs sabres. Quand notre navire amiral s'enfonça entre les berges de la rivière, les cris de bienvenue, là-haut, sur les remparts, d'un coup se débridèrent. Un stupéfiant vacarme de vivats, de tambours et de coups de mousquets assourdit le ciel. Sur le pont des bateaux, l'allégresse qui répondit à cet accueil fut si bruyante que je ne pus entendre le bruit de ma propre voix. Le long des rives du fleuve Ozuma (j'appris son nom tandis que nous allions), beaucoup de gens galopant à dos d'ânes ou de chevaux, nous accompagnèrent jusqu'au port, qui n'était guère éloigné à l'intérieur des terres. De notre débarquement parmi la foule je ne me souviens que d'un éblouissant tourbillon de corps étreints, de bousculades, de chaleur parfumée, de fruits aux saveurs nouvelles offerts au creux des mains, d'eau fraîche, de regards de filles inconnues, de rires, d'élans d'amour fugace. Vint enfin le moment, après les embrassades, où je découvris la cité, les yeux partout, l'allure fière le long des demeures couleur de corail de l'avenue du Roi où nous firent escorte hommes et femmes aux foulards brandis, courses d'enfants, bravos et bénédictions sous la brise sucrée. A notre tête chevauchaient le général Pánfilo Narváez et ses cinq clercs aux croix hautes. Ils nous menèrent jusqu'au portail grand ouvert de la cathédrale. Là nous attendaient, au pied des longues tentures accrochées aux murailles, le gouverneur Diego Colón, ses bannières, ses moines et les nobles gens de sa cour.

La messe solennelle d'action de grâces à laquelle nous fûmes conviés m'éblouit autant qu'elle me dérouta. Après quarante jours de crasse et de vermine, le parfum de l'encens, l'or étincelant des luminaires et l'écrasante puissance des psaumes semblèrent à mes yeux de vagabond marin d'une splendeur royale. A la fin de l'office qu'il venait de célébrer, monseigneur Juan de Bentanazos, évêque de la ville, nous annonça qu'il confiait à un frère dominicain de sa suite, nommé Bernal Díaz, le soin de nous prêcher la sainte parole de Dieu. Il paraissait tenir ce Díaz en haute estime. L'homme, pourtant, n'avait rien d'un dignitaire, cela se voyait à sa mise désordonnée. Son empressement excessif à monter en chaire m'amusa. Mais son éloquence et la sévérité du sermon qu'il nous fit m'ôtèrent toute envie de me moquer de lui. Il remercia d'abord le Tout-Puissant de nous avoir conduits à bon port, puis il nous apprit avec une ferveur de plus en plus tonnante pour quelle sorte de travail Notre-Seigneur nous avait choisis parmi la multitude chrétienne. Il nous déclara que la totale extermination des infidèles était la condition première du très désiré retour du Christ sur la terre. Après quoi, cognant l'air du poing, il nous affirma que les peuples indiens étaient les descendants de Caïn le maudit, et que la guerre contre ces créatures, que nous devions obstinément poursuivre jusqu'à leur effacement du monde, était menée par Dieu Lui-même, invisible et pourtant sans cesse combattant en tête de nos troupes. De ces êtres pour qui frère Juan de Palos éprouvait une si douloureuse pitié, ce moine à la figure aiguë nous dit qu'ils étaient des sauvages cannibales peu distants des animaux, et qu'il convenait d'être avec eux de la plus impitoyable et constante cruauté afin de ne point leur laisser le moindre loisir de supposer qu'ils étaient des hommes. Il conclut sa puissante diatribe par la parole que Jésus prononça, selon saint Luc, à la fin de la parabole des mines : « Pour ce qui est de mes ennemis, ceux qui n'ont pas voulu que je règne sur eux, amenez-les ici et égorgez-les en ma présence. » Cela fut dit comme un ordre formel donné à nos têtes baissées.

Après ces derniers mots il fut pris d'une forte quinte de toux qui le tint courbé au bord de la chaire, tandis que l'assemblée entière entonnait un tonitruant *Deo gratias*. J'avoue ne l'avoir chanté que du bout des lèvres. Pas plus que moi Dorantes ne se joignit à la ferveur commune. Non point qu'il eût été outré par le sermon de Díaz. Il ne l'avait que distraitement écouté. Mais il était trop occupé à lorgner béatement les jeunes et belles femmes en robes de soie agenouillées sur leurs coussins, de l'autre côté de l'allée. Je fus surpris de ne point apercevoir frère Juan parmi les clercs. J'aurais aimé l'entendre et lui parler, mais de notre séjour à Saint-Domingue je ne pus un instant le voir, car il ne sortit pas de l'hôpital Saint-Nicolas-de-Bari, où il ne cessa nuit et jour de servir les malades.

Nos hommes de troupe furent logés à la forteresse Santo Domingo, où la plupart ne s'attardèrent guère. La douceur du pays, la nonchalance des matins, la paix des soirs, le balancement des hamacs à l'ombre des palmes et la beauté des femmes esclaves vendues à bas prix sur la place d'Espagne les dispersèrent bientôt jusqu'au-delà du port, dans les cabanes de terre sèche et de verdure où les nourritures les plus délectables leur étaient offertes à profusion. Seuls sur cette île travaillaient les Indiens. On en rencontrait sans cesse le long des rues de la ville, attelés à d'énormes charretées de canne à sucre, tandis que d'autres veillaient au feu des raffineries qui répandaient partout un constant et délicieux parfum de dessert. Ceux qui n'étaient pas occupés à ce labeur banal étaient aux mines d'or de la montagne proche, à périr de misère et de fatigue, ou dans les vastes et blanches demeures à servir les familles de leurs maîtres. Nulle trace perceptible des troupeaux de morts sur lesquels les conquérants avaient établi leur fortune et leur paresseuse tranquillité. Même les survivants de ce peuple cuivré les avaient apparemment oubliés. Ils se montraient empressés, bienveillants, et semblaient n'avoir d'autre désir que d'obéir aux moindres ordres des Espagnols, que presque tous ces pauvres êtres craignaient comme des dieux. Je confesse m'être laissé aller avec une voluptueuse insouciance aux services attentifs qu'ils ne manquaient pas de me rendre lors des invitations quotidiennes que nous faisaient les notables de l'île. A ces brillants dîners où nous fûmes conviés je découvris les fruits nommés goyaves, papayes, mangues ou ananas qui peuplèrent, à mon avis, tant leur saveur est délectable, les vergers du jardin d'Eden. J'y connus aussi de ces jeunes épouses au regard pointu qui s'ennuient avec leur mari, tandis que Dorantes, qui n'aimait pas les ronds de jambe et ne savait guère flatter, ne se plut bientôt qu'à jouir des belles esclaves.

Il advint qu'il en gagna une, un soir, au jeu de dés. Elle s'appelait Illa. Elle n'avait cessé d'observer Andrés avec une amoureuse avidité tandis qu'il buvait et jouait contre un gentilhomme catalan qui faisait commerce de sucre. Illa était une beauté menue, aux cheveux lourds, au regard sans cesse espérant. Elle appartenait au marchand, apparemment depuis l'enfance. Cet homme, donc, fit d'elle un enjeu de partie. Dorantes lui jeta un coup d'œil égrillard. Elle vint tout près de lui, se raidit et pria, les mains croisées devant sa bouche. Il gagna. Les yeux d'Illa s'illuminèrent. Elle s'assit sur le dallage, tout contre le fauteuil de son nouveau maître, et resta là sans plus bouger. Quand, vers minuit, nous prîmes congé de notre hôte, elle nous suivit au fond de la salle où nous attendait Esteban. Mon ami demanda plaisamment au grand nègre comment il trouvait son esclave. L'autre lui répondit :

– Pour elle, grand malheur. Cette fille vous aime. Pour moi, mystère noir. Comment une gazelle peut-elle désirer la compagnie d'un ours ?

Dorantes s'exclama, partit d'un rire énorme. Il avait beaucoup bu, grâce à Dieu, car Esteban, la bouche arquée, lui opposa un silence si méprisant et réprobateur que mon débordant frère d'armes l'aurait aussitôt assommé s'il n'avait pas été trop embrumé pour s'en émouvoir.

Illa comprenait l'espagnol et le parlait sans trop de fautes. Elle n'était guère bavarde mais sa voix rauque, plus que les délicates beautés de son corps, excitait à l'évidence le désir de ce paillard d'Andrés. Selon ce qu'il voulut m'en dire, il connut avec elle des plaisirs d'une magnifique violence. Il lui arriva de me confier, avec une admiration manifeste, qu'elle n'était pas une gazelle, comme le croyait Esteban, mais une fieffée femme-louve. Il la traitait pourtant avec une sorte de désinvolture rancunière qui souvent me déconcertait. Il ne manquait pas une occasion de railler en sa présence l'incompréhensible dévotion qu'elle lui vouait. Elle baissait la tête et n'en était que plus soumise. Il l'obligeait, par jeu, à des travaux tant vulgaires qu'inutiles. Elle s'en acquittait comme de tâches sacrées. Il en riait avec un cynisme forcé, mais le nom d'Illa revenait souvent au détour des conversations. Elle occupait son esprit, à défaut de troubler son cœur. Un jour, il m'informa de son intention de laisser Narváez conquérir sans lui la Floride et de s'établir sur cette île insouciante et généreuse où, pour ma part, je commençais à m'ennuyer.

– Avec Illa, me dit-il.

Je n'en fus guère surpris. Il éprouvait pour cette fille un sentiment confus mais, bien qu'il s'en défende, de plus en plus envahissant. Je ne sais si je serais parvenu à le dissuader de nous abandonner sans le concours de ce marchand de sucre qui avait perdu contre lui la jeune femme aux dés. Le bonhomme le défit en un soir de presque tout son or et lui proposa de rejouer Illa. Dorantes refusa tout net, mais dut renoncer à la raffinerie qu'il voulait acheter.

Il resta trois jours renfrogné, rabrouant durement ses deux esclaves et m'accusant, avec une mauvaise foi comique, de l'avoir forcé à ce voyage dont il avait toujours su qu'il ne lui vaudrait rien de bon. Heureusement, Narváez nous convoqua tous deux, un matin, au palais du gouverneur de la ville où il avait son logement. Nous étions en automne, et il faisait toujours aussi beau. Le général nous prévint de sa décision d'embarquer incessamment pour l'île de Cuba, où il comptait approvisionner nos navires en eau et viandes boucanées. Après quoi il nous ordonna d'acheter trente chevaux, ce qui nous fut aisé, et de rameuter la troupe de nos fantassins, ce qui s'avéra impossible. Nous courûmes deux journées pleines les ruelles de Saint-Domingue, ses bas-fonds, ses plages et ses villages proches, appelant partout nos hommes au rassemblement. Cent quarante d'entre eux demeurèrent introuvables. Dorantes interrogea quelques soldats qu'il connaissait. Ils lui avouèrent que la plupart des absents s'étaient laissé ensorceler par les esclaves indiennes ou les promesses de fortune que leur avaient faites les gens du pays, et que les autres avaient suivi les recruteurs pirates dont certains étaient fort habiles à faire miroiter monts et merveilles au nez des soudards de rencontre, la nuit, dans les tavernes de la ville. Nous ne fûmes donc que cinq cents, au matin du 16 octobre, à quitter le port. Il y avait beaucoup de femmes, sur la rive, qui agitaient les mains, et nombre d'hommes tristes aux bastingages de la poupe.

Jusqu'à la haute mer Dorantes demeura inaccessible, seul et raide à l'arrière du navire, fouetté par le vent nuageux qui, pour la première fois depuis notre départ d'Espagne, tourmentait le ciel et les vagues. Il n'avait pas pu dire adieu à Illa. Elle avait disparu la veille de notre embarquement. Il l'avait cherchée jusque chez son ancien maître, puis attendue en vain tout au long de la nuit. Or, comme les murailles de la forteresse s'effaçaient dans la brume, Esteban vint à lui, et prenant l'air docte qui lui venait parfois quand on lui demandait un avis, il lui proposa de lui conter une histoire. L'autre le repoussa, le poing haut, en rugissant une bordée de jurons andalous. Le nègre s'éloigna prudemment et lui cria, de loin, que c'était tant pis pour lui car ce qu'il avait à lui dire l'aurait sans doute réjoui. Il disparut dans les profondeurs du navire. Je le vis revenir, l'allure furibonde, escorté par les quolibets des quelques fantassins qui erraient sur le pont. Il tenait par la main la jeune esclave échevelée. Elle avait peine à suivre ses grandes enjambées. Il la désigna à Dorantes, qui regardait obstinément la mer.

– Voilà ce que je voulais vous dire, lui cria-t-il, mais vous êtes vraiment trop bestial, vous ne méritez pas le soin que l'on prend de vous. Regardez-nous donc, décourageur de bonté !

Andrés se retourna, vit Illa qui tentait de retenir sa chevelure et son vêtement que le vent emportait. Il lui vint dessus en deux pas, la prit aux épaules, la hissa jusqu'à sa figure et gronda :

– Où étais-tu, chienne d'Indienne ? Par tous les saints, où étais-tu ?

Il la repoussa loin de lui. Elle en tomba à la renverse. Il lui ordonna d'aller nicher dans une chaloupe et s'en fut houspiller les hommes trop lents à mettre au sec nos bagages et nos sacs de vivres.

J'appris d'Esteban qu'il avait secrètement amené Illa sur le bateau, la veille au soir, et qu'il l'avait cachée dans l'écurie du bord.

– Elle m'avait juré qu'elle se jetterait sous le cheval de notre maître s'il quittait la maison sans elle, me dit-il. Je suis certain qu'elle l'aurait fait.

Il prit à nouveau son air docte et dit encore, gravement :

– C'est une esclave par amour.

Je lui répondis qu'Andrés, bien qu'il s'en défende, lui était attaché comme un ongle à son doigt, et qu'il ne l'aurait sûrement pas abandonnée.

– Détrompez-vous, fils d'Adam, me dit-il. Andrés Dorantes n'est pas un être simple. Il préférerait s'arracher le cœur plutôt que de le voir dans la main d'une femme. Il aurait souffert mille morts, mais il serait parti sans elle.

Il avait raison. Esteban connaissait mieux que moi mon compagnon de jeunesse. Sa clairvoyance m'étonna. Je lui dis qu'Andrés avait de la chance d'être servi par un homme aussi avisé.

– Je le sers en effet assez bien pour n'avoir pas à craindre ses tempêtes, me dit-il.

Il me sourit benoîtement. Je n'avais guère senti d'affection dans ses paroles. Il n'y en avait aucune dans son amusement. Je le laissai aller sans autre mot à ses affaires.

De ce jour, nous n'eûmes plus le moindre loisir de nous abandonner à nos conversations et nonchalances coutumières. Tandis que nous voguions vers l'île de Cuba, le temps se fit tant exécrable que monseigneur Narváez, qui refusait de quitter sa cabine, fut bientôt pris d'irrépressibles nausées. Il me fit appeler, un matin, auprès de lui. Il m'accueillit affalé sur sa couche, le souffle gémissant et la chemise ouverte jusqu'au ventre. J'ose dire que l'état où je le vis m'inspira un contentement profond, quoique puéril. Sa grosse face de rouquin était d'une pâleur verdâtre, ses mains chargées de bagues paraissaient trop lourdes à porter et l'effort qu'il fit pour me parler était d'un homme à l'agonie. Il m'informa de sa décision de relâcher au port du cap Santa Cruz, dont nous n'étions guère éloignés, et de n'envoyer qu'un navire à Trinidad, où nous devions faire le plein de provisions. Il m'en confia le commandement. Dorantes, qui répugnait à l'ennui d'une longue attente dans un lieu sans attrait, confia Illa à la garde d'Esteban et décida de m'accompagner. Frère Juan voulut se joindre à nous. Je tentai de l'en dissuader, car il me semblait exténué par ses longues veilles à l'hôpital de Saint-Domingue, mais il refusa d'entendre mes conseils de repos. Il lui paraissait impossible, à ce qu'il me dit, de laisser notre navire affronter l'inconnu sans l'assistance d'un prêtre. Mon équipage était de quatre-vingts hommes, tous vigoureux et aguerris. Aucun ne craignait les ordinaires colères de la mer. Ils s'effrayèrent pourtant de la folie du vent et de la rage des vagues qui nous mirent trois jours et nuits en grand péril de naufrage. Ils n'avaient jamais rencontré d'ouragans aussi furibonds. Comme portée par les ailes d'un miracle, notre caravelle parvint à bon port sans la moindre avarie. Nous en rendîmes grâces à Dieu. Je n'imaginais pas que la tempête puisse encore s'aggraver. Aurais-je mieux connu ces côtes, j'aurais été plus circonspect.

Au soir de notre arrivée, rassuré par l'accalmie qui nous avait accueillis dans la crique où nous avions jeté l'ancre, je descendis à terre avec mes proches compagnons et une vingtaine de soldats. Les premières maisons de Trinidad étaient distantes d'environ une heure de marche du rivage. La troupe escalada sans trop de peine le sentier qui grimpait vers les terres de l'île, mais à l'instant où nous parvenions à la cime qui dominait la mer, la pluie se fit tout soudain d'une violence insoutenable, et le vent d'une fureur tant inouïe que les hommes furent forcés de s'agripper les uns aux autres pour ne pas être emportés. Nous n'avions d'autre choix que de poursuivre notre route, ce que nous fîmes un long moment, courbés, titubants, obstinés, pareils à des bœufs au labour, mais il m'apparut bientôt que nous n'avions pas la moindre chance d'atteindre ainsi la ville. Comme chacun ne cherchait plus qu'à se cramponner aux rochers, aux buissons, aux moindres touffes d'herbe, l'un de nous désigna une masure abandonnée au bord du sentier. J'ordonnai que l'on s'y réfugie, mais elle se défit d'un coup et se dispersa dans le crépuscule avant que nous soyons parvenus à sa porte. Dieu voulut que le brusque envol de ses murs laisse apparaître un large creux de terre bourbeuse que nous n'aurions sans doute pas aperçu si cette pauvre maison n'avait pas été ôtée de notre vue. Le trou était assez vaste pour nous contenir tous. Chacun rampa comme il put jusqu'à lui et se pelotonna à l'abri de la tourmente. Il faisait froid, nous étions trempés jusqu'au fond des bottes et nous ne pouvions rien, qu'attendre la fin de cette inimaginable colère céleste. La nuit se fit peu à peu si ténébreuse que nous ne pûmes bientôt distinguer nos plus proches voisins. Je m'assurai pourtant de la présence de Dorantes à mon côté. Tandis que nous grelottions, serrés l'un contre l'autre, il me cria à l'oreille que nous ne pouvions être éloignés de la ville et qu'il était d'avis, plutôt que de moisir dans cette boue puante, de tenter une sortie « à la castillane ». Ainsi désignait-il les assauts imparables qui nous faisaient braver joyeusement la mort, au temps des guerres italiennes. Je n'eus pas le temps de lui répondre. Il me prit tout à coup le bras. Je venais comme lui d'entendre, au loin, surgie de l'obscur infini, une rumeur de tambours. Le souffle retenu, les yeux grands ouverts dans le noir, j'écoutai un moment leurs battements sourds, haletants, puissamment rythmés. Ils me parurent accordés aux rafales de la tempête. Dorantes me dit que des Indiens, quelque part au bord de la mer, exerçaient sans doute leur magie sauvage contre la colère du vent. J'en doutai. Je me recroquevillai et tendis encore l'oreille. Il me vint alors à l'esprit que les rugissements de l'ouragan et les cadences lourdes, effrénées, bondissantes qui lui répondaient célébraient ensemble, dans les ténèbres sans bornes, je ne sais quelle fête sacrée inaccessible aux minuscules humains de notre sorte. Il y avait de la jubilation dans ce vacarme apparemment sans ordre, il y avait quelque chose d'une puissance surhumaine et pourtant enfantine. Je dis à Dorantes :

– Ils jouent.

– Qui donc ?

– Les tambours et le vent.

Il ne me répondit pas. A écouter encore, je me sentis peu à peu inexplicablement empli de force et de confiance. J'en eus presque envie de chanter, de me laisser corps et âme emporter par le rythme de ce qui me paraissait être le cœur battant de la nuit. Peut-être la tempête m'avait-elle enivré, je ne sais. Le silence revint, tant au ciel que sur terre, peu avant le lever du jour. Dans les premières lueurs du matin, nos hommes se découvrirent hébétés et méconnaissables tant ils étaient bourbeux. J'ordonnai que l'on retourne au rivage. Nous redoutions tous que notre navire ait subi de graves dommages. Frère Juan et Dorantes coururent devant. Je vis au loin le moine à genoux en haut de la pente qui descendait vers la mer. J'appris ainsi notre malheur avant de le rejoindre. La caravelle n'était plus où nous l'avions laissée. La crique était déserte. Seul un grand chapeau noir voletait sur les vagues.

Des nuages traversaient encore le ciel, comme pressés de sortir du monde. Chacun d'entre nous, sans que rien ne fût dit, s'en alla errer le long de la côte, cherchant partout un signe, un corps, une épave. Il me fut par malheur donné de découvrir, dans un creux de rocher, deux hommes si abominablement défigurés qu'il nous fut impossible de les reconnaître. Ils flottaient parmi quelques couvercles de caisses. A une demi-lieue de là, quelques-uns de nos compagnons aperçurent, dans les hautes branches d'un arbre, un lambeau de voile accroché à un bout de mât. Rien d'autre ne fut trouvé. Nous avions perdu soixante soldats et vingt chevaux. Il faisait à nouveau un temps paisible et doux. Nous enterrâmes nos deux morts sur la grève, dans des fosses voisines que nous ne pûmes creuser profondément, faute d'outils. Frère Juan prononça sur leur sépulture d'émouvantes paroles d'amitié. Tandis que nous reprenions le chemin de Trinidad, je lui dis que j'en avais été touché. Je l'en remerciai. Il me répondit que j'étais trop indulgent, et qu'il craignait que Dieu n'ait pas entendu sa prière d'accueillir nos compagnons auprès de Lui. Je lui demandai quel étrange désespoir le faisait parler ainsi.

– Je crois que l'on ne m'aime pas, Là-haut, me dit-il. Vous ne savez pas qui je suis, Alvaro.

Je le pris par l'épaule et le serrai contre moi. Il s'abandonna un instant avec une innocence d'enfant.

Trinidad, dès le faubourg, nous apparut comme un champ de ruines. En vérité, nous avions eu de la chance de rencontrer ce trou fangeux où nous avions passé la nuit. Aurions-nous atteint cette pauvre ville, nombre d'entre nous auraient sans doute péri sous quelque muraille abattue. Seuls avaient résisté à la rage du vent la résidence du gouverneur, la cathédrale où des chariots amenaient sans cesse des cadavres, et quelques arrogantes demeures, çà et là, parmi des arbres couchés, des boutiques au toit effondré, des écuries éventrées où remuaient encore quelques chevaux abandonnés et d'informes amas de cailloux et de poutres qui débordaient jusqu'au milieu des rues. Des gens partout erraient, Indiens et Espagnols mêlés, couraient et s'appelaient, cherchaient des morts enfouis, des trésors à sauver. Nul ne se soucia de nous. Frère Juan nous conduisit jusqu'au couvent San Cristobal, où il avait autrefois séjourné. Sauf son étable et le portail de sa chapelle, lui aussi avait survécu sans trop de dommage. Nous ne trouvâmes là que quelques moines qui tentaient de restaurer leur potager, et ne savaient où donner de la tête. Les autres étaient à la ville où ils soignaient les blessés et assistaient les mourants. On nous logea dans un grenier abondamment pourvu de paille.

Après les voluptueuses beautés de Saint-Domingue, les misères de Trinidad firent de nous les pensionnaires obligés du plus triste et du plus austère des purgatoires. Dorantes, frère Juan et moi fûmes reçus par le gouverneur de la ville qui ne trouva rien à nous offrir qu'une demi-heure de son temps et son amicale impuissance à nous secourir. Il est vrai qu'il avait fort à faire pour rétablir un ordre mis à mal par la tempête, l'accumulation des morts, les inévitables pillages et la désertion des esclaves qui, par centaines, avaient abandonné leurs maîtres, les champs de canne à sucre et les raffineries. J'envoyais tous les matins l'un de nos hommes guetter l'horizon de la mer. Il nous fallut attendre quatorze jours pour qu'apparaissent enfin, dans les feux du soleil couchant, les quatre caravelles de monseigneur Narváez. Dès l'aube du lendemain j'allai sur la grève accueillir sa chaloupe. Tandis que nous cheminions vers la ville, je lui fis le récit du malheur qui nous avait frappés. Sa colère fut grande et sa compassion nulle. Plus que la mort de nos compagnons il regretta la perte des chevaux qui sur ces îles, selon ce qu'il m'en dit, étaient d'un prix extravagant, et le naufrage de notre navire que son enragée mauvaise foi lui fit considérer, parce qu'il avait sombré, comme le plus beau de sa flotte. De fait, les marchands de l'endroit étaient en si grande détresse qu'ils nous vendirent pour presque rien un lot de très convenables pouliches et les quelques provisions dont nous avions besoin pour atteindre sans crainte de pénurie le port de La Havane, où nous comptions hiverner. Mais Dieu nous refusa ce repos. Nous reprîmes la mer le 14 novembre. A peine avions-nous passé la pointe de l'île qu'une nouvelle tempête nous éloigna de la côte et nous poussa irrésistiblement vers le nord de la Floride où aucun Espagnol, pas même l'amiral Ponce de León, n'avait jamais posé le pied. Ce fut ainsi, par la ferme volonté du Ciel et non la nôtre, que par un matin bleu vint à notre rencontre une terre inconnue.

Nous apparut d'abord une baie accueillante et, comme nous abaissions les voiles pour en approcher tout doux, ceux qui s'étaient postés à la proue du navire amiral aperçurent, sous les arbres de la rive, un village d'Indiens. Toutes les chaloupes furent bientôt mises à la mer. Je me souviens des rires d'Illa et d'Esteban quand Dorantes m'apprit, tandis que nos rameurs nous approchaient de ces gens, ce que venait de lui conter sa jeune esclave. Selon un vieux récit qu'elle avait mille fois entendu de sa mère, lorsque les habitants de Saint-Domingue avaient vu pour la première fois des barques quitter le flanc des caravelles, ils avaient cru que ces gros bateaux venaient de mettre au monde une portée de leurs petits. Et tous sur le rivage s'étaient émerveillés de voir des nouveau-nés si joliment fringants. Je n'eus guère le loisir de me joindre à l'amusement de mes compagnons, car ceux qui nous attendaient parmi les huttes regardaient venir Pánfilo Narváez, debout au milieu de ses hommes, une croix dans un poing, un étendard dans l'autre, avec une stupéfaction si remuante et si grondeuse qu'elle me fit craindre une sanglante arrivée. Heureusement, plus nous avancions vers la grève, plus ces êtres misérables reculaient vers le bois. Des enfants qui couraient vers nous furent vivement rattrapés et ramenés sous les arbres. Quand toute la troupe eut débarqué, Dorantes proposa à notre gouverneur d'envoyer Illa leur parler, car elle était la seule à connaître leur langage. Narváez n'eut, pour refuser, qu'un geste dédaigneux. D'un claquement de doigts il appela un page à qui il confia sa bannière, puis il assura son ceinturon sur son ventre et nous ordonna d'avancer à sa suite. Quatre moines armés de longues croix accoururent à son côté et entonnèrent le *Veni Creator*. Tous les Indiens disparurent aussitôt en désordre dans l'épaisseur du bois.

Nous eûmes tôt fait d'investir leur village. Il n'était que d'une trentaine de huttes de branches couvertes de peaux de cerfs, sauf en son centre où se dressait une sorte de long abri voûté tout aussi pauvrement bâti mais assez vaste pour contenir une centaine d'hommes. Narváez se planta debout devant sa porte. Chacun de nous, autour de lui, mit un genou à terre. Alors quelques poignées d'Indiens, nous voyant aussi peu hostiles, sortirent du sous-bois et se risquèrent prudemment alentour du cercle des soldats. Notre gros rouquin borgne fut content de les voir. Il leur grogna des encouragements rieurs et leur fit signe d'approcher encore, car il estimait juste et conforme aux bons usages chrétiens de leur faire entendre les paroles qu'il avait à dire, bien que ces gens ne puissent rien comprendre de notre langue. Il appela le frère Pablo Suarez. Ce grand moine maigre au long nez qui affectait volontiers une pensive humilité vint à lui, le front bas, et lui présenta le livre des Evangiles. Narváez le couvrit de ses larges mains et dit, à voix forte, ceci :

– Par la grâce de notre tout-puissant Seigneur Jésus-Christ et de Sa Sainte Mère Marie, moi, Pánfilo Narváez, fidèle vassal et serviteur du roi d'Espagne Charles premier du nom, je jure sur les Saints Evangiles d'accomplir chrétiennement mes devoirs de gouverneur, rang auquel je fus élevé par Sa Majesté pour les nécessités de la conquête et de l'administration du pays de Floride, comme en témoignent les lettres de nomination qui vont être lues devant tous, soldats et populations des terres susnommées, afin que nul n'en ignore.

Ce fut à moi qu'un écuyer présenta l'étui de cuir où étaient les feuillets de l'ordonnance royale. J'en fis une lecture hâtive et peu sonore, après quoi notre général déclara prendre possession de ce pays dont on ignorait l'étendue et s'engagea, hautement approuvé par les *alléluias* et les *amen* des clercs, à favoriser dans ces contrées la propagation de la foi de la sainte Eglise catholique, apostolique et romaine. Quand ce fut fait, le frère Suarez nous bénit tous. Ses vigoureux et proliférants coups de goupillon surprirent extrêmement les gens du village assemblés derrière nous. Ils reculèrent, les bras levés devant leur visage. J'entendis Narváez ricaner :

– Voyez-moi ces petits démons qui ont peur de l'eau bénite.

Il ordonna que l'on hisse quelque part bien en vue les couleurs du roi d'Espagne, mais on ne trouva rien dans le village qui puisse servir de mât. Alors Dorantes fit grimper sur ses épaules le jeune page du rouquin. Ce remuant dadais fut ainsi assez haut perché pour fixer la hampe de l'étendard au bord du toit de la longue bâtisse, ce qui réjouit beaucoup les Indiens, qui accoururent à grand bruit en se désignant la merveille.

– Leur innocence me fait peine, dit derrière moi frère Juan. Voyez comme les réjouit l'emblème de leur esclavage. Seigneur Dieu, quelle absurde et terrible farce nous leur avons jouée !

Je le priai de parler moins fort. Je craignais qu'il soit entendu des soldats qui allaient et venaient d'une hutte à l'autre sans rien trouver que de pauvres choses qu'ils jetaient à peine ramassées. Narváez, qui visitait l'abri communal en compagnie des moines et de quelques officiers, s'en revint brusquement au soleil en poussant devant lui à coups de botte une caisse poussiéreuse enveloppée de peaux de bêtes peintes. D'autres suivirent, traînées par les gens de sa suite. Les Indiens qui, dehors, n'avaient pas cessé d'admirer notre étendard, parurent d'abord stupéfaits puis se mirent à s'agiter, à protester avec véhémence, à brandir les poings. Les plus hardis tentèrent même d'assaillir notre gouverneur. Ils furent rudement repoussés et tenus au large par les piques de nos soldats. On eut tôt fait d'éventrer ces coffres, ils étaient de mauvais bois. On découvrit parmi leurs planches éparses des cadavres recroquevillés, racornis, couverts de vieux cuir et d'ornements étranges. L'un d'eux portait un collier de turquoises que Narváez lui arracha et enfouit aussitôt dans sa poche. Frère Suarez ordonna sans consulter personne que l'on fasse un grand feu de ces sépultures idolâtres, puis s'avançant vers les villageois maintenus sans grande peine derrière une palissade de cuirasses, il cria à ces pauvres êtres demi-nus et désarmés quelques brèves phrases en latin d'Eglise ponctuées de violents envols de manches.

Il arrivait, dans notre sainte Espagne, que l'on arrache à leur cimetière de supposés hérétiques depuis longtemps trépassés, pour les jeter dans des brasiers environnés de fumées puantes, de cantiques, de bannières, de spectateurs craintifs, de femmes aux fenêtres. Je ne m'étais jamais attardé à ces brûlements que je trouvais d'une vulgarité accablante, au contraire de Dorantes et de mes autres amis qui paraissaient y prendre d'inavouables plaisirs. Je m'éloignai donc parmi les huttes, tandis que l'on couvrait hâtivement ces vieux morts de quelques branchages, et m'en revins seul sur la grève parmi les chaloupes couchées entre la terre et l'eau. A droite de nos caravelles on devinait des îles, au loin, dans les scintillements des vagues. Il me vint à l'esprit que l'une d'elles était peut-être celle où des compagnons de l'amiral Ponce de León avaient découvert, au cœur d'une clairière, une fontaine miraculeuse. Selon ce qu'ils avaient conté, qui buvait de son eau s'en trouvait immortel, mais nul parmi ces intrépides n'avait pu y goûter, car elle était gardée par des flèches indiennes qui abattaient les assoiffés sans que l'on puisse savoir d'où elles venaient, tant elles étaient fulgurantes. J'avais écouté leurs récits avec une foi lumineuse. Tandis que je laissais aller ce rêve sur la mer, je le vis se défaire et se perdre. Il n'avait plus guère de force. Cette plage où j'étais assis, ce ciel, ce soleil, ces oiseaux, ces bruits confus derrière moi, ces cantiques pesants, ce feu que j'entendais violemment crépiter, ces sauvages tant démunis, c'était le monde, voilà tout, simple, beau, cruel, ordinaire, et il n'en était aucun autre qui me fût accessible. Voilà ce que je ruminais, accablé par une soudaine fatigue, quand parut près de moi l'ombre de frère Juan. Je ne l'avais pas entendu venir.

– Ils ont trouvé de l'or, me dit-il. Peu de chose, un simple grelot dans un tas de filets de pêche, mais ils en sont tous excités. Ils veulent savoir d'où il vient. Ils interrogent les Indiens.

Il s'assit à mon côté. Il avait l'air aussi las que moi. Comme nos regards s'égaraient dans la lumière de midi, je m'entendis lui dire :

– Frère Juan, je ne crois plus à la bonté de Dieu.

Il ne me répondit pas mais me prit la main et la tint serrée dans la sienne comme font les enfants effrayés. J'en fus ému. Je murmurai :

– Allons, n'ayez pas peur, vous avez un ami.

Il laissa aller un petit rire tremblant.

– Voilà qui me fait grand bien, me dit-il. L'infinie bonté de Dieu, après tout, n'est peut-être pas autant illusoire que vous le croyez, car Il sait bien que je ne mérite pas votre affection, Alvaro. Et pourtant, grâce à Lui, vous me l'offrez.

Il parut gêné de s'être ainsi laissé aller à son contentement. Il abandonna ma main. Il dit encore :

– Je crains que quelques-uns de ces pauvres gens soient soumis aux pires tortures s'ils refusent d'avouer d'où leur vient ce grelot d'or. Vous connaissez Narváez. Son impatience est redoutable et sa cupidité si démesurée que tous les trésors de ce vaste pays ne pourraient l'assouvir. Au fait, savez-vous pourquoi la Floride est ainsi nommée ? Parce qu'elle fut découverte le dimanche de nos Pâques fleuries, jour de l'entrée de Notre-Seigneur à Jérusalem. Vous avez raison, nous serions au paradis si le dieu des gouverneurs et des ecclésiastiques n'était pas un mirage. Allons, revenez au village, vous y serez peut-être utile.

Il s'en fut devant. Je le suivis.

Illa seule avait probablement évité ce que redoutait frère Juan. Dorantes m'apprit avec une fierté ravie qu'elle avait parlé aux Indiens que l'on menaçait de mettre à mal. Elle s'était montrée si amicale et persuasive qu'ils s'étaient tous bousculés autour d'elle, volubiles comme des merles, dès qu'ils avaient appris ce que l'on attendait d'eux. Ils lui avaient révélé que ce jouet d'or avait été donné à l'un de leurs vieux pères dans une ville lointaine nommée Apalache, où étaient beaucoup d'objets semblables, et bien d'autres richesses. Narváez avait exigé qu'on lui décrive en détail les merveilles de cette mirobolante cité. On lui avait alors affirmé, avec force gestes, que ses toits étaient d'or ainsi que les murailles de ses temples, et qu'il n'était pas de maison dont les portes ne fussent clouées de turquoises. Tandis qu'Andrés me contait ces étonnantes nouvelles, un écuyer vint à nous et me prévint que le gouverneur désirait me voir.

– Il est, me dit mon frère d'armes, comme un ogre devant un nourrisson rôti. Nos aimables baragouineurs lui ont juré qu'Apalache n'était qu'à dix journées de marche, droit à l'ouest. Il veut que dès demain nous nous mettions en route.

Il se frotta les mains, il me prit aux épaules, et tout illuminé :

– Notre fortune est faite, Alvaro. A moins que ces bougres ne nous aient menti, ce que je ne crois pas, je m'en retournerai bientôt à Saint-Domingue, avec Illa.

Je le plantai là et m'en fus à l'abri communal où Narváez avait fait installer son lit et ses fauteuils.

Il n'était en effet préoccupé que des préparatifs de notre départ. Je tentai de lui faire entendre que rien ne nous forçait à le précipiter, et qu'il fallait laisser à nos moines le temps d'accomplir, auprès de ces pauvres gens, le saint travail pour lequel ils nous avaient accompagnés. Il chassa d'un geste mes objections comme il aurait fait d'une mouche, puis m'ordonna de faire débarquer nos chevaux et nos provisions.

– Pour chacun des soldats, me dit-il, deux livres de biscuit et une demi-livre de lard. Nous partirons demain, dès le soleil levé.

A l'évidence, l'impatience et la cupidité l'aveuglaient. Je lui répondis aussi posément que je pus qu'il me paraissait inconséquent de quitter ce rivage avant d'avoir mis nos caravelles à l'abri d'un port protégé des redoutables tempêtes de ce pays. Il se planta devant moi, le front haut, le ventre bombé, et me considérant avec un dédain ricanant :

– Que craignez-vous donc ? me dit-il. Le vent ? Les serpents ? Les Indiens ? Rassurez-moi, monsieur Núñez. Je ne peux vous croire peureux.

Personne, depuis mon apprentissage du métier des armes, ne s'était jamais permis de douter ainsi de mon honneur. Une houle de rage m'échauffa de pied en cap. Je m'aperçus trop tard que ce gros renard rusait effrontément. En vérité, il ne voulait rien d'autre que me soumettre à sa folie. Je lui répondis, avec une insolence qui l'amusa, que je lui aurais volontiers brandi mon épée sous la barbe s'il n'avait pas été mon supérieur, et que je marcherais sans cesse en tête de sa troupe afin que pas un jour il n'oublie la vaillance de ceux qui avaient l'avantage de porter mon nom. Il en fut visiblement satisfait et me reconduisit au seuil de son logis avec une affection trop exagérée pour n'être point insultante.

Les Indiens nous offrirent deux guides. Selon ce qu'ils avaient dit à Illa, ils connaissaient le chemin de cette ville dorée dont nos hommes, en rêves bavards, dépensaient déjà les trésors. Tous ceux du village nous accompagnèrent jusqu'à la sortie de leur forêt aux arbres agréablement espacés. Ils parurent soulagés de nous voir nous éloigner. Comme notre troupe s'engageait sur une lande plus vaste que les horizons, Esteban, qui cheminait avec Illa entre la monture d'Andrés et la mienne, nous dit fièrement qu'il était le premier nègre du monde à s'aventurer sur cette terre nouvelle. Cela le fit beaucoup rire. Dorantes lui répondit qu'il lui offrirait une couronne royale, à notre retour d'Apalache. Je me laissai gagner par leur plaisir. Je me pris à penser que rien ne pouvait nous arriver d'insurmontable sous un soleil aussi clément. J'avais tort. Nous étions quatre cent trente-deux hommes. Ceux qui survécurent à cet étrange voyage purent se compter sur les doigts d'une seule main.

3

Depuis notre départ de Saint-Domingue, Esteban et Illa passaient ensemble de longs moments, hors du regard de leur maître, à se faire des confidences, à se raconter des histoires, des drôleries, des bouts de vie. J'avais remarqué leurs parlotes, à l'écart, sur notre bateau. Ils étaient comme des enfants. Tout au long de nos premiers jours de chevauchée, leur amitié se fit plus familière encore. Ils ne se quittèrent plus. On les aurait dits frère et sœur, et leur différence de teint ne troublait en rien l'évidence. Ils étaient tous les deux pareillement bavards, joyeux, indifférents aux chants de marche de la troupe, à l'ennui qui accablait les cavaliers, aux sempiternelles prières des haltes, à l'inquiétude des veilleurs. Or, il advint que je les surpris, un soir, assez loin de nos feux. Ils parlaient à voix basse, vive. Esteban, les sourcils froncés, l'interrompait pour la gronder. J'en fus intrigué. Je ne m'attardai pas, car il me semblait peu honorable de tendre l'oreille à leur conversation, mais le lendemain je prévins Dorantes que ses deux esclaves avaient l'air de tramer quelque menu complot sans doute propre à nous distraire de la monotonie des jours. Il en parut vaguement amusé, mais je vis bien qu'il n'aimait pas cela. A la pause de midi, mi-rieur mi-grognon, il prit Esteban par l'oreille, le conduisit à l'ombre d'un rocher et exigea de lui un franc compte rendu de ce qui s'était dit la veille. Le nègre renâcla, prétendit sans conviction ne point se souvenir, puis affirma qu'Illa ne lui avait rien confié qui vaille d'être répété. Mais comme Andrés, la mine faussement terrible, levait la main sur lui :

– Hélas, dit-il, mon maître, elle vous chérit trop fort. Même quand elle ne parle pas, à la lumière de ses yeux je vois si c'est à vous qu'elle pense. J'ai bien tenté de la convaincre que vous étiez un homme somme toute assez ordinaire, fort peu courtois, sans guère d'esprit ni de cœur, sauf au combat, au jeu ou au plaisir à prendre, mais elle n'a pas voulu m'entendre. Elle n'a de désir que de vous, elle vous admire éperdument, et son aveuglement est tel qu'elle espère, pardonnez-la, être un jour votre bien-aimée.

Il se tut et baissa le nez. Dorantes éclata de rire mais ce fut bref et sans plaisir.

– C'est tout ? dit-il.

– Presque, mon maître.

Esteban hésita puis demanda, inquiet :

– Aimez-vous bien sa peau cuivrée ?

– Hé, que t'importe, bougre d'âne ? grogna Andrés, impatiemment.

– Dites-le-lui, conseil d'esclave, car en vérité elle m'effraie. Par la vertu de je ne sais quel onguent qu'elle prétend connaître, votre Illa veut se faire blanche, comme les dames de chez vous. La pauvre s'imagine qu'ainsi vous la regarderez avec l'affection et l'estime dont elle rêve, dans sa folie.

Dorantes se tourna vers moi, la figure tant stupéfaite que le rire qui lui venait resta un instant suspendu. Il partit tout à coup en éclats si sonores qu'ils effarouchèrent des oiseaux, à la cime du roc, et firent se tourner des hommes étonnés. Je restai, moi aussi, bouche ouverte, incrédule, mais j'avoue que la déraison de cette belle enfant me parut plus émouvante que cocasse. Je la cherchai de l'œil, craignant qu'elle ait compris, à nous voir ainsi tous les trois, qu'Esteban avait trahi son secret et que son maître s'amusait de ses espérances. Je l'aperçus dans l'ombre d'un arbre. Elle n'était guère éloignée de nous. Elle nous observait. Elle se tenait fièrement droite, ni craintive ni accablée de mauvaises pensées. Je crois qu'elle n'imaginait pas son homme capable de sottise, de grossièreté, d'arrogance. Elle était assurément convaincue, tant elle s'estimait peu, qu'elle ne pouvait être raillée et repoussée qu'à juste titre, et que le cœur de l'aimé était comme un sommet de montagne qu'il lui fallait atteindre par ses seules forces, son seul courage. Elle devait tout souffrir, et lui rien. Elle était prête, pour être enfin digne de lui, aux sacrifices les plus extravagants. Elle était l'amour même, trop grand, trop effrayant, trop brûlant pour un homme. A la voir ainsi, tandis que le rire de Dorantes cascadait encore dans l'air, je me sentis envahi d'une affectueuse compassion. Bien qu'il ne soit pas convenable, pour un noble castillan, de s'apitoyer ainsi sur une esclave, l'envie me vint de lui parler, de la consoler, de l'amener, avec la complicité d'Esteban, à des sentiments raisonnables, mais les événements qui survinrent ce jour-là m'éloignèrent de ce désir.

Nous avions jusqu'alors chevauché droit vers l'ouest sur la lande déserte, sans rien subir qu'un vent parfois contraire et quelques brutales ondées. Or, comme nous venions de traverser un fleuve de large envergure mais heureusement peu profond, nos trois cavaliers d'avant-garde accoururent à nous et prévinrent le gouverneur qu'une troupe d'Indiens, qui paraissait nombreuse, s'en venait à notre rencontre. Narváez décida de les attendre là, flanqué de son porte-bannière et des moines armés de leurs longs crucifix. Nous vîmes bientôt apparaître sous les nuages bas une bande désordonnée de sauvages au torse nu, sauf leur chef qui marchait devant, la figure haute et le corps couvert d'un vêtement peint. A sa droite et sa gauche allaient des hommes au front penché sur des flûtes de roseaux dont la musique aigrelette, tourmentée par le vent, nous parvenait à peine. La troupe s'arrêta à vingt pas de Narváez, de son drapeau et de ses clercs. Le meneur habillé de peaux fit d'un geste taire ses gens, s'avança seul et se mit à haranguer, à voix rauque, notre gros rouquin et ceux qui l'environnaient. Chacun de nous attendit patiemment la fin de son discours que personne ne se soucia de comprendre, tant il semblait plus proche des jappements d'un chien que d'un langage humain. L'homme tendit bientôt la main au ciel, poussa un grognement bref et se tut. Le gouverneur lui répondit en bonne langue castillane que cette terre où ils étaient appartenait désormais au roi d'Espagne. Il désigna, pour preuve, sa bannière. A l'évidence, les Indiens la trouvèrent à leur goût. Leur chef, par signes clairs, proposa aussitôt de l'échanger contre la veste peinte qu'il portait sur le dos, et qu'il vint déposer aux pieds de Narváez. Le gouverneur, étrangement, parut surpris que ces sauvages n'aient pas compris son espagnol, pourtant simple et bien prononcé, puis il se tourna vers ses proches et leur demanda ce que ces errants lui voulaient. Il devina, avant qu'on le lui dise, le troc qui lui était proposé. Son indignation m'amusa. Il fronça le nez, les sourcils, gonfla ses joues tout à coup rouges et repoussa du pied le vêtement offert en éructant une bordée d'insultes. Le frère Suarez s'empressa de s'interposer entre les deux chefs. Il bénit en hâte l'Indien, ou peut-être exorcisa sa possible malfaisance, au nom du Père, du Fils et du Saint-Esprit. L'autre suivit de l'œil ces signes sous son nez puis il s'essuya la figure d'un revers de poignet, écarta le moine, s'avança vers le drapeau et voulut s'en emparer. Un absurde massacre me parut imminent. Les officiers les plus proches du porte-bannière mirent la main à leur sabre, tandis que Narváez ordonnait aux fantassins qui se trouvaient derrière lui de monter en première ligne et de tirer sur ces misérables une salve de mousquets. Il fut aussitôt obéi. Le fracas des armes épouvanta la troupe de sauvages. Ils s'enfuirent comme une volée d'étourneaux, accompagnés des rires et des malédictions bravaches de nos gens. Cinq Indiens restèrent çà et là couchés parmi les buissons. Tandis que la nuée disparaissait au loin, quelques fantassins vinrent se pencher sur ces malheureux et les remuèrent du pied. Quatre étaient morts. Le dernier saignait de l'épaule. Il voulut fuir. On l'abattit. Je vis alors frère Juan en conversation animée avec les autres moines. Je m'approchai d'eux. Des paroles de mon ami, je ne perçus que leur force douloureuse et suppliante, mais j'entendis à peu près ce qu'ils lui répondirent. Ces enfants de Caïn tombés sur les cailloux ne méritaient, à leur avis, ni sépulture ni prière. Et comme Juan, les mains jointes, insistait :

– Ces êtres sont des bêtes, répondit rudement le frère Suarez. Qu'on les laisse aux vautours.

Tous les clercs, sauf mon ami, rejoignirent Narváez qui veillait à ce que nos hommes se remettent sans tarder en ordre de marche. Tandis que la troupe s'éloignait du rivage, j'aperçus mon cher moinillon, seul derrière, qui s'échinait à traîner les morts côte à côte. Je l'attendis. Quand il eut fini son ouvrage il déposa sa croix sur eux. Il leur laissa même son sac. Il courut à moi les mains vides.

Au soir de ce jour, nous vîmes devant nous surgir une imposante forêt dont nos guides ne nous avaient pas parlé. Ils s'empressèrent de rassurer Narváez, qui était fort impatient d'atteindre enfin sa cité d'or, et s'inquiétait de cet obstacle griffu qui se dressait sur sa route. Selon ce que lui affirmèrent ces gens qui nous accompagnaient, il était négligeable. Cette forêt était peu étendue et peuplée de bêtes aimables. Ils nous précédèrent le long d'un ruisseau qui s'enfonçait sous les feuillages. Ils ne tardèrent guère à découvrir sa source. Le lieu était moussu, tout fleuri, avenant. Nous établîmes notre camp sous les grands arbres où bruissaient mille chants, froissements d'ailes, caquètements et cris d'oiseaux inconnus. Comme la nuit venait, peu à peu ils se turent. Nos fantassins aussi cessèrent de parler. Ce ne fut qu'à la fin des prières du soir que de l'obscurité nous vint un chant de flûtes. Des Indiens étaient proches, et sans doute nous épiaient. Seuls dormirent cette nuit-là les innocents que rien ne trouble. Ils ne furent guère nombreux. On multiplia les veilleurs. Quelques-uns de nos hommes, au milieu de la nuit, s'en allèrent au large du camp crier des insultes aux ténèbres où cette agaçante musique s'obstinait, fluette mais vive, railleuse. Elle ne cessa qu'au petit jour, avec le retour des oiseaux. La troupe repartit sans que fût dit un mot.

Notre marche se fit inquiète et difficile. La forêt paraissait sans fin. Quand les arbres s'éclaircissaient, nous imaginions la lisière proche et nous allions contents, légers, mais ils s'épaississaient encore et la fatigue sans espoir nous replongeait dans un silence autant accablé que craintif. Car les Indiens, nous le sentions, nous suivaient à peu de distance, peut-être même nous cernaient. Certains de nous croyaient en voir, dans les jeux d'ombre et de lumière, se glisser parmi les fourrés. Ils ne nous attaquèrent pas, mais chaque soir leurs chants nous tinrent accroupis, l'œil aux aguets, parlant à peine. Il nous fallut trois jours et nuits pour voir le bout, en plein midi, de ces épaisseurs oppressantes. Quand nous pûmes enfin camper dans l'herbe à nouveau infinie, la nouvelle courut qu'il nous manquait cinq fantassins, autant que d'Indiens abattus par nos hommes au bord de la rivière. Nul ne sut dire s'ils s'étaient perdus, ou s'ils avaient été dévorés par ces êtres apparemment humains mais qui, selon l'avis commun, ne valaient pas mieux que des chiens sauvages.

Nos guides, ce soir-là, ravivèrent notre courage flétri par la fatigue et la peine d'avoir perdu des gens parmi les arbres. Ils nous dirent avec force rires et hochements de tête encourageants que la ville d'Apalache n'était plus qu'à deux journées de marche et qu'aucune difficulté, sauf quelques marécages qu'ils nous promirent d'éviter, ne nous séparait désormais de cette prodigieuse cité. Notre allure se fit à nouveau d'autant plus alerte et insouciante que les Indiens n'étaient plus à nos trousses. Sans doute avaient-ils craint de quitter l'abri des feuillages. Seul Esteban restait sans cesse renfrogné. Au soir de notre sortie du bois il s'était encore disputé avec Illa. Le lendemain, il avait obstinément cheminé sans elle, derrière nos chevaux. La nuit venue, au campement, je lui demandai ce qui le chagrinait ainsi. Il me répondit, en désignant la jeune femme affairée à laver les pieds de son maître, qu'elle avait cueilli dans la forêt de ces plantes qui font la peau blanche, qu'elle les avait pilées, et qu'elle était décidée à s'en couvrir le corps. Je lui promis de prévenir Dorantes, et l'assurai qu'il mettrait fin sans tarder à ces enfantillages. Mais quand je voulus rejoindre mon compagnon, je ne le trouvai nulle part. Je pensai qu'il s'était écarté du camp pour jouir à son aise de son esclave. Je ne le vis pas de la nuit. J'oubliai la promesse que j'avais faite au nègre.

Dès le matin suivant, le bruit courut que nous serions en vue des faubourgs d'Apalache avant la fin du jour. Vers le milieu de l'après-midi nous rencontrâmes quelques femmes indiennes assises sous un arbre sec. Elles étaient en haillons, d'une maigreur extrême et toutes aveugles, sauf une fillette qui nous fit entendre par gestes que la ville était toute proche. Narváez décida de ne pas pousser plus avant, et de n'investir que le lendemain cette cité tant espérée. Il pensait que ses habitants, probablement avertis de notre venue, n'abandonneraient pas leurs trésors sans combattre. Beaucoup d'entre nous se réjouirent de la bataille à venir. Ils avaient foi en leurs mousquets et connaissaient la peur qu'inspiraient nos chevaux car ces peuples, avant nous, n'en avaient jamais vu. De fait, nous n'eûmes pas à pousser le moindre cri de guerre. Ce fut au contraire sans hâte et dans un silence accablé que notre gouverneur, sa bannière, ses clercs et ses soldats à pied pénétrèrent dans Apalache. L'endroit était désert. Ses demeures étaient basses et humblement bâties. Partout autour de nous n'étaient que toits de bois, murs de terre et portes battantes. Nous avions cheminé vers un rêve effacé par le vent poussiéreux d'un sinistre village où seuls nous accueillirent des aboiements de chiens derrière de vieux murs.

La déception de Narváez fut ravageuse. Il mit avant nous pied à terre, s'enfonça dans une maison, renversa tout, brisa des pots, jeta dehors des sacs, des nattes, revint au jour, l'air égaré, ordonna qu'on tranche le cou de nos guides, trépigna et s'égosilla, hurla qu'il voulait voir leur tête à ses pieds, là, dans la poussière, et les écraser du talon. Il n'eut même pas ce plaisir. Les malandrins qui, assurément, s'étaient joués de nous, demeurèrent introuvables. De fait, ils s'étaient mêlés au groupe des femmes aveugles, sous l'arbre mort, et tandis que l'on dressait le camp ils s'étaient prestement enfuis. On ne trouva dans le village qu'un vieillard paralytique. Il était enfoncé dans un panier à l'ombre d'une masure, tout recroquevillé, le visage à moitié caché derrière ses genoux pointus. On s'assembla autour de lui. Narváez fit chercher Illa. Il le lui désigna et lui demanda de l'interroger.

– L'or, lui dit-il. L'or, mille diables.

Elle s'agenouilla devant le vieil homme, se mit à lui parler tout doux en lui caressant le visage, car il semblait épouvanté. Il lui répondit longuement. Le gouverneur s'impatienta, voulut savoir ce qu'il disait. Illa sans hâte traduisit, tandis que l'ancêtre tremblant dévidait encore sa litanie, à voix presque morte.

– Le grand Lièvre blanc est venu monté sur des bêtes aux pieds ronds, aux longs poils sur son encolure, il a dispersé nos semences, il a démoli nos maisons, il a dévoré nos enfants. Pourquoi en veut-il à nos vies ?

– Que signifient ces balivernes ? gronda Narváez, les joues pourpres.

– C'est un chant, une prophétie, lui répondit la jeune esclave. Des maîtres du temps l'ont chantée avant que vous ne descendiez du soleil avec vos chevaux, vos armures. En rêve ils vous ont vus venir. Le vieux ne sait plus que la dire et la dire encore, sans fin. Pardonnez-le, je crois qu'il a perdu l'esprit.

Narváez la repoussa d'un revers de poing, puis il sortit de sa poche le collier de turquoises qu'il avait dérobé au mort du bord de mer avant qu'il soit brûlé. Il se pencha sur le vieillard qui marmonnait toujours dans son panier d'osier et rugit sous son nez :

– Je veux ces mêmes pierres et l'or qu'on m'a promis.

– Mais il n'a rien, gémit Illa. Voyez comme il est misérable.

Le gros rouquin se redressa et, s'éloignant soudain :

– Qu'il flambe.

Il désigna deux fantassins, qui coururent chercher du feu. Ils s'en revinrent avec des torches qu'ils jetèrent dans le panier. Les haillons du vieux s'embrasèrent, mais il ne gémit même pas, il poursuivit sa psalmodie. Illa se détourna, enfouit vivement son visage dans la tunique de Dorantes. Tandis que l'épaisse fumée qui montait du vieillard brûlé faisait tousser nos hommes alentour, Andrés tint serrée son esclave, la berça, pataud comme un ours. Il ne tarda guère à s'apercevoir que je l'observais. Il me regarda, l'air penaud. Il m'apparut qu'il avait honte, mais je ne pus savoir de quoi, peut-être de nous qui n'avions rien fait pour empêcher ce brûlement indigne de nobles Espagnols, peut-être de se voir surpris en flagrant délit de tendresse pour cette Indienne à la peau brune qu'il consolait parmi nos gens affamés d'or inexistant.

Toutes les bâtisses d'Apalache, humbles ou vastes, furent remuées et fouillées de fond en comble par nos gens. Ils n'y trouvèrent rien qui vaille le moindre sou. Il nous fut ordonné d'établir nos quartiers dans les maisons désertées. Narváez fit poster des veilleurs en grand nombre autour du village. Il pressentait une attaque. Cet homme, en vérité, était aussi répugnant qu'avisé car, au milieu de la nuit, ce qu'il avait craint arriva. Nous fûmes réveillés par un déchaînement soudain de cris aigus et de piétinements. Dorantes sortit le premier de notre abri. Je le suivis, à demi dévêtu. Partout étaient des feux. Des cabanes brûlaient. Nos fantassins couraient, hagards, de-ci de-là. Comme nous cherchions contre qui nous battre dans les ténèbres, les courses de nos assaillants s'éloignèrent et nous n'entendîmes bientôt plus que des plaintes de blessés, des appels de nos gens et les crépitements des incendies. L'attaque, bien que prévue, nous avait tous surpris. La fin de la nuit fut sinistre. Une quinzaine de cavaliers s'en furent au grand galop à la poursuite de cette horde qui nous avait si méchamment harcelés. Ils s'en revinrent à l'aube, au pas de leurs chevaux, éreintés et bredouilles. Nous avions perdu dix-huit hommes, dont deux jeunes chevaliers andalous qui étaient de mes amis, tous percés de flèches. Seuls Esteban et Illa n'en parurent aucunement affectés. Tandis que le frère Suarez et ses moines, le matin venu, bénissaient les morts et chantaient la messe devant la troupe agenouillée, ils restèrent à parler sous un auvent, comme absents du monde.

Le Conseil des officiers réuni après les funérailles estima qu'il n'était ni prudent ni profitable de s'attarder dans ces lieux décidément inhospitaliers. Nous n'avions plus guère de vivres, et nous étions en trop petit nombre pour espérer une conquête rapide de ce pays que rien ne paraissait borner. Selon l'avis de tous, mieux valait regagner nos bateaux aussi promptement que possible et mettre le cap sur le port de La Havane, afin d'y recruter les hommes nécessaires et de passer le temps d'hiver à préparer pour les beaux jours une expédition décisive. Je me permis de faire remarquer au gouverneur Narváez que seul l'appât de l'or nous avait imprudemment attirés dans ce malheureux village où nous n'avions que faire. Je m'empressai de préciser que nous avions tous été coupables du péché de cupidité, et je fus, je crois, assez habile pour espérer publiquement que notre général nous guiderait désormais plus fermement au seul service du roi Charles, et pour le plus grand bien de la sainte Eglise. Un long silence accueillit mes paroles. Narváez ne me répondit pas mais son œil unique me promit la mort.

Les deux semaines qui suivirent furent brumeuses et sanglantes. A peine avions-nous quitté Apalache que notre troupe, privée de ses guides, se perdit dans des marécages infestés de nuées d'insectes et de serpents venimeux. Une cinquantaine de nos hommes furent bientôt pris de si fortes fièvres qu'ils n'avancèrent plus qu'à pas de vieux mendiants. Ceux-là, attardés loin des cavaliers, furent sans cesse harcelés et fléchés par les Indiens qui apparaissaient à l'improviste, et par je ne sais quelle sorcellerie s'effaçaient presque aussitôt dans les hautes herbes sans que nous puissions savoir où les chercher. Ces sauvages, tant de jour que de nuit, ne nous laissèrent aucun répit. Quand enfin nous pûmes rejoindre la forêt où nous avions passé de si mauvais moments, le couvert des arbres nous apparut comme un asile rassurant. Nous fîmes le compte de nos malheurs. Nous avions perdu une soixantaine d'hommes, plus d'une centaine, dont le gouverneur Narváez, étaient épuisés par la fièvre et nous n'avions plus la moindre miette de biscuit. Cependant, malgré l'état de nos malades qui avaient grand besoin de repos, nous ne pouvions nous attarder, d'autant que les Indiens n'avaient pas désarmé. Nos veilleurs en abattirent quelques-uns qui se glissaient d'arbre en arbre et cherchaient à nous approcher. Par miracle, ils ne nous attaquèrent pas en foule, comme ils l'avaient fait dans la nuit d'Apalache. Nous auraient-ils livré bataille, aucun de nous n'aurait survécu. Au-delà de la forêt, que nous quittâmes aussi vite que possible, nous ne fûmes plus poursuivis. Mais tandis que nous cheminions cap à l'est, où nous espérions retrouver nos bateaux, il nous fallut encore abandonner trente-deux hommes qui succombèrent à leurs blessures infectées ou à leur trop grande fatigue. Un soir, quelques fantassins affamés, sans en demander l'autorisation, sacrifièrent un cheval. Personne, parmi les officiers, ne leur en fit reproche, au contraire. Narváez remercia plaintivement le page qui vint à lui avec une tranche de viande grillée. Cet homme que je haïssais me faisait maintenant pitié. Je pensai, à le voir affalé sans force à côté de son ventre, qu'il ne reverrait pas la mer. Je me trompais. Il reprit peu à peu assez de vigueur pour chevaucher en tête de ses hommes sans plus se soucier de ceux qui ne pouvaient le suivre.

Nous fîmes, un de ces mauvais jours, une rencontre tant étrange qu'elle nous laissa longtemps pensifs et mal vivants. Comme nous allumions nos feux, un soir, sur la lande déserte, nous vîmes apparaître, surgi je ne sais d'où parmi l'herbe venteuse, un être squelettique armé d'un long bâton. Il vint à nous tout droit, sans crainte. Chacun demeura bouche bée à le regarder s'approcher. Il n'avait sur le corps que de rares lambeaux d'habit et sa figure hirsute était horrible à voir. Il était amputé d'une moitié de nez, sa joue, du sourcil au menton, n'était qu'une balafre sale, sa bouche ne se fermait pas et ses yeux semblaient captivés par je ne sais quel songe au-delà de l'air gris. Or cet Indien pareil à l'Errant éternel portait un crucifix de bois autour du cou. Voilà ce qui nous tint muets, tandis qu'il s'arrêtait à quelques pas de nous et demandait je ne sais quoi en espagnol mêlé de signes. Frère Juan s'approcha et lui tendit sa gourde. L'autre but goulûment, puis comme mon ami restait planté, fasciné par sa croix sur sa poitrine autant que par sa face et son regard perdu :

– Qui es-tu ? lui dit l'homme à voix rauque, brutale.

– Je suis Juan de Palos, ton frère.

Un éclat de lumière apparut dans le regard de l'égaré. Il examina un moment la figure du moinillon avec une acuité de couteau. Il lui dit enfin :

– Où vas-tu ?

Frère Juan fit un geste vague. Il m'apparut déconcerté. Il répondit pourtant avec application :

– Porter partout dans ton pays la sainte parole de Dieu.

Il dit encore :

– Es-tu chrétien ?

L'homme désigna sa balafre.

– J'étais mineur. Battu, fouetté.

– Tu portes la croix.

– Je la porte.

– Oh, Seigneur, lui dit Juan, permets-moi de t'aider.

Ces mots lui sortirent d'un trait. Il en fut lui-même étonné. Il remua la tête, et s'exaltant soudain :

– Pardonne-leur, pardonne-nous, pardonne le mal qu'on t'a fait, je t'en supplie, je t'en supplie.

Il eut un élan enfantin, maladroit, prit l'homme dans ses bras, l'étreignit de toutes ses forces, et baisa sa blessure en demandant pardon, encore, au nom du Christ. Quelques fantassins, le voyant ainsi implorer ce misérable monstre, ricanèrent. Beaucoup, gênés, se détournèrent. Je fus moi-même pris d'un si troublant souci que je me surpris à prier Dieu sans avoir rien à Lui demander, sauf qu'aucun mal ne soit fait à ce pauvre ami trop aimant.

– Allons, allons, reprenez-vous, lança le frère Suarez. Vous voyez bien, ce n'est qu'un fou.

Frère Juan s'écarta de ce corps poussiéreux qu'il tenait embrassé, il le prit par la main, et droit, la mine fière, alors que l'on croyait le voir baisser le front :

– Je me suis donné au Fils de Dieu, frère Suarez, et jamais, sachez-le, je ne me reprendrai.

– Veuillez m'obéir, s'il vous plaît, répondit l'autre, sèchement.

– Veuillez aimer, dit frère Juan.

Il fit effort pour se raidir, mais je sentis que tout tremblait en lui, sa voix, sa chair, son être. Il dit encore :

– Allons, mes frères moines, et vous aussi, les hommes, osez regarder ce malheureux qui vous déplaît si fort. Ce qu'il est au-dehors, nous le sommes au-dedans. Nos âmes sont ainsi défigurées, souffrantes, couvertes de haillons, maigres à faire peur, errantes, effrayées de se voir sans secours. Voyez votre misère, voyez la croix qu'elle porte, et prenant pitié de cet homme, ayez aussi pitié de vous. Si nous étions de bons chrétiens, il serait notre Jésus-Christ et il marcherait devant nous, et nous irions où il voudrait porter nos désirs de bonté. Car nous avons aussi ces simples désirs-là que nous ont donnés nos nourrices, nos mères, nos vieilles aimées. Les avez-vous vraiment oubliés, dites-moi ? Oh, je sais bien que non. Mais comment pourrions-nous sans pleurer sur nos vies les sortir des caves puantes où nous les avons enfermés ?

Il ne put étouffer le sanglot qui lui vint. L'errant qu'il tenait par la main se tourna vers lui et s'émut de le voir ainsi. Il essuya d'un doigt les larmes qui ruisselaient sur son visage en lui grognant, la mine piteuse, d'incompréhensibles paroles de réconfort. Quelqu'un parmi nos gens lança je ne sais quelle sottise. Ses voisins le firent taire. Les hommes paraissaient autant touchés qu'embarrassés par les paroles qu'ils venaient d'entendre. Quelques fantassins, à grands gestes pataudes, invitèrent l'Indien à s'asseoir parmi eux et lui offrirent de la viande séchée. Je vis alors le frère Suarez entraîner Juan à l'écart et lui parler violemment, un long moment. Quand il le laissa seul, je m'approchai de lui. Il me fit un sourire triste et s'éloigna. Il ne désirait pas de compagnie. J'aurais voulu lui dire l'affection qu'il m'inspirait, mais je ne pus. La nuit venue, comme je cherchais en vain le sommeil sous ma couverture, j'entendis une insistante litanie de voix basses, hors du campement, dans les hautes herbes. Je me levai sans bruit et m'approchai de ces murmures. Je découvris trois moines en prière sous les étoiles, frère Juan à genoux, le dos nu, et Suarez qui le fouettait. Je m'en revins au feu où quelques insomniaques jouaient encore aux dés. Je restai assis jusqu'au matin à contempler les flammes, l'esprit en débandade et le cœur sans espoir. A l'aube, quand le camp s'éveilla, on s'aperçut que le vagabond n'était plus parmi les hommes. Personne ne l'avait vu partir.

Il nous fallut encore quatre épuisantes journées de marche pour parvenir enfin, au sortir d'une forêt aux arbres prodigieusement hauts, en vue du rivage de la mer. Narváez m'ordonna de conduire une dizaine de cavaliers que la maladie avait épargnés à la recherche de nos bateaux. Je n'eus guère de peine à retrouver le village où nous avions abordé, mais il était désert. Plusieurs cabanes avaient été détruites par une de ces tempêtes dont nous avions éprouvé la violence. La bannière du roi d'Espagne que nous avions laissée au fronton de la longue bâtisse était à moitié enfouie, bourbeuse et déchirée, sous le toit effondré, nos chaloupes avaient disparu, et nos caravelles n'étaient plus au large. Nous ne découvrîmes d'elles, le long du rivage, que des reliefs de tonneaux remués par les vagues alentour des rochers. Ces mauvaises nouvelles désespérèrent la troupe. Beaucoup de nos hommes étaient encore si malades qu'ils ne pouvaient se soulever de leur couche, et nous étions tous d'autant plus affaiblis que l'épuisement de nos vivres nous forçait depuis de longues journées à nous contenter de racines et de fruits inconnus qui nous plongèrent plusieurs fois dans d'irrépressibles tourmentes d'entrailles. Il nous parut assuré que si nous tardions à prendre la mer, nous n'aurions bientôt plus assez d'hommes pour enterrer les morts. Nous décidâmes donc de construire des radeaux, dans l'espoir déraisonnable qu'ils nous porteraient sains et saufs jusqu'à l'île de Cuba. Or, nous n'avions ni forge, ni cordages, ni poix, rien qui puisse nous permettre de mener à bien un pareil ouvrage. Mais il est vrai que si nous, enfants de Dieu et du diable, sommes mille fois plus obscurs et malfaisants que nous ne le croyons, l'amour acharné de la vie peut faire aussi de nous les plus clairvoyants, les plus imaginatifs et les plus valeureux des êtres. De nos éperons, nos armures, nos étriers, nos arbalètes, nos mousquets nous fîmes des cisailles, des clous, des scies, des haches et bien d'autres outils qui nous faisaient défaut. Le Conseil des officiers décida de sacrifier deux chevaux par semaine. Leur viande nourrit à parts égales les malades et ceux qui travaillaient aux barques, leur crin mêlé de bourre arrachée aux palmiers fut tordu en cordes solides, dans leur cuir fut taillé ce qu'il fallait d'agrès, et des peaux de leurs pattes enduites de résine furent faites des gourdes, toutes bientôt gonflées de nos réserves d'eau. De nos chemises enfin et de nos couvertures nous fîmes des voilures. Bref, chacun de nos hommes valides s'obstina tant et si bien qu'après cinq semaines de travail, quatre embarcations nous parurent assez armées pour affronter la haute mer. C'est alors qu'un matin, comme Esteban et moi cherchions de gros cailloux pour en faire des ancres, nous vîmes disparaître Illa dans la forêt.

Nous n'en fûmes pas alarmés. Elle allait tous les jours chercher sous les grands arbres de ces barbes de branches dont nous faisions l'étoupe qui calfatait nos barques. Ce ne fut qu'au soir que l'on s'inquiéta. Dorantes s'en fut l'appeler dans le sous-bois. Il la chercha longtemps, aussi loin qu'il le put. Il s'en revint seul et si renfrogné qu'il me parut inutile de l'interroger. Le lendemain, comme il ne pouvait abandonner l'ouvrage où nous étions tous ardemment engagés, il ordonna à Esteban d'aller à sa recherche et de ne pas revenir sans elle. Nous l'attendîmes jusqu'au crépuscule. Quand Andrés les vit tous deux apparaître à la lisière de la forêt, il laissa là ses outils et courut à leur rencontre. Je le suivis. Illa paraissait épuisée. Dorantes s'arrêta avant de la rejoindre. Elle s'avança en titubant jusqu'à lui tomber dans les bras. Comme j'arrivais auprès d'eux, je l'entendis qui murmurait :

– Homme, pour toi, pour t'honorer, pour que je sois fière à ton bras, que tu n'aies pas honte de moi, vois, je suis ton épouse blanche.

Sa peau était pâle en effet, et couverte partout de brulûres saignantes, mains et bras, épaules, visage, mais son regard était radieux malgré le mal qu'elle endurait. Andrés la repoussa avec un grognement de dégoût, et s'essuyant la joue qu'elle avait effleurée, il lui demanda ce qu'elle avait fait pour être ainsi maculée de ces répugnantes rougeurs. Elle s'effraya, lui répondit qu'elles seraient bientôt effacées, et voyant son air furibond elle tomba misérablement à ses pieds en le suppliant sans paroles, comme s'il s'apprêtait à lui prendre la vie. Esteban nous apprit qu'elle s'était enduite de ces plantes pilées qui font la peau semblable à celle des fantômes, qu'elle en avait été brûlée et qu'elle avait grand besoin d'être soignée. Andrés s'en fut tout seul se remettre à la confection des voiles, malgré la nuit venue. J'accompagnai Illa jusqu'à l'abri des radeaux où je la fis coucher, et la confiai aux bons soins du nègre.

Ses plaies ne s'effacèrent pas, elles s'infectèrent. Le lendemain matin, quand je m'en vins la voir, je vis qu'elle grelottait et suait de la mauvaise eau. J'interrogeai à mi-voix Esteban qui avait veillé toute la nuit auprès d'elle. Il me lança un coup d'œil désolé, et baissa aussitôt la tête. Dorantes dormait encore après une nuit de labeur. Il me parut nécessaire de le prévenir que l'état d'Illa avait empiré et qu'elle était en danger de mourir. Je le trouvai au bord de l'eau, les pieds dans le ressac des vagues, poitrail nu, puissant comme un ogre, occupé à laver son torse et sa figure. Je lui dis que j'étais inquiet. Il gronda :

– Allons donc, elle veut se faire plaindre.

Il refusa d'aller la voir et s'en fut travailler avec les fantassins à la construction du dernier radeau. A la rage et l'acharnement qu'il mit à son ouvrage, je vis bien qu'il tentait de tromper le grand souci qu'il avait d'elle. Je ne le quittai pas de la journée. Pas un mot ne sortit de sa bouche. La nuit venue, tandis qu'il assemblait encore des rondins, il me demanda d'aller prendre des nouvelles. Elles n'étaient pas bonnes. Esteban me dit qu'il avait dû renoncer à laver ses plaies, tant elle souffrait au moindre effleurement. Je m'en fus chercher frère Juan. Je le trouvai penché sur les couches de nos malades. Il était lui-même fiévreux, il respirait avec peine, mais il écarta d'un geste mes conseils de repos. Je lui dis qu'Illa brûlait vive. Il m'accompagna auprès d'elle. Comme nous approchions, j'entendis dans l'ombre la voix profonde d'Esteban. Il contait une histoire. Je pensai que la pauvre esclave, peut-être, allait mieux. Juan me retint de les troubler. Il me fit rester à l'écart. J'écoutai le conte du nègre. Il disait l'amour éperdu d'une fille-papillon pour un feu de bougie, pour sa lumière dans la nuit. La bestiole était tant éprise qu'elle avait voulu l'embrasser, prendre la flamme à l'abri de ses ailes. Elle s'était ainsi embrasée, illuminant l'ombre un instant. Ses derniers mots furent ceux-ci :

– Garde cette histoire avec toi, petite sœur, et quand Dieu te demandera ce que fut ta vie, conte-la. Il pensera :

« Cette Indienne à la peau cuivrée a connu l'amour véritable. » Il s'inclinera devant toi.

Ainsi parla Esteban, puis il se tut, et je sus qu'Illa était morte. Frère Juan me prit par l'épaule. Il murmura à mon oreille :

– Partons, Alvaro.

– Juan, ne direz-vous pas une prière pour qu'elle soit accueillie au Ciel ?

– N'as-tu pas entendu ce qu'a dit Esteban ? Elle connaît Dieu bien mieux que moi.

– Mais ce n'est pas à Lui qu'elle a donné sa vie !

– Peu importe à qui l'on se donne si l'on ne garde rien pour soi. Je viens de découvrir cela. Moi, j'ai voulu sauver mon âme. Voilà pourquoi je l'ai perdue.

Il s'éloigna. Je restai seul, désemparé. J'errai longtemps sur le rivage, et comme j'allais ainsi, dans le murmure obscur des vagues, j'aperçus Dorantes tout proche. Il était assis dans la mer. Je l'appelai. Il ne me répondit pas. Il savait. Il resta immobile à regarder obstinément le large. De ce soir-là, il n'adressa plus la parole à personne.

Le lendemain matin, j'accompagnai Esteban et frère Juan dans la forêt où nous enterrâmes Illa sous le plus haut des arbres géants qui peuplaient ce lieu magnifique. Comme nous revenions vers la grève, je demandai au nègre de me redire l'histoire du papillon amoureux que je lui avais entendu conter. Il me répondit qu'elle n'était pas pour moi, et que je ne pouvais pas la comprendre. C'était vrai. Je n'étais en ce temps-là qu'un soldat au cœur désordonné, et ce qu'avait fait la jeune morte, malgré la pitié que j'avais d'elle, m'apparaissait d'une révoltante sottise. Je le lui dis. Il me répondit qu'en effet cela pouvait sembler stupide, selon ma raison blanche, mais qu'il y avait dans le monde des esprits d'autres couleurs capables de reconnaître une reine où je ne savais voir qu'une esclave. Il m'avoua cependant que sa raison noire s'était elle aussi révoltée de voir une fille aussi aimable et belle prise d'une telle folie, car il lui semblait inconcevable que l'on ait envie de ressembler à un Espagnol.

Les quatre radeaux chargés de ce qui nous restait de viandes furent ce jour-là mis à l'eau. J'embarquai en compagnie de Juan de Palos et d'une soixantaine d'hommes. Sur un autre de ces bateaux faits de bric et de broc prirent place Esteban et Andrés Dorantes avec quatre-vingts fantassins. Quant à Narváez, tandis que nous quittions le rivage à force de rames, il naviguait déjà au loin, la voile déployée. Nous avions convenu de ne pas nous perdre de vue, chacun étant pour l'autre un possible secours. Mais dès la nuit tombée le vent se leva, s'enfla en ouragan, jeta mes gens les uns sur les autres et emporta notre radeau dans de rugissantes ténèbres. J'ordonnai que l'on tente de rejoindre des feux que l'on voyait briller au loin, sur la côte, mais le vent ne le voulut pas. Nous survécûmes tant bien que mal jusqu'au matin. Quand le jour enfin se leva, je ne vis sur la mer que quelques îles trop lointaines et un seul de nos bateaux plats qui dérivait, désemparé, sans presque aucun homme à son bord. Les autres avaient disparu. La tempête n'avait guère faibli. De gros nuages s'en venaient au galop, du fond de l'ouest. Comme je tentais de ravigoter mes compagnons qui s'agrippaient les uns aux autres et regardaient la mort venir, hébétés comme des ivrognes, j'aperçus frère Juan couché contre le mât. Il était pâle, il respirait à peine, il regardait le ciel. Je me penchai sur lui, tout à coup alarmé. Il me saisit le bras.

– Je vais enfin savoir si je suis ton ami, Alvaro, me dit-il.

Je m'effrayai. Je l'avais vu s'affairer sans repos jusqu'à notre départ, essuyer le front des malades, les aider à boire, à manger. Il ne s'était plaint à personne, il n'en avait pas eu le temps. Il avait bravement tenu jusqu'à ne plus avoir de forces. En vérité, ni moi ni aucun de ses frères moines ne s'étaient préoccupés de lui, tandis qu'il se mourait tout seul. Je tentai sans espoir de le réconforter, de lui donner de mon courage.

– Allons, dit-il, écoute-moi.

Je le pris contre moi comme un petit enfant. Il me confessa sa souffrance. Avec cette tranquillité qui vient parfois aux moribonds, il me dit les désirs qui l'avaient tourmenté, non point des femmes, mais des hommes. Il me dit qu'il avait aimé un garçon, de toute son âme, au temps de leurs jeunes années, et que cet être inoublié, sous le fouet qui le tuait, s'était évertué à le sauver du déshonneur. Jusqu'à sa mort il avait maintenu que Juan n'avait pas été son amant et qu'il était resté pur de toute souillure.

– M'aimes-tu tout de même, Alvaro, m'aimes-tu ? Suis-je vraiment maudit ? J'ai voulu être utile, voilà tout. Oh, Seigneur, j'ai fait ce que j'ai pu, dit-il d'un souffle si menu que j'eus de la peine à l'entendre dans l'ouragan qui s'acharnait.

Je lui criai :

– Je n'aurai jamais de meilleur ami que vous, Juan, que Dieu vous accueille et vous garde !

Je ne sais ce que je lui dis encore, je n'entendais plus ma propre voix. Il me sourit, et soudain l'océan, les nuages, l'air gris, tout bascula d'un coup. Une lame emballée souleva le radeau. Je m'envolai à la renverse, plongeai dans les rumeurs du fond, puis mes bras à nouveau battant l'air rencontrèrent deux gros rondins aux attaches à demi rompues. J'aperçus quelques rescapés comme moi agrippés à des reliefs de barque. La houle hasardeuse des vagues nous emporta vers le rivage d'une île enfouie dans le brouillard. Après une éternité froide à garder la tête hors de l'eau, je m'effondrai sur des cailloux. Quatre autres de nos hommes, à quelques pas, reprenaient souffle. Ils m'appelèrent. Ils ne pouvaient venir à moi, tant ils étaient exténués. Nous n'avions plus rien sur le dos que quelques lambeaux de chemise. Sur la mer n'étaient que grisaille, écume blanche et vent méchant. Tous nos compagnons étaient morts. Des sept cents Espagnols, nobles et fantassins, partis un jour d'été conquérir la Floride, nous n'étions plus que cinq perdus sur une plage désolée.

Deuxième partie

4

Je me traînai vers ces quatre hommes ruisselants que la tempête avait rejetés avec moi sur les galets de la grève. Je dis ici leur nom, que Dieu garde leur âme. Il y avait là Pedro Fernandès, menuisier portugais, Juan Mendez, apprenti pilote, Armando Figuero, fantassin natif de Tolède, et Javier Astudillo, de Zafra. Le vent était encore furieusement teigneux. Ils grelottaient si fort qu'ils ne pouvaient parler. Je les fis se serrer étroitement les uns contre les autres afin qu'ils se réchauffent, si cela se pouvait, et ne restent pas enfermés chacun dans sa détresse. Ils s'empressèrent de m'obéir mais je n'eus pas le loisir de les réconforter plus avant. Comme je me joignais à leur étreinte, un brusque remuement d'effroi nous désunit. Une dizaine d'Indiens vêtus de longues guenilles venaient d'apparaître parmi les arbres qui longeaient le fond de la plage. Ils étaient armés d'arcs et de bâtons. Mendez et Figuero se mirent à gémir et pleurer. Je leur ordonnai de prier, plutôt que de se laisser aller à l'épouvante, car je ne doutais pas à cet instant que ces « fils de Caïn », comme disaient les moines, allaient nous massacrer, et je n'avais plus d'autre souci que de nous voir mourir en bons chrétiens et dignes sujets du roi d'Espagne.

Or, je m'aperçus bientôt que ces gens, dont nous attendions l'assaut sans autre espoir qu'en Dieu, nous observaient en vérité avec une prudence extrêmement circonspecte. Notre présence les troublait. Ils hésitèrent un long moment entre les feuillages et la mer. Quand enfin ils se décidèrent à s'approcher de nous, il m'apparut qu'ils n'avaient aucune intention de nous abattre là, sur ces cailloux mouillés. Je le dis à mes compagnons. Je leur donnai l'ordre de dissimuler leur désespoir et de faire à ces sauvages aussi bonne figure que possible. Ils nous rejoignirent sans hâte, nous tournèrent autour, nous palpèrent les épaules en échangeant des grognements et des réflexions apparemment paisibles, puis ils s'assirent à quelque distance et semblèrent délibérer. Après qu'ils eurent parlé, deux d'entre eux partirent en courant, agiles comme des lièvres. Ils furent longs à revenir. Quand à nouveau ils apparurent, nous fûmes fort surpris de les voir chargés de pièces de fourrure. Les autres, qui étaient jusqu'alors restés proches de nous, aussi méfiants et immobiles que nous l'étions nous-mêmes, trottèrent à leur rencontre et revinrent avec ces pelisses inespérées. Ils nous en couvrirent le dos, puis nous firent signe de les suivre. Même dans le pire malheur, l'espérance est prompte à renaître. Je dis à mes compagnons que ces êtres-là nous prenaient sans doute pour des dieux surgis de la mer, malgré notre dénuement, et n'avaient d'autre désir que de nous honorer. Ils ne me répondirent pas, ils étaient trop las et souffrants, mais je les entendis marmonner quelques bribes d'action de grâces.

Le soir tombait, le vent piquait encore méchamment, bien qu'il ait perdu de sa violence. Après une heure de marche par un sentier montant parmi des buissons et des arbres bas, j'aperçus, au pied d'un rocher, la lumière d'un feu sur lequel veillaient des enfants. Les hommes qui nous accompagnaient nous invitèrent à nous y réchauffer. Je compris alors que ces jeunes Indiens qui le nourrissaient sans cesse de branches ne l'avaient allumé que pour nous. Leur sollicitude me parut si touchante et inattendue que me vinrent en bouche mille bénédictions. Pour la première fois depuis notre naufrage, tandis que je tendais mes mains glacées aux flammes, je pensai à frère Juan, à sa douloureuse bonté et à la honte qu'il avait éprouvée de voir ces êtres simples abandonnés à l'arrogante cruauté des troupes catholiques. « Par quel mystère ou quel miracle, me dis-je, peuvent-ils se montrer aussi secourables envers des inconnus, ignorants comme ils sont de la charité chrétienne ? » Je tentai, par signes, de faire entendre à ces gens mon amicale gratitude. J'encourageai mes compagnons à faire de même, mais ils restèrent retranchés dans leur méfiance. Javier Astudillo nous dit qu'à son avis, si ces cannibales nous amenaient ainsi avec tant de prévenances, c'était pour nous sacrifier à leurs idoles, et sans doute nous dévorer. Les autres le crurent. Ils se mirent à examiner sournoisement nos hôtes et à imaginer un plan d'évasion si évidemment dérisoire qu'ils cessèrent bientôt d'en parler et se renfoncèrent dans leurs ruminations. Nous arrivâmes au village à la nuit noire. Je n'eus que le temps d'apercevoir sur une place des gens ombreux qui s'affairaient autour d'un brasier environné d'étincelles. On nous poussa dans une cabane, un peu à l'écart des autres. Elle était obscure, je n'y vis pas le moindre meuble, mais le sol était couvert de paillasses d'une réconfortante épaisseur. On vint nous y porter quelques poissons grillés sur de larges feuilles luisantes et des sortes de raves inconnues de fort mauvais goût que nous dévorâmes furieusement malgré la crainte que nous avions d'en être empoisonnés. Après quoi, à bout de forces, chacun s'enfouit sous sa couverture et sans le moindre mot s'abandonna au sommeil.

Le lendemain fut un jour entre tous mémorable. Notre cabane n'était fermée que d'un tissu grossier qui tenait lieu de porte. Un éclat de soleil sous ce rideau levé me réveilla, geignant, perclus. Je me dressai. Je vis Maïna. J'ignorais encore son nom, mais je ne peux, à l'instant où je vous écris, faire semblant de ne point la connaître. Je ne distinguai pas, d'abord, les traits de son visage. La lumière du matin baignait ses épaules, elle se tenait agenouillée. Elle m'offrit des galettes et des fruits séchés dans un nid de feuilles. Elle me sourit. Elle m'invita d'un mot pointu à goûter de ces nourritures. Je me mis moi aussi à genoux devant elle. Je rencontrai ses yeux. J'en fus intimidé. Ils m'observaient, noirs et limpides, un peu complices, un peu craintifs, si étrangement familiers que je ne sus que faire ou dire. Elle tendit une main furtive à ma poitrine où pendait le médaillon que Felicia, ma vieille nourrice, m'avait passé au cou à l'instant où je la quittais pour mes espoirs de paradis. La furie des eaux m'avait tout arraché sauf cela, ce minuscule objet sacré. J'avais oublié sa présence. Je le pris, tout ému, le portai à mes lèvres. Alors d'un geste vif, léger, inattendu, elle l'ôta de mes doigts, elle le baisa aussi et s'enfuit aussitôt comme une bête effarouchée. Mes quatre compagnons, réveillés avec moi, s'exclamèrent ensemble.

– Vous lui plaisez, me dit Mendez, l'œil allumé, enthousiaste. Faites-lui donc quelques mamours. Une alliée, chez ces barbares, voilà qui nous ferait grand bien. Elle nous aiderait sûrement à retrouver des Espagnols. Des amis nous cherchent peut-être.

Les autres l'approuvèrent. Je ne répondis pas. Je restai tout pensif. Cette fille à peine entrevue me laissait comme un enfant nu.

Je la revis, ce premier matin-là, dans le village où nous pûmes déambuler sans que nul ne nous empêche d'aller à notre guise. J'appris ainsi qu'elle avait un frère, nommé Tulque, et qu'elle était la fille du chef de sa tribu. Je ne pus m'approcher d'elle qu'un instant, car des femmes l'appelèrent et elle dut les suivre sur la lande où elles allaient à des travaux de cueillette, mais je vis qu'elle me quittait à regret. Je m'en sentis tout allègre. J'accompagnai un moment mes compagnons qui tentaient d'engager d'impossibles conversations avec les villageois et de franchir sournoisement le seuil des huttes dans l'espoir chimérique d'y découvrir de l'or, puis je descendis vers la mer. Je trouvai quelques pêcheurs dans les vagues du ressac. Je restai longtemps à contempler le large en priant Dieu de faire apparaître au loin une voile de caravelle ou de radeau rescapé, mais l'horizon demeura ce qu'il était aux premiers temps du monde.

Une semaine durant je revins tous les matins sur le rivage, espérant de l'océan un signe de vie de plus en plus improbable. Maïna n'avait pas reparu. J'appris de son frère qu'elle était avec les autres femmes et la plupart des hommes à récolter des herbes et des racines sur les hauteurs de l'île. Je me liai d'amitié muette avec les pêcheurs que je retrouvais sur la grève, et que j'aidais de mon mieux. Vint un jour où le temps se fit si maussade qu'ils durent renoncer à lancer leurs filets qui leur revenaient sans cesse à la figure. Ils décidèrent donc de ne point insister et de retourner au village. Or, comme nous cheminions, je vis venir un jeune Indien bondissant, les pieds nus, parmi les hautes herbes. Ceux qui m'accompagnaient l'accueillirent avec un intérêt rieur et volubile. Il n'était pas de leur tribu. On me fit entendre qu'il venait d'un bord éloigné de l'île. Je découvris alors, suspendue à son cou, une boucle de ceinturon espagnol. Je le pris aux épaules, je lui demandai où il avait trouvé cela, mais mon impatience l'effraya tant qu'il craignit de me répondre. Je le rassurai aussi bien que je pus et m'efforçai de l'interroger avec un calme que démentaient les battements de mon cœur. Il ne s'apaisa pas mais me fit entendre avec force gestes désordonnés que plusieurs cadavres s'étaient échoués non loin du rivage où il demeurait, et que deux chrétiens aussi vivants que moi étaient arrivés dans son village, l'avant-veille de ce jour. La nouvelle m'émut si fort que je le serrai sur mon cœur, ce qui parut à nouveau l'épouvanter. J'hésitai un instant à prévenir Juan Mendez et les autres, mais mon désir était trop vif de retrouver sans tarder ces compagnons miraculés. Je poussai devant moi le jeune fou et lui désignai le lointain. Il s'en fut en courant. Je le suivis. Il m'épuisa, tant il était agile à gravir les pentes et se glisser entre les rocs, malgré la bourrasque qui s'énervait. Son village était à l'extrême nord de l'île, et proche du bord de la mer. Quand j'y parvins, le soir tombait. Mon guide arrivé avant moi avait déjà rameuté une foule de gens qui amenaient à ma rencontre deux hommes hauts, larges et guenilleux comme des mendiants de Séville. Je leur courus éperdument dessus dès que j'eus reconnu Andrés Dorantes et le sombre Esteban. Ils m'ouvrirent les bras, aussi bouleversés que je l'étais moi-même, et m'étreignirent ensemble en mêlant aux miennes leurs exclamations, puis ils me conduisirent dans une hutte ronde où brûlait un feu revigorant, et me contèrent ce qu'ils savaient de nos malheureux compagnons.

Selon ce que m'apprit Andrés, Pánfilo Narváez avait disparu aussi simplement qu'un fétu de paille au vent. Son radeau, qui était de tous le mieux armé, avait survécu à la tempête, mais il avait perdu presque tous ses hommes. Quand il était parvenu en vue du rivage où nous étions, ne restaient plus, à son bord, que trois vivants affamés : le gouverneur, son page, et un jeune officier aragonais nommé Tierno Buscat. Narváez avait ordonné à cet homme d'aller à la nage chercher des vivres et de l'eau, après quoi, sans doute affaibli par des épreuves plus considérables que ne l'était son courage, il s'était endormi sous la voile. Buscat avait rejoint la plage. Des Indiens l'avaient accueilli, ils l'avaient mené jusqu'à leur village, ils lui avaient offert les provisions qu'il demandait. Mais lorsqu'il était revenu au bord de l'eau, escorté par sa bande de sauvages, il n'avait pas trouvé le radeau où il l'avait laissé. Le vent, en son absence, avait viré de bord, il l'avait emporté, il n'était plus au loin qu'un petit bout de bois surmonté d'un semblant de voile, déjà presque perdu dans les brumes du large.

– Notre général est probablement mort de faim et de soif, me dit Dorantes, à moins qu'il n'ait dévoré son page, ce que je ne crois pas impossible.

Je lui demandai ce qu'il était advenu de l'officier aragonais, que j'avais peu connu. Il me répondit que les Indiens l'avaient tué après qu'il eut baisé la joue d'un nourrisson. Par malheur, l'enfant avait perdu la vie peu de jours après. Son père s'était pris de colère. Il avait convaincu les autres hommes du village que Buscat lui avait jeté un sort, et ils lui avaient brisé le crâne. Andrés et Esteban, en arrivant au village, avaient trouvé son cadavre jeté dans un buisson, et ils n'avaient appris ce qui s'était passé qu'après de longues et difficiles palabres. Je voulus savoir comment ils avaient eux-mêmes survécu. Dorantes me dit que leur radeau s'était brisé sur des récifs, qu'un rondin envolé avait failli lui arracher la tête, qu'Esteban l'avait sauvé de la noyade et qu'ils s'étaient retrouvés seuls vivants sur une étroite plage au pied d'une falaise. Ils avaient dû longer la côte deux épuisantes journées avant de découvrir ce village où ils redoutaient de rester car il sentait que ces gens, malgré leur apparente jovialité, n'avaient d'autre désir que de les voir retourner au fond des eaux, d'où ils les croyaient issus.

Je ne dormis guère, cette nuit-là. Mes compagnons non plus. Nous ne fîmes que parler et parler encore, émerveillés de nous entendre et de rire de nos malheurs après avoir désespéré de nous revoir jamais. Dorantes n'en croyait pas ses yeux, il ne cessait de me palper le visage, les épaules. Il était tant heureux de m'avoir retrouvé qu'il nous estima désormais invincibles. Je me laissai volontiers emporter par sa tonitruante confiance. Le sage Esteban nous rappela que nous n'étions en rien sauvés, mais il me plut infiniment de le voir plus content et délié qu'il ne s'était jamais montré. A l'aube du lendemain, Andrés découvrit devant notre porte un sac de fruits et de poissons secs. Les villageois avaient compris que leurs hôtes partiraient avec moi dès le jour levé. Ils ne prirent pas la peine de saluer notre départ. Je ne vis errer çà et là que quelques ombres furtives tandis que nous quittions le cercle des huttes et prenions le sentier du bord de mer.

Le lendemain de ce jour, vers l'heure de midi, comme je faisais visiter notre village à mon frère d'armes, les hommes et les femmes qui s'en étaient allés à la cueillette des herbes et des fruits s'en revinrent chargés comme des baudets. Maïna, dès qu'elle me vit, accourut à moi. Elle paraissait en grand souci. Elle me parla vivement, me fit entendre par gestes et mimiques que nous étions en danger, puis elle nous poussa, mes compagnons et moi, dans notre hutte et nous laissa là fort perplexes. Elle ne vint pas, ce soir-là, nous porter à manger. Nous en fûmes d'autant plus alarmés que nous vîmes par le rideau entrebâillé un grand nombre de gens, sur la place, s'assembler autour du feu et se mettre à palabrer violemment en désignant l'abri où nous étions. Maïna vint avec d'autres femmes se mêler à ces disputes. Je la vis et l'entendis parler. J'en oubliai un instant mon inquiétude, tant sa véhémence me parut magnifique. Je sus d'elle, plus tard, ce qui avait provoqué la colère et l'effroi des villageois. Ils avaient appris que cinq Espagnols naufragés sur une île voisine s'étaient trouvés tant affamés qu'ils s'étaient dévorés les uns les autres jusqu'au dernier, qui était mort de privations et de folie. Les Indiens en avaient conçu une telle horreur que certains d'entre eux, nous estimant semblables à ces monstres, avaient exigé pour la santé de leur village que nous en soyons chassés. Maïna et son père nous avaient défendus, mais le fait est que de ce jour nous fûmes tous regardés sans plaisir, sauf Esteban qui n'était pas notre pareil et qui se vit bientôt suivi, où qu'il aille, par une troupe d'enfants nus aussi rieurs qu'admiratifs. Il fut le premier à apprendre le langage de ce peuple. Je fus le deuxième, car Maïna s'appliqua à m'instruire.

Elle venait, le matin, nous porter à manger, puis elle se retirait et m'attendait dehors. J'avais hâte de la rejoindre. Pourtant je m'efforçais de paraître hésitant, retenu que j'étais (intimidé peut-être) par les regards mélancoliques de Dorantes qui pensait sans cesse à Illa sans jamais parler d'elle. Je sortais donc d'un pas faussement promeneur. Maïna, dès que j'apparaissais, s'enfuyait, légère, rieuse. Elle m'entraînait au loin, à l'écart du village et là, toujours sous le même arbre, elle se laissait tomber dans l'herbe, je m'asseyais à son côté, et chacun dans son langage nous nous apprenions, jubilants, le nom du vent, des rocs, des nuages, des bêtes, des yeux, des mains et de la bouche, des désirs et des sentiments, de tout ce qui vivait en nous et sous le ciel. Elle éprouvait à ce jeu une joie tant innocente que je m'en trouvais lavé de tout souci, malgré mes gaucheries de soldat peu accoutumé aux subtilités des demi-sourires et des gestes inachevés. L'amour est un déconcertant mystère. Tant qu'on l'ignore, on vit sans lui, mais dès qu'il vient, il est la vie. Il m'envahit sans que j'y prenne garde, peu à peu, déguisé en petites choses. Mon insouciance retrouvée, c'était lui, la lumière neuve de l'air autour de nous, lui encore, l'oubli des horreurs de ce monde, du temps passé, du temps futur, et cette délicieuse ivresse qui me faisait rire de tout, je croyais que ce n'était rien, c'était cela qu'on nomme « amour ». Pardonnez-moi de ne savoir mieux dire. J'ai toujours éprouvé un intime embarras à laisser apparaître les sentiments de mon cœur. Sachez seulement que de mots en silences, d'élans complices en fuites tendres, d'effleurements irréfléchis en caresses à demi volées (comment fit-elle ? Je ne sais) Maïna ouvrit en moi la porte d'un jardin dont j'ignorais l'existence et qui, aujourd'hui encore, me paraît infini.

En vérité, je vécus là les heures les plus heureuses de ces turbulentes années, malgré l'inquiétude qui chaque soir enfiévrait mes compagnons de misère. La plupart des villageois nous ignoraient, mais certains nous fuyaient dès que nous les approchions, et d'autres grimaçaient, quand ils nous croisaient, comme si nous étions des animaux puants. Après environ deux semaines à guetter je ne sais quel miraculeux secours, Mendez et ses trois compères nous prévinrent, tandis que nous dînions, qu'ils avaient décidé de rejoindre à force de bras la côte de Floride. Je tentai de les en dissuader, bien qu'ils fussent d'excellents nageurs, car ce rivage me paraissait trop lointain pour qu'une pareille aventure ait quelque chance d'être menée à bien. Ils me répondirent que, sur cet îlot de malheur, ils désespéraient de jour en jour plus gravement et qu'ils préféraient risquer leur vie à tenter de rejoindre l'Espagne plutôt que d'attendre là, au bord de la mer vide, que la mort vienne ramasser leur carcasse. Ils s'en furent donc un matin, après que Dorantes et moi les eûmes longuement étreints et bénis. Ils ne doutaient pas de parvenir sains et saufs à la rive à peine visible dans les brumes de l'horizon où ils espéraient trouver une de nos caravelles à l'abri de quelque port. Ils promirent de revenir bientôt nous chercher. Ils s'enfoncèrent dans les vagues en riant, les mains brandies en signe d'au revoir. Dieu seul sait où se perdirent ces intrépides compagnons. Je ne les revis jamais et, où que j'aille, je n'entendis plus parler d'eux.

Ce fut le lendemain de leur départ que deux enfants, parmi ceux qui suivaient partout Esteban, furent pris de fièvre et de violentes douleurs de ventre. Un vieillard et trois femmes se trouvèrent bientôt pareillement malades, puis cinq jeunes hommes d'apparence pourtant vigoureuse. Deux de ces gens moururent après quelques jours de plaintes si déchirantes que tout le village en pleura. Ceux qui nous regardaient comme les proches parents de ces Espagnols cannibales qui les avaient épouvantés murmurèrent alors de plus belle contre nous. Ils ne tardèrent pas à se convaincre que nous étions responsables de ces malheurs et s'agitèrent jusqu'à provoquer une nouvelle assemblée, un soir, autour du feu. Tous les villageois s'y rendirent. On s'y disputa si vivement que les hommes, emportés par leurs palabres, se mirent à jeter dans les lueurs du brasier une branche après l'autre au rythme de leurs éclats de voix, si bien que les flammes s'élevèrent bientôt plus haut que les têtes. Ceux qui nous croyaient malfaisants expliquèrent aux autres que les démons qui tourmentaient leurs familles étaient sortis avec nous de la mer, que nous étions peut-être leurs maîtres, peut-être leurs serviteurs, en tout cas leurs complices, et qu'ils étaient d'avis que nous soyons à l'instant mis à mort afin que ces méchants esprits nous ramènent avec eux dans nos grottes du fond des eaux sans les tourmenter davantage. Maïna, cette fois encore, fut splendide. De ma vie je n'oublierai sa tête haute, la grâce de ses mains mouvantes entre nuit et lumière, son corps fragile et fier, la force de sa voix, fervente, impétueuse, sa façon de regarder droit ceux qui voulaient nous voir mourir. Tandis que nous l'observions du seuil de notre hutte, je sentis le souffle de Dorantes à mon oreille, et je l'entendis rêver, à voix basse. Il me dit :

– Seigneur, comme elle est amoureuse ! Elle ne serait pas plus ardente si elle jouait sa propre vie. Canaille, quelle chance tu as !

De fait, bien que je n'entende rien à ses paroles, je savais ce qu'elle répondait à ces fous qui ne voyaient en nous que des diables marins. Elle nous désigna. Elle dit, tout d'un trait, que nous étions des êtres de chair et de sang, comme elle-même l'était, et que nous aurions assurément sauvé nos propres compagnons naufragés si nous savions donner des ordres à la Mort. Les hommes baissèrent la tête sans rien trouver à lui répondre, puis son père parla. C'était un grand vieillard au visage sévère, infiniment ridé. Tous l'écoutèrent. Après qu'il se fut tu, les voix autour de lui se firent moins fiévreuses. Je crus que nous étions sauvés. Andrés soupira d'aise. Esteban, délivré du souci qui tourmentait son front, se mit à chantonner. Tulque, le frère de Maïna, trottina jusqu'à nous, rieur comme à son habitude, et nous fit signe de le suivre. Le feu, faute de branches, s'était lui aussi apaisé. Il faisait doux au bord des braises. Maïna ne me dit rien, mais ses yeux me sourirent. Son père nous prit aux épaules, nous fit l'un après l'autre asseoir et nous tint patiemment un langage de gestes et de mots insistants, sans cesse répétés sous le regard attentif des autres, hommes et femmes. Quand j'eus enfin compris ce qu'il s'escrimait à nous dire, j'en demeurai pantois.

Les villageois avaient ensemble convenu que nous étions des êtres à peu près humains, mais pour être venus d'au-delà de la mer, et pour avoir survécu aux mille dangers que nous avions dû affronter il fallait sûrement que nous soyons sorciers. Or, ils ne voulaient pas garder chez eux des gens dont ils ne savaient pas s'ils étaient bons ou non. Nous devions donc nous rendre utiles, et pour cela soigner et guérir leurs malades. Ils ne doutaient pas que nous avions ce pouvoir. Je leur répondis, en riant du malentendu, que nous n'étions pas médecins mais chevaliers et serviteurs du roi d'Espagne. Ils affirmèrent alors avec force qu'assurément nous connaissions ces démons qui accablaient leurs malheureux parents, que si nous étions sortis vivants de la tempête c'était bien que nous les avions vaincus, et donc que nous pouvions une fois encore les forcer à lâcher leurs proies. Je tentai de leur expliquer que nous ne savions rien de ces prétendus diables. J'y parvins mal. Je me mis à bafouiller d'inaudibles protestations. Esteban, ébahi par l'étrange conviction de ces gens, fut pris d'un fou rire silencieux qui ne tarda guère à envahir Dorantes et les hommes qui les environnaient. Le débat en perdit de son âpreté, mais le chef du village et ses proches n'en démordirent pas. Quoi que je puisse dire, ils s'obstinèrent à exiger (de moi d'abord, qui raisonnais si fort) que nous ôtions le mal des corps infectés, sous peine de n'être plus nourris en aucune manière et de demeurer enfermés dans notre hutte jusqu'à ce que nous acceptions de faire ce qui nous était demandé. L'un d'eux me dit enfin qu'ils nous tueraient si nous leur refusions ce service. Je cherchai du regard le secours de Maïna. Elle me sourit avec une simplicité qui me laissa défait. Son frère Tulque, à côté d'elle, m'encouragea d'un hochement de sa bonne tête ravie. Je m'étonnai que ces deux êtres, que je croyais sensés, se montrent, eux aussi, tranquillement certains que je pouvais guérir les malades, et que je ne tarderais pas à m'y résoudre. Je me sentis soudain enfermé dans un cauchemar sans issue. Je m'enrageai, criai que non, que nous pouvions nous rendre utiles de mille manières, s'ils le désiraient, mais que nous étions incapables de répondre à des exigences aussi extravagantes. Je suppliai Maïna de leur dire cela. Elle me sourit encore, me caressa furtivement la joue comme elle aurait fait à un enfant, puis elle me fit entendre que nous devions aller dormir, que demain le soleil se lèverait dans notre cœur comme sur son île et qu'elle viendrait me visiter. Je voulus encore protester mais Esteban et Dorantes m'entraînèrent de force jusqu'à notre cabane sous les murmures et le regard réprobateur des hommes.

Dès que nous fûmes seuls, Dorantes nous dit qu'il était d'avis de quitter au plus vite ce village de fous. Je haussai les épaules. Je ne pris pas la peine de lui faire remarquer que nous n'avions nulle part où aller. Esteban le fit pour moi, ce qui nous laissa tous les trois un long moment pensifs, puis je dis sombrement à mes compagnons que nous devions nous rendre à l'évidence. Nous étions désormais prisonniers.

– Ces gens sont des renards, ricana Esteban. Ils savent bien, quoi qu'ils en disent, que nous n'avons aucun pouvoir. Ils n'ont qu'à patiemment attendre que tous nous voient incompétents, et ils seront justifiés de nous flécher comme des bêtes.

J'entendis Andrés murmurer avec une étrange conviction que Maïna nous sauverait. Son regard m'émut. Illa était en lui toujours aussi présente. Il me vint à l'esprit que c'était d'elle qu'il espérait du secours. Je m'enfouis jusqu'aux cheveux sous ma couverture. Esteban aussi. Je crois que son maître resta assis contre le mur de la cabane et demeura là toute la nuit à contempler les ténèbres.

Maïna, comme elle l'avait promis, apparut avec le matin par le rideau entrebâillé. Je me sentis amer de la voir les mains vides. J'avais faim, mes compagnons aussi, et nous espérions d'elle, malgré les menaces que l'on nous avait faites, la brassée de racines et de poissons rôtis qu'elle venait déposer, d'ordinaire, à mes pieds. Je ne lui fis aucune remarque, mais elle me vit distant. Elle me dit avec une tranquillité allègre que nous serions nourris et couverts de cadeaux dès que j'aurais guéri la quinzaine de malheureux qui espéraient de moi la fin de leurs douleurs. Il m'apparut insupportable qu'elle ait rejoint le camp de ces insensés qui me demandaient l'impossible. Je la pris rudement aux bras. Je lui criai :

– Regarde-moi, je suis un homme sans pouvoir, je n'ai jamais soigné personne, je ne suis rien qu'un Espagnol perdu sans bottes ni cheval sur une île du bout du monde. Je peux prier, manger, dormir, aimer, jouer aux dés, me battre, tuer des bêtes et des gens, mais guérir, non, je ne sais pas. Je ne sais même pas préparer la tisane dont ma nourrice m'abreuvait quand j'avais le nez encombré. Comprends donc cela, mille diables !

Elle me regarda, étonnée, répondit stupidement :

– Oh.

Elle se tourna, un peu craintive, vers Andrés et son Esteban assis par terre, ébouriffés, qui tentaient de rafistoler quelques lambeaux de vêtements. Dorantes l'ignora. Il dit :

– Il nous faut fuir. Ils doivent bien avoir des barques.

Et le nègre :

– Sans doute, oui. Ils les ont cachées cette nuit. Elles ne

sont plus sous les rochers où je les ai vues, hier encore. J'y suis allé avant le jour.

Maïna revint à mon visage. Avait-elle compris ? Plus tard, elle m'avoua que oui. Mais à l'instant, dans son regard, quelles questions sans fond, muettes ! En vérité, elle redoutait de m'entendre la supplier de m'aider à quitter son île, à la quitter, elle, surtout. Elle avait peur que je la brise. Un seul mot de moi le pouvait. Elle attendit pourtant sans trembler ni baisser la tête. Je voulus parler. Je ne pus. Je me mis à échafauder confusément, en grande hâte, mille ridicules façons de nous arracher à ce piège où nous risquions la mort la plus sotte qui soit. Elle vit mon désarroi. Elle parut rassurée. Elle me dit :

– Tu les guériras, Alvaro, mon cœur le sait, il ne ment pas. Va chercher ceux qui sont sur le chemin des morts, ramène-les chez eux, ici, dans leur village. Ils te suivront. Pourquoi ne te suivraient-ils pas ?

Je lui répondis, excédé, qu'elle avait perdu l'esprit, je lui dis une fois encore que personne, dans mon pays, sauf Dieu et sa troupe de saints, n'avait le pouvoir d'arracher les mourants au royaume des ombres.

– Si tu ne le fais pas, dit-elle, inaltérable, les flèches te tueront. Tu le feras parce que tu ne dois pas mourir.

Elle se tut puis me dit encore, sûre d'elle, la tête haute :

– Tu ne dois pas mourir.

Elle s'en alla sans autre mot.

De trois jours elle ne revint pas. Je la cherchai dans le village, plusieurs fois je la vis de loin en compagnie de jeunes filles qui me lançaient de brefs coups d'œil puis penchaient vers elle la tête pour lui dire, probablement, que j'étais là, à quelques pas, que j'hésitais à la rejoindre, que j'attendais d'elle un regard. Elle ne se retournait jamais, les autres le faisaient pour elle, je les entendais qui gloussaient en lui murmurant à l'oreille je ne sais quelle confidence sur ma mine ou ma gaucherie. Je désirais la voir, mais seule. Je me sentais trop misérable pour affronter les moqueries, les grimaces de ses amies. Ces instants où je l'aperçus furent donc courts et déplaisants. J'usai le plus clair de mon temps à errer sans savoir que faire. Je croisais des gens décidés à ignorer mon existence, je faisais fuir les femmes seules, des garnements, de loin en loin, me lançaient des mottes de terre tandis que Dorantes s'obstinait à mendier çà et là quelque nourriture, mais on le repoussait d'un mauvais mot, d'un geste, et devant sa triste figure on tirait le rideau des huttes. Esteban, lui, courait la campagne alentour mais n'y trouvait guère de fruits. Quelques baies et méchantes raves, voilà tout ce qu'il rapportait. Et l'épidémie s'aggravait. Nous le sentions tous les matins à de nouveaux remue-ménage, regards hostiles, plaintes, pleurs. Heureusement, de ces jours-là, aucun malade ne mourut. Enfin Maïna revint, un soir, au crépuscule, dans notre abri de branches. Tulque, son frère, l'accompagnait. Elle nous trouva assis, muets et grelottants à mâchonner des baies acides et des racines mal lavées. Une bouffée d'espoir nous ranima quand elle nous apparut. Nous attendions tout d'elle, un miracle, une barque, une heureuse nouvelle, un pacte de paix raisonnable, la délivrance enfin du cauchemar absurde qui nous privait de tout. Nous étions comme des enfants affamés, démunis, perdus. Je la vis, et je sus qu'elle ne nous portait rien. Elle me dit tristement qu'il était grand temps que je fasse ce qu'elle avait promis pour moi, que les gens s'impatientaient, que le souci qu'ils se faisaient pour leurs proches parents fiévreux se changeait peu à peu en haine à notre égard, et que si par malheur l'un d'entre eux mourait, elle ne pourrait pas retenir les flèches et les bâtons qui s'abattraient aussitôt sur nous. A nouveau elle me supplia. Elle voulut que je lui promette de me présenter devant son père, dès le prochain matin, et de lui demander de me conduire auprès des souffrants.

– Tu les guériras, me dit-elle avec une force éperdue. Tulque le sait, il en est sûr. Il a vu Mahona en toi.

Je m'attendais à devoir lutter encore contre sa déraison, mais je demeurai ébahi. Je regardai ce dadais efflanqué qui se tenait debout au milieu de la hutte et qui, au nom de Mahona, s'était mis à hocher la tête en souriant béatement. Je l'estimais simple d'esprit, et il me semblait qu'au village on le considérait ainsi, tant il était content de tout, serviable mais maladroit, tout encombré de son grand corps. Il jouait avec les enfants, il ne se souciait en rien d'être un homme parmi les hommes. Qu'avait-il pu dire à sa sœur ? Par quelle étrange inconséquence avait-elle prêté l'oreille aux fantaisies écervelées de cet attendrissant idiot ? Je lui demandai qui était Mahona. Elle me répondit qu'il était le Créateur du monde. Dorantes ricana. Esteban, l'œil amusé, voulut savoir comment Tulque avait pu le voir. Maïna hésita, elle me parut un instant désemparée, puis elle prit la main de son frère, le fit asseoir à côté d'elle et soudain ravivée elle se mit à nous conter avec une tendresse fiévreuse l'histoire la plus inattendue qui soit.

Il y avait de cela cinq hivers, nous dit-elle, Tulque était encore un jeune homme hardi, violent et fier, beau, taciturne. Il parlait peu. Il était craint. Son cœur brûlait d'un feu trop vif. Il rêvait plus haut que son front. Le désir l'avait pris un jour de rencontrer l'inaccessible : Mahona, notre Créateur. D'autres que lui, en d'autres temps, s'en étaient allés prier loin des maisons, contempler l'infini, attendre jour et nuit que vienne un savoir impossible à dire. Quelques-uns avaient pu parler avec des bêtes prodigieuses qui savaient la langue des hommes, avec des Esprits de la terre, du ciel, des arbres, des oiseaux. Aucun n'avait osé appeler Mahona, le père de tous les mystères. Aucun jusqu'à son frère Tulque qui s'en était allé, ce jour-là, avec son sac, son arc, ses flèches et son cœur qui ne doutait pas. Il s'était installé sous un rocher et s'était tenu là, indifférent au vol des aigles, aux nuages. Il lui fallait jeûner pour forcer la vision, oublier le froid et le vent. Il l'avait fait. Il avait attendu. Un instant, dans la nuit venue, il avait vu un corbeau aux ailes vastes, lentes, descendre de la lune et s'approcher de lui. Il s'était endormi avant qu'il ne touche son front. Des serviteurs de Mahona, un petit lièvre, un cerf, un loup, étaient alors venus le visiter en rêve, mais c'était Mahona qu'il voulait rencontrer, personne d'autre. Il les avait chassés. Quatre jours, quatre nuits il était resté sans bouger, sans boire ni manger, dérivant de prière en sommeil tourmenté, de brume obscure en soleil froid, assailli par un tourbillon de démons, d'Esprits ambigus, de paroles d'ancêtres, de combats enfantins. Son corps s'était tant affaibli qu'il n'avait pu bientôt se dresser sur ses pieds, mais son espoir était demeuré ferme. Jusqu'à n'être plus que prière il avait prié encore, il avait appelé. A l'aube du cinquième jour une voix avait parlé dans son esprit, si puissante qu'il en avait gémi et s'était pris à deux mains le crâne de crainte qu'il ne se fende. Cette voix lui avait dit : « Homme, salut. Va en paix, tu as rêvé toutes les œuvres de Mahona, ton Créateur. » Il avait répondu, les yeux fermés : « L'œuvre n'est pas le Créateur. C'est Mahona que je veux voir. » Il avait répété longtemps ces mots à chaque souffle de sa bouche, bataillant contre des nuées peuplées d'animaux inconnus. Il avait senti sa vie s'épuiser. Il avait vu la mort et la folie. Alors la voix avait tonné, à nouveau, dans son crâne : « Viens demain à midi dans le bosquet de trembles sur l'autre bord de la colline. Tu verras Mahona. » Il s'était éveillé de grand matin, il s'était dressé sur ses pauvres jambes. Il était si faible et si maigre qu'il s'était cru presque transparent. Il s'en était allé au bosquet de trembles, il s'était assis à l'ombre, il avait attendu. Il avait vu descendre, dans l'air bleu, entre deux arbres argentés, une couverture brodée de dessins, de signes changeants. Au-dessus d'elle étaient deux yeux qui le regardaient fixement. Son cœur à nouveau s'était emballé, il avait dit : « Vois, je suis venu. Parle-moi. » Il avait entendu comme un ricanement. Il avait vu un oiseau large et noir quitter la branche où il était et, dans un grand froissement d'ailes, rejoindre les hauteurs du ciel. Il n'avait pas vu Mahona. Il n'avait vu que ses mensonges. Alors il était revenu au village, muet, défait, méconnaissable. Mais il n'avait pas renoncé. Il avait dit à Maïna : « Il viendra. Un jour je verrai Mahona. » L'avait-il vu enfin ? Un matin, vers la fin de l'hiver, comme il sortait de sa cabane, un rayon de soleil tombé par une fente de nuage l'avait illuminé de pied en cap. Les bras au ciel, extasié, il avait crié : « Je vois Mahona ! Je vois le Créateur du monde ! » On lui avait répondu en riant : « Allons, Tulque, sois raisonnable, tu vois le soleil, rien de plus. »

– J'ai cru mon frère, dit Maïna. Je l'ai cru parce que je l'aimais. L'amour seul sait de source sûre. Alvaro, aie confiance en lui.

Tulque, à côté d'elle, esquissa un sourire qui s'effaça presque aussitôt. Il me contempla gravement. Ses yeux étaient semblables à ces temps de printemps qui passent au gré du vent de nuage en lumière, mais en eux s'obstinait une force inconnue, fragile, puérile et pourtant invincible. « Les fous, me dis-je, sont ainsi, inaccessibles au moindre doute. » Peut-être me vit-il vaincu, car il me sourit à nouveau. Je ne savais que dire ou faire. Je risquai :

– Pourquoi moi ?

Je regardai Andrés. Il dit :

– Tu ne peux rien, mais je peux moins encore. Si je soignais ces gens, ils ne survivraient pas.

Il voulut rire. Il ricana. Je sus alors que j'allais faire ce que Maïna me demandait. Cela s'imposa peu à peu comme une tranquille évidence. Esteban le vit. Il me dit :

– Acceptez, fils d'Adam, et nous saurons au moins si Dieu nous veut du bien ou si notre sort l'indiffère.

– Je ne jouerais pas ma chemise, même en lambeaux, sur Sa bonté, répondit Dorantes. Mais perdus pour perdus, mille millions de diables, nous a-t-on jamais vus refuser un combat ?

Tulque, bien qu'il n'ait rien compris à ce qu'Andrés venait de dire, partit d'un rire extasié. Maïna prit ma main, la baisa.

– Ne te réjouis pas, lui dis-je amèrement. Je soignerai

ces gens, mais nous mourrons quand même. Ils ne guériront pas.

Elle me répondit, rayonnante :

– La vie est plus grande que nous.

Dorantes lui grogna un juron sans espoir et se tournant vers Esteban :

– Pendant que l'amoureux fera ses simagrées sur les ventres malades, nous irons nous tailler quelques bonnes piques en bois dur, que nous puissions trouer huit ou dix de ces fous avant qu'ils ne nous décarcassent.

Maïna et Tulque s'en allèrent. Seul Esteban dormit cette étrange nuit-là. Andrés me parla de nos guerres, de ses espérances déçues, des sottises qu'il avait faites, mais point d'Illa, sa plaie béante qu'il dissimulait, par pudeur. Je lui confiai l'amour que j'éprouvais pour Felicia ma nourrice. Je n'aurais jamais avoué ces menus secrets de mon cœur si je n'avais pas été sûr que nous n'avions plus d'avenir.

Et moi, en ce temps-là où mon époux venait sans que j'en sache rien, j'allais aux travaux ordinaires et en secret je me parlais d'amour.

– A quoi penses-tu, Maïna ? me disait Charruco sur la colline où il nous instruisait, mon frère et moi, par tous les temps.

– A rien, vieux père, à rien.

J'imaginais mon homme. Il serait fort et fatigué. Il me rencontrerait au bout d'un long chemin. Il n'attendrait plus rien, ni de la vie ni des femmes. Entrerait-il dans ma maison ? Non, je serais sur le seuil, je le verrais venir de loin, un matin.

– Tu ne m'écoutes pas, Maïna, grondait Charruco.

– Mais oui, vieux père, je vous écoute. Je pourrais vous répéter tout ce que vous venez de dire.

Je le verrais venir de loin. Il s'arrêterait devant moi. Il n'attendrait plus rien de la vie mais il se tiendrait droit, sans rien dire. Alors ses armes lui tomberaient des mains, je verrais naître dans ses yeux le premier jour du monde et il me regarderait comme sa terre, sa reine, son esclave et sa compagne inespérée. J'imaginais cela et je me sentais d'une fierté invincible. Je contemplais l'océan vide, je n'entendais même plus la voix de Charruco. Quand une fille se parle d'amour, rien ne peut la distraire de son silence. C'était ainsi avant qu'il vienne.

Quand il m'est apparu dans l'ombre de la hutte, j'ai cru qu'il arrivait à pied du pays des morts, tant il était barbu, broussailleux, sale, maigre dans ses lambeaux d'habits. Il était effrayant. Mais dans ses yeux brûlait un feu que je n'avais jamais vu, en aucun Indien de mon île. J'ai pensé : « Il fuira aussitôt qu'il pourra », et j'ai senti monter une grande colère. C'est ainsi que j'ai su que cet homme était celui que j'attendais.

5

Ce ne fut pas le jour qui me réveilla, mais le hululement plaintif d'un chien sauvage, au loin, ou peut-être d'un loup. Je sortis. La nuit était aigre, mouillée. On devinait, à l'horizon, de vagues lueurs d'aube. Je m'en fus parmi les cabanes, au hasard, l'esprit rabougri. Dans les restes du feu du soir, sur la place, des braises rougeoyaient encore, çà et là, pareilles à de petits yeux méchants tapis dans l'épaisseur des cendres. Tout, alentour, l'air sombre, les murs, les étoiles, m'apparut tout à coup tant impassible et froid que je m'en trouvai sans courage et aussi seul que la bête qui s'obstinait à hurler je ne sais contre quoi, au fond du noir. Je cherchai du regard, dans le ciel, un refuge. Aucune prière ne me vint, aucune parole. Je n'avais rien à offrir à l'Invisible qu'un aveu muet d'impuissance. Or, comme mon esprit se perdait dans l'infini, je me sentis peu à peu défait de toute crainte. Je m'abandonnai corps et âme à cette paix inespérée. Alors il me sembla qu'un flot de musique descendait sur moi du fin fond de l'espace. Elle était ample, puissante, heureuse, elle m'emplit le cœur et les sens, et pourtant la tranquillité du village n'en fut aucunement troublée. Elle était offerte à moi seul, je ne sais par qui ni pourquoi, dans un rêve plus grand que moi venu du pays des ténèbres. Je m'émerveillai un moment puis, surpris, je voulus comprendre, reprendre pied dans ma raison. Le chant se défit aussitôt. Je me retrouvai seul dans la nuit ordinaire avec mon souci ranimé par le jour que je voyais naître, entre les huttes, au fond de l'est. Je rebroussai chemin, revins à notre abri. Maïna m'attendait sur le seuil avec son frère qui grelottait mais n'en était pas moins, comme à son habitude, aussi béat qu'un pauvre à la porte du paradis. J'entendis remuer Esteban et Dorantes dans l'ombre du dedans. Je voulus les rejoindre, mais ce grand diable de Tulque ne m'en laissa pas le loisir. En vérité, il était si content de me voir déjà debout et prêt, apparemment, à soigner les malades qu'il empoigna ma figure, me baisa la bouche avec un entrain d'affamé, partit d'un rire illuminé et courut réveiller les gens à grands coups dans les murs de bois. Maïna prit ma main, m'entraîna. Je la suivis, rageur, en essuyant mes lèvres. L'horizon s'embrasa tandis que nous allions parmi les villageois qui sortaient lentement de la tiédeur des couches. Il me vint à l'esprit que je ne verrais pas se coucher ce soleil qui réveillait la terre. Cette pensée ne fit que raviver ma colère et le désir d'en finir au plus vite avec cette épreuve inutile et grotesque qu'il me fallait subir. Le chef de la tribu, du seuil de sa cabane, nous regarda venir, l'œil sévère, muet. Tandis que ma compagne lui parlait avec une vivacité contente, il demeura impassible et n'eut pas un regard pour moi. Quelques hommes et femmes accoururent et s'assemblèrent autour de nous. Tous me conduisirent à la longue bâtisse de branches où l'on avait couché les malades. Je retrouvai Tulque sur le pas de la porte, au milieu d'une foule de gens. Il me demanda si j'avais peur. Je ne lui répondis que d'un grognement sec. Il me dit alors, toujours rieur, des mots que je ne compris pas, et qui amusèrent les hommes autour de lui. Maïna me murmura à l'oreille :

– Il aime la crainte que tu éprouves, car elle est signe de prudence et d'attention bien aiguisée. « N'accorde pas ta confiance à celui que rien n'effraie. » Les vieux disent cela. Tu es le plus pauvre et le plus brave des hommes, Alvaro.

Elle se pencha, baisa la Vierge Mère suspendue à mon cou et me poussa dedans.

La lumière du jour éclairait à peine le lieu à travers les branchages du toit. Je découvris, dans la pénombre, une quinzaine de corps couchés, le long du mur, sur des paillasses de feuilles sèches. Auprès d'une enfant aux yeux clos qui semblait errer dans un mauvais rêve était une femme assise sur ses talons. Quand elle m'aperçut, elle serra le corps du petit être dans la couverture qui l'enveloppait et leva vers moi son visage. Sa bouche bafouilla je ne sais quoi, mais que m'importaient ses pauvres mots, dans son regard étaient tous les chagrins, toutes les espérances, toutes les prières du monde. Je me sentis infiniment accablé, et tant pour elle que pour moi j'éprouvai une pitié si misérable qu'une bouffée de larmes échauffa mon visage. J'appelai à mon aide frère Juan de Palos. « Toi qui es maintenant au-dessus de nos têtes, lui dis-je dans mon cœur, inspire mes gestes et mes paroles, non point pour ma propre sauvegarde, car je suis encore assez enragé pour échapper à ces sauvages qui nous traqueront tout à l'heure, mais pour celle de cette femme dont la douleur devrait faire honte au Père de nos vies. » Je n'espérais rien de ma supplique. De fait, elle n'eut aucun effet. Elle me laissa plus seul que jamais. Je m'agenouillai auprès de l'enfant.

C'était une fille d'une dizaine d'années, maigrichonne, livide. Elle était gravement fiévreuse. Je posai une main sur sa chevelure et l'autre sur son ventre, car c'était du ventre que tous ces malades souffraient. Je fermai les yeux, et dans l'obscurité de mon corps je récitai trois *Pater*. Quand ils furent dits, je restai un long moment immobile et silencieux, sans rien en moi que le bourdonnement de mon sang. Je m'efforçai simplement de me convaincre que l'enfant et moi étions aidés par la chaleur odorante et lourde de la femme contre mon épaule. En vérité, je voulais surtout qu'elle puisse témoigner, tout à l'heure, que je n'avais pas compté mon temps, que je m'étais appliqué à mon ouvrage et que j'avais fait tout ce qui était en mon pouvoir pour chasser le mal qui consumait cette pauvre vie. Je poussai enfin un ample soupir, et comme si je m'éveillais d'une méditation profonde, je revins à la lumière indécise du lieu. Je m'aperçus alors que la malade examinait ma figure avec une curiosité étrangement pointue. Sa mère me regarda aussi, puis se courba sur la petite, palpa son visage, son front, partit en murmures de plus en plus surpris et joyeux, me prit les mains, et malgré mes efforts pour les lui ôter se mit à les baiser passionnément en riant et pleurant. Elle courut enfin à la porte. Je me penchai à mon tour sur l'enfant, accolai ma joue à la sienne. Je la sentis beaucoup moins fiévreuse que moi. Elle enlaça mon cou. Je me redressai. Elle se redressa avec moi et se tint contre ma poitrine avec une affection si confiante que je n'eus pas le cœur de me défaire d'elle. Je ne pouvais, à cet instant, l'imaginer guérie, j'étais trop éberlué. Je me dis confusément que cela ne se pouvait pas, que je ne sais qui se jouait de moi, que l'on avait cru cette fille souffrante, mais qu'elle ne l'avait jamais été. Je baisai sa tempe, ses cheveux, la forçai tendrement à se recoucher. Je me retournai. Les autres malades s'étaient tous traînés jusqu'à nous et se désignaient la miraculée par-dessus mon épaule avec, dans le regard, des rires, des soleils, des bonheurs enfantins, tandis que sur le seuil se tendaient des visages, se bousculaient des gens qui n'osaient pas entrer. Je me dressai debout malgré le vertige qui m'embrumait l'esprit. Aussitôt tous les soi-disant moribonds s'empressèrent en grand désordre de retourner à leur couche.

Je fus tenté de quitter sans plus tarder ce misérable hôpital de branches et de ne pas pousser plus avant l'étrange travail que j'avais accompli malgré moi, et sans y rien comprendre. J'estimais impossible qu'un nouveau miracle survienne. Mais l'enfant guérie et sa mère, qui était revenue en hâte du dehors, me prirent chacune par une main et me conduisirent au plus proche des grabataires. Il me fut difficile de répéter exactement ce que j'avais dit et fait auprès de la petite, j'étais trop bouleversé par les dragons effrénés qui me dansaient dedans. Je m'y appliquai pourtant. Je dis mes trois *Pater*, puis je tentai de maîtriser les tremblements qui m'agitaient de pied en cap. Quand il me parut que j'étais demeuré assez longtemps au chevet du malade, je me retins d'ouvrir les yeux. Je craignais de le voir aussi mal en point que je l'avais trouvé. Je me laissai donc guider en aveugle par la femme et sa fille à la prochaine litière. Je fis ainsi jusqu'au dernier couché, farouchement enfermé en moi-même, refusant de voir la lumière, allant de l'un à l'autre sans rien savoir des fièvres, des douleurs, des visages. Presque tous, avant que je ne les quitte, agrippèrent mes bras, ma chemise, effleurèrent ma joue, ma main, mais je ne m'attardai auprès d'aucun d'eux, la puanteur de leur haleine était trop repoussante. Je me relevai enfin. Je revins au monde. La grande cabane était maintenant toute trouée de rayons de soleil. Je me tournai à droite, à gauche. Je découvris quelques-uns de ces malheureux que je venais de soigner assis sur leur paillasse, d'autres encore allongés qui regardaient le toit, étonnés d'être en vie, d'autres qui titubaient, contents, vers la sortie. Je les suivis, toujours flanqué de la petite et de sa mère qui ne voulaient plus me lâcher. Dès le seuil, la lumière du matin m'éblouit et l'air vif m'enivra. Je cherchai un secours dans la foule qui me pressait de toutes parts en babillant et s'exclamant. Je trouvai l'épaule de Tulque. Le grand diable était toujours aussi béatement rieur. Je le vis qui se gonflait d'importance puérile tandis qu'il s'efforçait, à grands mots et gestes, de me protéger de la bousculade. Il m'amusa. Comme je lui demandais où était Maïna, j'aperçus, à l'écart, Andrés et Esteban. Chacun était armé d'un long et gros bâton à la cime effilée. Ils étaient prêts à me défendre, sûrs que mes simagrées sorcières n'avaient guéri personne, et que j'étais en grand danger d'être proprement étripé. Ils me regardèrent, appuyés à leur pique, pétrifiés par la stupeur. Je les saluai de la main. Je voulus les rejoindre mais ne pus, car les gens devant moi s'écartèrent pour faire place au chef du village et à Maïna sa fille qui s'avançaient à ma rencontre. Tous deux déposèrent à mes pieds une veste de peau décorée d'oiseaux, de chasseurs, de lunes, de soleils, et une paire de sandales de cuir d'une agréable souplesse. Tandis que son père me parlait avec solennité, je ne regardais que Maïna. Je n'avais pas encore pleinement réalisé ce qui venait d'être accompli. J'en pris à cet instant la mesure. Je me sentis plus grand que moi, et pourtant plus ignorant que jamais. Je ne sais ce que je répondis aux palabres du vieil homme, perdu que j'étais dans le regard de ma compagne qui me contemplait avec une gravité si limpide que j'en fus illuminé comme un lac au soleil. Elle me dit simplement :

– Nous vivrons, Alvaro.

Je bafouillai un pauvre « oui ». Nous eûmes l'un vers l'autre, ensemble, un même élan. L'œil de son père nous retint de nous étreindre follement.

Ce matin-là fut sans conteste le plus étrange et le plus joyeux de notre séjour sur cette île sans nom où nous avait jetés la miséricorde de Dieu. Les couleurs du ciel, des cabanes, des couvertures étendues, les gestes, les habits, les voix m'apparurent soudain plus lumineux et plus vivants qu'ils ne l'avaient jamais été. On nous escorta jusqu'à la place où nous attendait une profusion de poissons secs et de fruits sur des plateaux de feuillage. Maïna se plut à nous servir. On fit cercle autour de notre festin et l'on nous regarda nous goinfrer avec une amitié que je trouvai fort délectable après les grimaces revêches qui avaient peuplé nos derniers jours. Les familles des miraculés vinrent couvrir nos épaules de pelisses, orner nos poitrines de colliers de coquillages et nos poignets de bracelets multicolores. Des jeunes femmes au rire pointu se disputèrent même le plaisant honneur de donner la becquée, du bout des doigts, parfois des lèvres, aux bouches débordantes d'Esteban et d'Andrés. Le nègre seul y prit plaisir. Mon compagnon d'armes ne parut guère goûter ces mignardises. Sur l'instant, je ne prêtai pas attention à sa mélancolie, tant j'étais ébloui par ce que j'avais fait, et choyé de mille manières, mais quand je le vis quitter notre repas, après qu'il eut mangé, et s'éloigner seul sur le sentier qui descendait à la mer, je m'étonnai. Je le suivis. Dès que nous eûmes passé les dernières cabanes je lui demandai ce qui l'empêchait de se réjouir. Il s'arrêta et me fit face. Je pressentis qu'il aurait préféré affronter les Indiens à la pique et au poing plutôt que de voir s'éclairer notre ciel. Rien ne l'avait jamais effrayé, que l'amour.

– Alvaro, me dit-il enfin, je te regarde, et je ne vois plus mon frère. C'est un étrange sentiment.

Je protestai. Je m'efforçai de rire. Il examina ma figure comme si, en effet, j'étais un inconnu. Il me dit encore, effaré :

– Où cachais-tu donc ce saint homme, ce magicien ou ce sorcier capable de rendre la vie à des Indiens à demi morts en posant la main sur leur tête ?

Je lui affirmai que je ne comprenais pas mieux que lui ces miracles dont j'avais été le témoin.

– Si tu t'étais trouvé à ma place, lui dis-je, ces pauvres gens auraient été pareillement ravigotés. Quelqu'un qui veille sur nos vies, Dieu, Jésus, frère Juan peut-être, a eu pitié de nous, Andrés. Allons, regarde-moi, que diable, je suis celui que j'étais hier.

Il me répondit, l'air buté, qu'en aucun cas il n'aurait su faire ce que je venais d'accomplir. Et comme je tentais encore d'éclairer son humeur :

– Moi qui me croyais plus simple, plus insouciant, plus heureux que toi, me dit-il, l'air désemparé, sais-tu comment je me découvre ? Misérable, inutile, obtus comme un mendiant. Dans notre jeune âge, au temps où nous combattions ensemble en Italie, c'était moi, toujours moi qui t'entraînais à la découverte des femmes, des tavernes, des fous et des bonheurs des villes. Toi, souviens-toi, tu renâclais. Tu avais je ne sais quelle timidité, je ne sais quelle inquiétude. J'avais le sentiment de déranger tes rêves, mais je le faisais de bon cœur. Je me disais : « C'est pour son bien. » Et nous voilà au bout du monde, sans espoir de revoir Séville, toi aimé d'une fille que tous regardent comme la princesse de l'île, moi privé à jamais d'Illa gagnée aux dés, perdue par sottise de brute, toi assez pur, assez léger pour attendrir les maladies, moi empêtré dans des envies et des rages de vieux soudard. Et je voulais t'apprendre à vivre ! Alvaro, je dois t'avouer. Si tu n'avais guéri personne, je me serais senti moins seul. A tout prendre, vaille que vaille, j'aurais préféré la bataille. Toi et moi, nous l'aurions gagnée.

Ces paroles de mon ami me remuèrent et m'alourdirent. Je le pris par l'épaule et le ramenai sans hâte vers les cabanes d'où nous venaient dans l'air limpide des bruits familiers, des appels.

– Allons, nous partirons bientôt, lui dis-je, et nous finirons bien, sur un rivage ou l'autre, par rencontrer un brigantin cubain ou une caravelle espagnole. La Floride est immense, Andrés. Nous combattrons encore et nous chevaucherons ensemble côte à côte. Combien de fois, dis-moi, m'as-tu sauvé la vie ?

Il me répondit :

– Et Maïna ?

Je m'arrêtai parmi les herbes, tout surpris, le cœur alerté.

– Elle me suivra, évidemment.

De fait, je n'en étais pas sûr. Je me sentis embarrassé. Andrés me jeta un coup d'œil narquois. J'en fus piqué, mais mon agacement se défit aussitôt, car nous aperçûmes

Esteban qui s'en venait vers nous à grandes enjambées, la tête ornée de plumes et le cou de colliers.

– Deux hommes viennent de partir à l'autre village de l'île, nous dit-il. Fils d'Adam, vous voilà docteur des Indiens.

Il me serra les mains en riant haut et fort, puis sans se soucier de son maître :

– On s'amusait beaucoup, autrefois, par chez nous, des exploits inventés de l'incomparable Youssouf Amar. C'était un guérisseur qui détestait soigner. Il fallait, pour qu'il s'y résigne, lui flanquer des coups de bâton. Alors, et alors seulement, ce bougre d'homme se montrait d'une compétence infaillible. Je croyais que ce personnage était un héros de conteur, mais non, Youssouf est là, devant moi, bien vivant, solide comme un vieux palmier malgré son air abasourdi. Dites-moi, Alvaro, faudra-t-il vous priver à nouveau de manger et agiter la mort devant votre figure pour que vous acceptiez encore d'avoir pitié des pauvres gens ?

Il tapota mon dos et se remit à rire en désignant mon nez. J'étais étonné, en effet, de le découvrir aussi libre, aussi plaisant et délié. Il n'avait plus rien d'un esclave.

– Eh, c'est ainsi, me dit Andrés dans un soupir désabusé. Notre Esteban se prend pour un seigneur de souk. Il a décidé tout à l'heure, pendant qu'on fêtait ton exploit, qu'il n'avait plus à me servir. Encore un miracle, sans doute.

Le nègre le considéra de son haut avec une satisfaction royale et jouant de sa voix sonore de bourdon :

– Allons, lui dit-il, cher Dorantes (que j'aime vous nommer ainsi !), regardez-vous, regardez-moi, vêtus l'un et l'autre en Indiens, tous les deux perdus, oubliés, soumis aux mêmes vents et aux mêmes lois de nature. Si ce n'est la couleur de peau, en quoi sommes-nous différents ? Chez les Espagnols, en effet, vous teniez le manche du fouet. Cela suffisait amplement à me garder la tête basse. Mais ici, Andrés, mon ami ? La tempête a tout emporté, livres de droit, juges, noblesse. Ne restent que des hommes nus, vivants contre toute raison. Quel est le meilleur d'entre nous ? Vous, Andrés ? Vous êtes un ogre. Moi ? Bien sûr, je connais des contes, mais je ne sais pas en faire des médicaments convenables. Par contre, Alvaro (Dieu le garde !) a fait de nous trois des grands hommes. Il a guéri en notre nom une quinzaine de mourants. Comment ? Par quel pouvoir ? Par quel tour de magie ? Par quel secours du Ciel ? Je ne sais pas, mais je m'incline et je le servirai, s'il le veut, de bon cœur.

Il me fit un salut comique d'un coup de sa tête emplumée.

– Par un chemin ou par un autre, gronda Dorantes, l'œil mauvais, viendra le jour où nous retrouverons nos soldats, nos bannières et notre loi chrétienne. Alors, Esteban, mon coquin, tu n'auras pas assez de peau pour les neuf lanières plombées qui s'abattront sur ta carcasse.

Le nègre le toisa avec une insolence que je ne lui avais jamais vue.

– Je ne retournerai pas chez les Espagnols, monsieur Dorantes, lui dit-il. Ce pays où je suis venu contre mon gré est désormais le mien. Je devais y mourir, aujourd'hui ou demain, mais grâce à votre ami, voyez, je suis vivant. J'irai donc mon chemin autant que Dieu voudra. Je resterai peut-être pauvre, je deviendrai peut-être roi, mais je ne serai plus esclave, j'en fais devant vous le serment.

Et tout à coup gaillard :

– Allons, dit-il encore, ne soyez pas fâché. Moi, je ne le

suis pas. Je vous offre ma main. Prenez-la donc, vous en aurez besoin.

Ils restèrent à se défier, face à face, la mine fière. J'observai leur visage. Ces deux êtres ne pouvaient s'empêcher d'éprouver l'un pour l'autre quelque chose qui ressemblait à une fraternité de garnements.

– Eh bien, dit enfin Dorantes, pour cette bonne parole, monsieur l'homme libre, je te ferai grâce de dix coups de fouet.

Ils eurent ensemble le même rire carnassier. Je m'empressai de les entraîner vers les cabanes proches.

La fête, ce soir-là, emplit la nuit de danses, de flûtes pointues, de tambours. Les Indiens avaient peint leur visage de traits rouges et blancs, orné leur tête de plumages. Leur musique et leurs contorsions me parurent barbares. J'en fus pourtant tout exalté. Je voulus savoir ce que disaient les incantations qu'ils lançaient au ciel et qu'ils semblaient faire surgir, à coups de talon, de la terre. J'interrogeai Maïna. Elle hésita à me répondre. Il me sembla qu'elle éprouvait une sorte de retenue sacrée. Elle me dit que ces chants caressaient la peau de la nuit, puis elle me désigna les étoiles, posa la main sur mon cœur et se serra frileusement contre moi. Plus tard, après que les gens se furent retirés dans les cabanes, nous restâmes à nous chauffer aux braises en compagnie de Tulque et d'Esteban, qui s'étaient liés d'amitié. Ils se mirent à parler à petite voix, les fronts presque joints, comme s'ils craignaient de mécontenter les Esprits dissimulés dans les ténèbres. Je ne sais pas quelle question posa le nègre à son compère, mais j'entendis Tulque lui expliquer, à menus gestes devant la bouche, que la parole guérisseuse était semblable à un soleil se levant, se couchant sans cesse entre celui qui la disait et celui qui s'en nourrissait. J'en fus grandement intrigué. Esteban demeura pensif. Il était tard. Je sentis Maïna s'endormir, affalée contre mon épaule. Je laissai mon regard errer dans la nuit silencieuse. Elle me parut prodigieusement accueillante. Je pensai : « Elle est vivante. » Je me surpris à lui parler, dans mon cœur, comme à la mère aimante que je n'avais pas eue. Sans avoir de mots pour les dire, je lui posai mille questions. Elle m'emplit de paix sans réponse.

Le lendemain, au soleil neuf, je retrouvai ma compagne sous l'arbre familier où nos paroles, nos lumières, nos rires, nos bonheurs changeaient les heures en instants et les jours en éternité. Ce matin-là, je lui parlai de l'île de Bimini que des compagnons du capitaine Ponce de León avaient découverte, et que j'estimais proche de celle où nous étions. Je lui demandai si elle en connaissait l'existence. Elle ne me répondit pas. Je lui dis que là, selon ce qu'avaient rapporté ces matelots, était une forêt aux arbres millénaires, et dans cette forêt, au cœur d'une clairière, une source miraculeuse qui rendait immortels ceux qui goûtaient son eau. Elle m'écouta avec une attention si malicieuse qu'il me parut, à voir son air joueur, qu'elle se souciait peu de ce lieu prodigieux. Elle m'assura pourtant qu'il lui était familier, et qu'elle voulait bien m'y conduire, si je le désirais. J'en demeurai un moment stupéfait, puis je l'empoignai aux épaules et lui demandai, le cœur battant, de me redire ce qu'elle venait de m'apprendre. Elle me saisit alors la main, et sans que son regard quitte un instant le mien, elle la fit lentement descendre jusqu'au bas de son ventre.

– Je suis l'île, murmura-t-elle. La source que tu cherches est là. Je te donne ma vie. Prends-la.

Tandis qu'un feu tonnant envahissait mes tempes, Bimini, sa fontaine et son eau tant rêvée tombèrent tout soudain en ruines dérisoires. Dans nos corps, nulle part ailleurs, étaient en vérité tous les mystères, tous les savoirs, toutes les terres et tous les cieux désirables. Vaincu et bienheureux, je découvris cela. Bénie soit votre mère, mon fils. Elle fut ma femme ce jour-là.

Les messagers que l'on avait envoyés dans le village du nord de l'île ne tardèrent pas à revenir avec des inconnus qui m'assaillirent de prières si pressantes et plaintives que je ne sus bientôt plus où donner de la tête. Je tentai de leur faire entendre que je ne pouvais rien pour eux, mais je vis bien que leurs caresses et leurs flatteries, si je m'obstinais à leur résister, pouvaient à tout instant s'aigrir furieusement. Tulque s'engagea pour moi. Il répondit à ces gens, avec un aplomb de grand ordonnateur de réjouissances, que j'étais disposé à chasser hors du monde tous les maux imaginables. Je proposai à Dorantes de m'accompagner et de me remplacer auprès de ces nouveaux malades. Il s'empressa de refuser avec une sorte d'humilité effrayée qui n'était pas dans sa nature.

– J'ignore tout des esprits guérisseurs, me dit-il. Toi aussi, certes, mais eux semblent bien te connaître. Assurément ils t'apprécient. Ne changeons rien. Va, Alvaro. Moi, je ne saurais pas leur plaire.

Je faillis lui répondre qu'il lui suffirait de poser les mains sur les gens et de réciter trois *Pater*, comme je l'avais fait, pour qu'il voie aussitôt s'accomplir le miracle. Mais j'en doutai soudain, et me sentis craintif. Malgré ce que Maïna et son frère avaient tenté de me faire entendre des énigmatiques pouvoirs de la parole, il m'apparut que j'étais beaucoup trop ignorant pour jouer ainsi avec un aussi grand mystère. Je partis donc au village du bord de mer en compagnie de Tulque dont je parlais maintenant assez bien le langage et qui lui-même avait appris d'Esteban quelques bribes de castillan.

Nous y fûmes accueillis avec un respect silencieux qui m'émut fort et m'emplit de gravité. Les malades étaient des femmes, toutes couchées dans une hutte ronde où brûlait mal un feu puant. Elles étaient au nombre de huit. Leurs maris et leurs fils se pressèrent sur le seuil, dès que je l'eus franchi, et restèrent là à épier mes moindres haussements de sourcils. Je m'efforçai de demeurer impassible, tandis que je refaisais exactement les gestes et les prières qui avaient guéri mes premiers patients. Sept d'entre elles se sentirent aussitôt soulagées de leurs douleurs. La huitième était une vieillarde aussi maigre que la mère Famine. Elle respirait à peine. Comme j'allais poser la main sur sa tête, elle la repoussa et ferma les yeux. Je traçai du bout du pouce une croix sur son front, comme je l'avais vu faire à des prêtres, puis je sortis sans autrement me préoccuper d'elle. Tout le village était là, sur la place, devant la porte, même les enfants. Les plus petits étaient sur des épaules d'hommes et les autres perchés sur les arbres alentour. Aucun ne dit mot ni ne bougea. Je prévins Tulque que je n'avais pas pu sauver la plus vieille des malades. Il annonça aux gens que j'en avais guéri sept, et que la dernière m'avait prié de l'accompagner sur le chemin de l'Ouest, où l'attendaient ses ancêtres. La foule, alors se mit à bruisser. On me baisa les mains, on fit place à mes pas, on courut me chercher des calebasses d'eau, des fruits et des plumages. Je reçus au bout du compte plus de cadeaux qu'un baudet n'aurait pu porter. Trois hommes durent s'en charger. Ils prirent avec nous le chemin du retour, après que tous les villageois nous eurent fait escorte jusqu'à la cime de la falaise qui dominait les huttes.

Or, comme nous cheminions sous le vol lent d'un aigle (il nous accompagna jusqu'à la nuit tombée), me revint à l'esprit ce que Tulque avait dit de la vieille mourante et de son prochain voyage au pays des morts. Je m'en trouvai assez intrigué pour désirer savoir comment ces païens du bout du monde imaginaient l'au-delà. Je parlai à mon compagnon, pour l'inciter aux confidences, de notre foi en Dieu tout-puissant, de notre crainte du Jugement dernier, de l'enfer et du paradis. Il ne comprit pas le sens de ces mots. Je lui décrivis le séjour des bienheureux. Il s'en émerveilla comme d'un conte de grand-mère et me posa mille questions trop naïves et précises pour que je sache y répondre, ce dont il fut déçu. Je me risquai alors à lui représenter l'enfer. Cela me parut plus facile. Il s'en effraya grandement. Il me répondit que ce Père éternel qui condamnait ainsi les défunts à se consumer sur des brasiers perpétuels était d'une cruauté inimaginable, et qu'il était content de n'être pas de ses fidèles.

– Nos morts, me dit-il, sont mieux traités. Leurs ancêtres les accueillent et les accompagnent sur le chemin du Couchant, où sont les villages des âmes. Ils y vivent leur vie fantôme. Ils y sont heureux, malheureux, selon la bonté de chacun.

Je lui jetai un bref coup d'œil, espérant qu'il allait poursuivre, mais non, il se tut, l'air buté, le regard droit planté au fin fond de la plaine. Je cheminai un long moment à côté de lui, en silence. J'avais envie d'en savoir plus. Je dis enfin :

– Ni toi ni moi, en vérité, n'avons la moindre idée de ce qu'il adviendra quand nous aurons quitté ce monde.

Il rit, tout étonné.

– Ce que demain matin, ce qu'à l'heure qui vient, ce qu'au prochain caillou il adviendra de nous, le sais-tu, dis-moi, petit frère ?

Je lui répliquai que nous pouvions raisonnablement le prévoir. Il remua la tête. Il dit tranquillement :

– Mieux vaut ne pas s'en inquiéter. Ce qui fut, ce qui vient, deux songes. Entre eux, le ciel, la terre, un homme, la lumière de Mahona.

Il se remit à rire à petits coups traînards, comme il faisait toujours, l'air béat, vaguement niais. J'en fus agacé. Cet idiot-là, de temps en temps, semblait étrangement sensé. J'eus envie de lui demander quelle sorte d'homme il cachait derrière sa mine naïve. Je lui dis :

– Qui est Mahona ?

Il répondit :

– L'Esprit de vie. Les aigles, les herbes, les gens, tous les êtres sont ses enfants.

– Est-il éternel ?

– Sûrement. Du moins tant que je suis vivant.

Et il repartit d'un grand rire. Je me renfrognai. Il s'en aperçut.

– Si tu es sombre, me dit-il, tu obscurcis aussi le monde, et tu ne peux rien voir de Lui.

– Et que vois-tu, toi ?

– Mille choses, des signes, de petites pluies quand il fait soleil sur les têtes.

Je risquai, le cœur remué :

– Comment as-tu pu voir que je savais soigner ?

Il fit effort pour me répondre, hésitant, pesant chaque mot :

– Ta gravité est amusante, tu ne sais pas que tu es fort. Tu vas comme le loup qui trotte. Les Esprits aiment bien rôder autour de toi. Quand je suis attentif, je devine des choses, je les flaire, je les attrape, je les caresse et elles me parlent.

Cela ne me satisfit pas. Que voyait-il exactement autour de moi, sur ma figure ? Je l'interrogeai. Rien n'y fit. A mes insistantes demandes il n'opposa plus désormais qu'une mauvaise volonté vaguement joueuse et gênée. Je tentai de l'aiguillonner. Alors il s'enferma dans une mélopée qu'il ne cessa de fredonner, le nez au vent, jusqu'à la nuit.

Nous fîmes halte sous un roc. Il faisait un froid sec, sans un souffle de vent. Tandis qu'il allumait le feu, je lui désignai les étoiles et lui demandai si Mahona avait aussi créé ces mille et mille lumignons qui émerveillaient le ciel noir. Il parut enfin soulagé de me voir délaisser les questions qui l'embarrassaient. Il s'assit à son aise, s'enveloppa dans sa couverture et me dit que, si je voulais, il pouvait m'apprendre comment celui qu'il appela « l'Esprit du Soleil » avait semé la vie sur notre terre. Mes yeux répondirent pour moi. Alors il se mit à me conter avec un entrain à nouveau joyeux un simple et prodigieux récit que j'écoutai la bouche ouverte.

– Au commencement, me dit-il, était un grouillement d'insectes dans une caverne sans fond. Mahona vint les visiter. Il pensa : « Quels êtres stupides ! Ils n'ont ni désir ni savoir. Ce ne sont pas de vrais vivants. » Alors il ordonna à mère l'Araignée de les mener plus haut, dans un monde de roc où l'air était moins sombre. Ils se mirent donc en chemin.

Il mima leur marche, leur peine, se plut à m'en voir amusé.

– L'escalade fut longue, longue. Avant même d'y parvenir beaucoup de ces petites bêtes s'étaient changées en animaux aux yeux luisants, au flair précis. Mais ils ne savaient toujours rien de la vraie beauté de la vie. Mère l'Araignée en fut triste. Elle leur dit : « Allons, mes enfants, il vous faut encore grimper au-dessus de votre plafond. » Long fut encore ce voyage, si long qu'avant de parvenir dans une nouvelle caverne où parfois venait l'air du ciel, quelques-uns de ces animaux étaient devenus des humains, des hommes comme toi et moi, des femmes pareilles à Maïna. Mère l'Araignée leur apprit l'art de tourner des poteries et de tisser des couvertures. Certains parmi eux s'exercèrent à fermer les yeux sans dormir, à garder leurs sens en éveil. Ils virent, au-dedans d'eux, une lueur menue, quelque chose qui ressemblait vaguement au sens de la vie. Mais de mauvais sorciers (ils n'aimaient que la nuit) éteignirent ce jour naissant. Ils aveuglèrent les humains et les gens s'entre-déchirèrent dans l'obscurité revenue.

Il se tut un instant, but une goulée d'eau et, se penchant vers moi, la voix soudain grondeuse :

– « Enfants, dit mère l'Araignée, Mahona est très mécontent. Vous avez tué la lumière à peine née dans vos esprits. Il vous faut donc grimper jusqu'au quatrième monde. Mais je suis fatiguée de vous. Cherchez, trouvez, allez sans moi. » Les hommes restèrent perplexes un instant, mille éternités, comment savoir ? En ce temps-là, passé, futur n'existaient pas. Vint le moment où un vieillard perdit dans l'air je ne sais quoi, peut-être bien quelque beau rêve. Il le chercha, leva le front. Il vit un trou dans le plafond, et par ce trou, il vit le ciel. Il alerta les hommes, les femmes. « Voilà la porte, dirent-ils. Mais comment l'atteindre ? Aidez-nous, par pitié, mère l'Araignée ! » Elle leur dit : « Plantez un bambou, faites la ronde autour de lui et chantez, il poussera droit. » Ils firent ainsi. Ils chantèrent. Le bambou poussa jusqu'au trou. Les hommes, les femmes grimpèrent et prirent pied sur notre terre. Ils se bâtirent des maisons, plantèrent du maïs, des courges, et pour que Mahona les aide à monter encore plus haut ils inventèrent la musique et Tulque apprit à voir les signes que sème l'Esprit du Soleil dans les herbes, dans les regards, dans le vol des oiseaux, partout. Mais il faut les garder pour soi.

Il me sourit. Il dit encore :

– Les signes sont comme les mots qu'un ami te dit à l'oreille. La voix haute leur ferait mal. Comprends-tu cela, Alvaro ?

Attendit-il une réponse ? Il me regarda, les sourcils hauts, la bouche ouverte, comme un enfant. Je hochai la tête. Cela lui suffit. Il jeta sur les braises une poignée de branches, se coucha, me tourna le dos et s'endormit presque aussitôt. Je restai tout pensif à contempler le feu. La nuit était tranquille, simple malgré les bruissements de bêtes parmi les buissons alentour. « Si Dieu veut que je retrouve un jour la compagnie des Espagnols, me dis-je, quel bonheur j'aurai à leur apprendre que les Indiens sont de cœur et d'âme semblables à nos paysans de Castille, et que j'en connais au moins un dont j'aimerais être le frère. » Un cri d'oiseau, à cet instant, troua les ténèbres avec une force si vive et si soudaine que j'en sursautai. Il me vint à l'esprit que Mahona avait entendu mes pensées, et se moquait d'elles. Je me pelotonnai à l'abri du rocher, tête et cheveux enfouis sous ma pelisse ornée de dessins protecteurs contre les esprits malfaisants.

Les cadeaux que j'apportais au village auraient fait de moi, si j'en avais fait commerce, l'homme le plus fortuné de l'île, mais à quoi bon avoir, si ce n'est pour donner ? Tulque, Esteban et Dorantes s'empressèrent de s'habiller des tuniques peintes et des manteaux de loup. Des nourritures offertes, le soir venu, Maïna prépara un dîner où mes premiers miraculés, malgré leur figure pâlote et leur entrain mesuré, vinrent reprendre goût aux bontés de la vie. Andrés, depuis mon retour, avait évité ma présence mais n'avait pas cessé, de loin, de me lancer des regards sombres chaque fois qu'il voyait quelqu'un me témoigner de l'affection. Les amabilités que me firent les femmes parurent l'irriter. Après le repas, comme les tambours et les flûtes faisaient se dresser les danseurs, il m'attira au large et me dit que deux Indiens avaient, en mon absence, rejoint les côtes de Floride pour annoncer aux gens ma prochaine venue. Il me demanda quand je désirais partir, mais ce fut par politesse superflue, car il me prévint que tout était prêt et convenu pour le prochain matin. Je le croyais apaisé. Il ne l'était pas. Je voulus savoir ce qui le tourmentait encore.

Il me répondit, à peine narquois, qu'il ne savait comment il convenait de parler à un élu de Dieu. J'en fus déconcerté. Je pensai : « Et si je l'étais ? » Cela me plut et m'effraya.

Je revins auprès de Maïna, mais elle me laissa seul pour aller rire et s'affairer avec quelques compagnes. Je me réfugiai dans ma hutte. Dieu merci, elle vint m'y chercher. Elle m'entraîna dans la colline. Je lui racontai mon voyage au village du bord de mer. Je m'étonnai fiévreusement des miracles encore accomplis. J'espérais je ne sais quoi d'elle, un mot qui aurait éclairé ce mystère des guérisons. Elle resta longtemps silencieuse puis tout à coup me demanda si j'avais une épouse de l'autre côté de la mer. Je répondis que non. Elle dit alors paisiblement :

– Si tu veux que je marche près de toi pour toujours, j'en serai fière.

Un tel bonheur me prit, un tel soulagement que j'en restai illuminé. Je ne sais quel bafouillement me vint, quelles misérables paroles à mille lieues de ce que mon cœur éprouvait. Je ne me souviens que de l'emballement de mon sang et de tremblantes choses nues qui ne pouvaient franchir mes lèvres. Elle s'en amusa. Elle me dit encore :

– Quand tu parles, dehors, avec tes mots, tes gestes, tu es comme un loup, comme un aigle. Tu es d'une force si droite que les femmes qui te regardent et qui te flairent avec envie se disent qu'il n'existe pas deux hommes au monde comme toi. Et quand tu es auprès de moi, tes yeux prient, tu ne sais rien dire, tu es comme un petit enfant qui n'a pas appris à parler.

Elle soupira, radieuse, émue.

– Tu me rends heureuse, dit-elle. On ne m'a jamais demandé autant d'amour.

Je l'étreignis. Elle en gémit. Comme nous retournions au village, je voulus qu'elle m'apprenne les mots que je ne savais dire, et je me plus à découvrir que les vivants de ce pays nommaient le ciel « la mer d'en haut », l'ami « mon autre cœur », le cœur « soleil du corps » et le pardon « l'oubli ». Aux premières cabanes elle me lâcha la main et je m'en revins à ma hutte. Je ne pus dormir de la nuit.

Andrés, de grand matin, descendit à la mer, escorté par les villageois. Comme je m'apprêtais à le suivre, ma compagne vint me prévenir que son père désirait me voir. Le grand vieil homme n'avait jamais permis jusqu'à ce jour que ni moi ni mes compagnons ne franchissions le seuil de sa cabane. Je l'avais imaginée plus mystérieuse qu'elle n'était. Seuls pendaient à ses murs son arc et son carquois, sa coiffure de plumes et d'étranges breloques en os. Il me désigna une couverture déployée sur le sol et me pria de m'asseoir. Dès qu'il eut pris place en face de moi je le remerciai pour l'hospitalité qu'il nous avait accordée, puis je lui dis que j'allais quitter son village où ma vie avait pris un cours imprévisible. Il me demanda en quel lieu je comptais me rendre. Je lui répondis que mon pays m'était inaccessible et que je marcherais désormais vers le couchant, droit devant moi, sans rien espérer que de vivre. Je lui confiai aussi mon très vif désir que sa fille Maïna m'accompagne. Il resta impassible. Il savait. Il me dit :

– Le chemin du Couchant, en effet, est le tien. Tu rencontreras des villages, des plaines d'herbes, des forêts plus vastes que cette île où nous sommes, et plus riches d'oiseaux que la mer de poissons. Plus loin est un désert de rocs et de montagnes où ne vit aucun homme. Plus loin encore est une contrée ténébreuse que le jour ne visite pas. Ceux qui savent disent qu'au-delà de cette terre obscure est le plus grand fleuve du monde. Sa source est au pays des Esprits bienfaisants. Tu es un vivant intrépide doué de chance et de bonté. Charruco t'a vu cheminer. Ce que tu as fait, il savait. Ce que tu feras, il le sait.

Je lui demandai qui était ce Charruco dont j'entendais le nom pour la première fois. Il me répondit qu'il avait vécu dans la cabane que j'occupais avec mes compagnons, et qu'il avait voulu que j'y sois logé.

– Il était guérisseur, son savoir était grand. Il fut le père du village. Il y a de cela six saisons, un matin, ici même, il m'a parlé ainsi : « Un homme viendra de la mer, il dira les mots médecins, puis il cherchera son étoile et il regardera vers l'ouest. Sa route sera rude et longue. Qu'il écoute la voix des herbes, celle des arbres, des cailloux, et qu'il apprenne leur langage. Qu'il n'oublie pas de saluer les montagnes, les forêts et les rivières avant que son pied ne se pose sur elles. Qu'il le fasse selon son cœur. Qu'importe qu'il ignore tout de nos chants et de nos prières, la vie entend partout la vie. Qu'il parle aux Esprits de la terre avec respect, et dis-lui bien : ils ne sont ni bons ni mauvais. Le feu réchauffe autant qu'il brûle, et l'eau abreuve autant qu'elle noie. Que l'homme de la mer, quand il vous quittera, n'oublie jamais cela, et qu'il donne aux choses vivantes son amitié d'être vivant, afin qu'elles lui soient favorables. »

Je demandai, inquiet, avide :

– A-t-il vu quel serait mon sort, mes bonheurs, mes malheurs, ma fin ?

– Il était vieux comme l'hiver, il était au bout de sa vie. Il a pris son bâton et il a dit ceci : « Je peux maintenant retourner où j'étais avant d'être né. » Et il s'en est allé s'asseoir là-haut, dans les herbes de la colline, et il s'est tenu immobile jusqu'à devenir vent, ou peut-être rocher, ou peut-être colline.

Le vieil Indien m'examina, l'œil amical, quoique pointu, puis se leva, me raccompagna jusqu'au seuil et fit un geste de grand large. Je m'en allai dans le soleil.

Comme je me hâtais parmi les cabanes désertes, j'aperçus Tulque et Esteban qui accouraient à ma rencontre. Ils avaient l'air content de deux diables en foire. Ils me dirent que nos barques étaient chargées de provisions et prêtes à prendre la mer, que le vent nous était favorable, que Maïna et Dorantes m'attendaient sur la plage avec les gens du village, puis Tulque me retint, et se plantant devant ma face :

– Ce matin, me dit-il, Mahona m'a fait signe. Il m'a désigné l'ouest, assis sur un oiseau.

J'hésitai à comprendre, regardai Esteban. Le nègre hocha la tête, et le regard espiègle :

– Il vient avec nous, pour toujours.

Et sans attendre mon avis ils dévalèrent vers la mer en courant comme des voleurs.

Maïna s'en vint à moi aussitôt qu'elle me vit au loin. Elle semblait ivre d'air marin, de bonheur, de rêves peut-être. Elle me demanda si Tulque m'avait parlé. Elle ne me laissa pas le temps de lui répondre.

– Je suis contente, me dit-elle, sans moi il se serait fané. Je ne laisserai rien ici. Ton épouse part tout entière.

Dans un des deux canots étaient déjà son frère avec Esteban et Andrés. Nous montâmes ensemble dans l'autre. Les cris, les mains hautes des gens nous accompagnèrent jusqu'à ce que la houle et la rumeur des vagues nous envahissent et les effacent. Seul demeura longtemps visible, en haut du sentier qui dominait la plage, le père de Maïna, en plein ciel, son bâton au poing. Sa fille se tint face à lui à la poupe de notre barque et le contempla fièrement tandis qu'il chantait un chant d'adieu d'une étrange et sourde puissance. Quand le vieil homme eut disparu dans l'éclat tremblant du soleil, la côte de Floride, au loin, sortit des brumes. Le monde à nouveau était vaste et son rivage à peine courbe était comme des bras ouverts.

A vous, mon fils, les dernières paroles entendues de mon père :

Va sans peur, je bénis la mer,
Je bénis tes chemins,
Je bénis les villages, les arbres, les oiseaux,
Tous les êtres qui viendront à ta rencontre,
Je les bénis,
Je bénis tes yeux, ton souffle, ta force,
Je bénis chaque battement de ton cœur,
Je bénis le mystère qui te porte,
Va maintenant,
Va sans peur.

6

Or, tandis que nous approchions du rivage (quel beau temps il faisait !), la crique, devant nous, m'apparut familière. Ces arbres au tronc penché, cette plage, ces huttes qui peu à peu sortaient des brumes du matin, quand les avais-je déjà vus ? Je me tournai vers l'autre barque, à quelques brassées de la nôtre. J'aperçus Dorantes debout, lui aussi surpris, captivé. Alors je me souvins de tout. Mon esprit se peupla d'images turbulentes, nos caravelles en plein soleil, nous et nos gens quittant le bord, nos chaloupes hérissées de piques, Narváez planté droit au milieu des rameurs, le poitrail cuirassé, une croix dans un poing, sa bannière dans l'autre. Nous étions de retour dans ce même village où notre général, ses moines et ses soldats avaient pris possession des terres de Floride, au nom de Dieu tout-puissant et de Sa Majesté le roi d'Espagne. Un malicieux hasard avait voulu cela. Sur le moment, je m'étonnai d'avoir été de cette troupe. Je regardai Maïna, nos compagnons, derrière, nos pirogues étroites. Quel imprévisible chemin nous avions parcouru depuis ce jour pompeux et dérisoire où le moindre soudard se sentait assuré que le Seigneur Jésus, dans Sa bonté, le couvrirait bientôt d'or et de sang indien ! Comme ces folies me paraissaient lointaines ! Ces hommes sûrs de leur puissance, de leur bon droit, de leur vertu, où étaient-ils donc maintenant ? Dans le ventre de l'océan, à se désosser lentement parmi des poissons de bas-fond. J'éprouvai, à penser cela, une satisfaction rageuse. Moi, au moins, j'avais survécu, moi et ces pauvres, ces sauvages qui nous attendaient au bout de la plage en serrant contre eux leurs enfants. L'envie me vint de courir à eux et de les prendre dans mes bras tant, à cet instant, je me sentis leur pareil. Frère Juan aurait fait cela. Allons, je devais me tenir. N'étais-je donc plus Espagnol ? Avais-je vraiment oublié mon roi, mes aïeux catholiques ? Je tendis la main à Maïna pour l'aider à bondir sur les galets mouillés. Dorantes nous attendit et me dit que si ces villageois nous reconnaissaient, assurément ils se vengeraient sur nous du mal et des humiliations que nos soldats leur avaient fait subir. Son inquiétude m'amusa. Je lui répondis qu'il y avait peu de risques qu'ils nous prennent pour des conquérants, habillés comme nous étions. Il me considéra, se regarda lui-même et convint en ricanant que nous n'étions guère différents de ces êtres dépenaillés qui maintenant se bousculaient à notre rencontre. J'entendis derrière moi le rire extasié de Tulque. Esteban venait sans doute de lui apprendre que nous étions déjà venus sur ce rivage et ce que nous y avions fait, car je l'entendis lui répondre :

– C'est une farce des Esprits. Ils aiment surprendre, jouer. Regarde ces oiseaux, les deux noirs, là, entre les arbres. Tu crois qu'ils sont là par hasard ? Non, leurs battements d'ailes nous font pleuvoir dessus des graines de soleil. Tu ne vois pas cela ? Regarde mieux, regarde !

Le chef de la tribu qui se hâtait vers nous, escorté par ses hommes, nous salua de loin, volubile, rieur. Maïna lui dit que j'étais l'homme qui chassait les démons hors du corps des malades. Il me fit alors d'interminables révérences en bafouillant je ne sais quoi, puis me prit par la main, et repoussant les gens qui me serraient de près il me conduisit sur la place. Là était à nouveau dressée, parmi des huttes neuves, la longue cabane où nos moines avaient trouvé quelques vieux morts cousus dans des peaux de cerfs peintes. On avait replanté au-dessus de la porte la bannière du roi d'Espagne. Elle était déchirée, terreuse. Des enfants nous la désignèrent, en bombant la poitrine, comme un trophée de guerre, ce qui amusa Esteban mais point Dorantes qui resta planté à l'écart sans vouloir parler à personne.

Les malades étaient là, dans cet abri trop grand pour n'être pas fragile. A l'instant de franchir le seuil, je me sentis pris d'inquiétude. Et si les Esprits guérisseurs qui probablement m'assistaient, ou Dieu, ou je ne sais quel ange, m'abandonnaient, me laissaient seul, impuissant à soulager ces malheureux qui m'attendaient, dedans, et qui me croyaient infaillible ? Et si je ne savais plus faire ? Si je redevenais soudain l'homme ordinaire que j'étais ? « Cela, fatalement, m'arrivera un jour », voilà ce qui me vint à l'esprit. Un jour, mais quand ? Demain ? Aujourd'hui ? Tout à l'heure ? Et que faire alors, comment vivre sans mon pouvoir évaporé, sans ces miracles qui me nichaient au creux des mains ? Je ne craignais plus pour ma vie mais j'avais peur de décevoir ces gens dont les regards m'émerveillaient, et peur aussi (surtout peut-être) de retomber des hauteurs où l'on m'avait placé, où je me sentais être bon, digne de l'affection du monde. Je fis une prière hâtive, je me raidis farouchement, je pris un grand souffle et j'entrai.

Il y avait là, dans l'ombre tiède, autant de morts que de vivants, les uns cousus dans des peaux neuves, les autres couchés sur des lits d'herbes odorantes. Ils étaient cinq. Je fis pour eux exactement comme auprès des souffrants de l'île. Grâce à Dieu ils furent guéris. Après que je les eus soignés ils s'ébrouèrent, se levèrent. Ils ne me dirent aucun merci mais ils allèrent, à petits mots, donner de leurs nouvelles aux morts. Mon inévitable déchéance n'était donc pas pour aujourd'hui. Je dis à l'ombre autour de moi des paroles de gratitude. La vie me revint, forte, fière, et je sortis content de moi.

Le soir venu, Esteban interrogea les gens sur la brutale et douloureuse visite qu'ils avaient reçue des Espagnols. Il y mit une malice d'autant plus insistante que ses questions paraissaient indisposer Andrés. De notre passage chez eux, les villageois nous firent, à ma grande surprise, un récit carnavalesque et fort divertissant, malgré la peur qu'ils avaient eue de ces dieux cuirassés tombés de « l'océan d'en haut » ou d'en bas, ils ne savaient plus. Le discours de Narváez et sa lecture de l'édit royal qui avait fait de lui le gouverneur de la Floride nous furent mimés par un jeune Indien qui s'évertua à gonfler son ventre et sa voix avec une solennité si comique que tout le monde, même Dorantes, partit en cascades de rires. Esteban dit alors, la mine goguenarde, que moi-même et mon compagnon d'armes étions chrétiens et avions obéi aux ordres de cet énorme rouquin qui faisait les gros yeux aux arbres et reprochait au ciel, à grands coups de bedaine, d'être plus haut que lui. Les hommes autour du feu restèrent ébahis, puis l'un d'eux lui répondit qu'il plaisantait, car nous ne pouvions en aucune manière être ce qu'il disait. Nous lui demandâmes pourquoi.

– Les Espagnols font peur, nous dit-il, leur poitrine est en fer, ils sont barbus comme des singes et ils battent les gens pour rien. Vous n'êtes pas du tout comme eux.

Tous estimèrent son argument irréfutable et, rassurés, ils s'exclamèrent joyeusement en traitant le nègre de farceur. Esteban, pourtant, s'obstina. Il leur fit admettre que nous n'étions pas des Indiens et leur demanda d'où, à leur avis, nous venions. Le silence qui accueillit ses paroles me parut pudique, gêné. Le chef de la tribu répondit enfin que personne, au village, ne voulait le savoir, car lorsqu'on recevait quelqu'un qui portait la vie dans ses mains, il n'était guère convenable de lui poser des questions qui pourraient l'embarrasser. J'en fus touché, et je considérai avec une amitié raffermie les visages épanouis qui l'approuvaient. Tandis que l'on se mettait à danser et chanter dans les hautes lueurs des flammes, Maïna me dit en confidence que ces hommes, en vérité, pensaient que nous n'étions pas des guérisseurs ordinaires, car nous n'avions pas l'apparence des gens de leur pays, mais qu'ils nous prenaient plutôt pour des Esprits vêtus de peau humaine en visite chez eux, et donc qu'il convenait de respecter à notre égard la politesse d'usage quand on rencontrait l'Invisible. Je lui souris. Elle me demanda pourquoi je la regardais d'un air si sottement surpris. Je lui répondis qu'en Espagne, on ne les aurait pas estimés courtois, mais simplement craintifs.

– Sans doute as-tu raison, me dit-elle. Il est vrai que nous avons peur de nous rendre indignes de la lumière du soleil, du regard des étoiles, de l'amitié de l'air.

Elle me laissa pensif et s'en alla danser.

Cette nuit-là, quand le feu ne fut plus que braises, j'amenai ma compagne au bord de l'océan. Comme nous écoutions, assis sous les étoiles, le murmure des vagues, je lui demandai si elle avait connu ce Charruco dont son père m'avait parlé. Elle me répondit que oui, et qu'il était devin. Elle ne m'en dit pas plus. J'insistai. Je voulus savoir si elle avait entendu sa prédiction que la mer, un jour, amènerait sur son île un guérisseur de grand pouvoir.

– Il me faisait peur, me dit-elle. Sans cesse il exigeait que je me fasse belle. Je pensais qu'il ne m'aimait pas comme j'étais, mais je sais maintenant. Il voulait que je me prépare pour ce jour où tu me viendrais.

Elle resta longtemps silencieuse. Longtemps je me perdis à contempler, au loin, des mirages d'Espagne, des visages autrefois aimés, puis elle me demanda les mots que je disais, quand je soignais les gens. Je lui récitai le *Pater*.

– Nous rendons grâce aussi à l'Esprit, me dit-elle. Nous lui demandons d'éloigner de nous le malheur, comme vous le faites. Vous priez pour le pain et nous pour le maïs, les courges, le poisson.

Elle sourit, puis elle dit encore :

– Alvaro, nous sommes parents.

Elle voulut que l'on joue aux prières communes. Cela me plut. Je ne réfléchis pas, je lui récitai, au hasard :

– « Ô vanité des vanités ! Tout ici n'est que vanité ! »

Elle chercha. Elle me répondit :

– « Nous ne sommes, pauvres vivants, rien de plus qu'un reflet de lune sur l'étang, rien de plus qu'un souffle embué qui s'évanouit dans la nuit. »

– « Le vent souffle où il veut et tu entends sa voix, mais tu ne sais ni d'où il vient, ni où il va. »

– « Le ciel parle à la terre, la terre parle au ciel, les Esprits portent les messages, mais l'Indien n'entend que le vent. »

– Maïna, de qui tiens-tu ces choses ?

– Tulque les dit parfois pour lui seul ou pour moi, avec d'autres belles paroles. Il pense que la voix n'a pas été donnée aux hommes pour parler, mais pour chanter et pour guérir.

– Comment Tulque sait-il cela ?

– Charruco l'a instruit quand il était enfant. Mon frère sait beaucoup. Beaucoup de toi, de nous, des mystères du monde.

Je lui répondis, étonné :

– Il est pourtant simple, fragile. Toi-même me l'as dit. Sans toi, il périrait.

– Oui, me dit-elle.

Et elle se tut. Comme le jour venait, nous retournâmes au village. Je dis alors à ma compagne, tout honteux d'avouer cela, que j'avais eu peur, tout à l'heure, de perdre mon pouvoir de guérir les gens et de me retrouver aussi démuni que le naufragé que j'avais été. Elle me répondit que je n'avais pas à me faire le moindre souci. J'en fus profondément soulagé, bien qu'elle ait refusé, malgré mon insistance, de me dire pourquoi.

Nous reçûmes de ce village plus de cadeaux que nous ne pouvions en emporter. « Ainsi sont les pauvres, me dis-je. Ils offrent tout ce qu'ils possèdent et vous prient de leur pardonner de ne pouvoir vous donner plus. » Cette pensée m'émut. Outre que j'estimais ne pas mériter autant de bontés, il me fallut bien constater, moi qui me croyais généreux, qu'auprès de ces sauvages-là j'étais le plus pingre des hommes. Payer de tous ses biens terrestres, même le plus grand des bienfaits, qui en Espagne l'aurait fait ? Ces miséreux pourtant y avaient consenti de bon cœur, et sans aucun souci de leurs lendemains. Comme nous faisions nos bagages au milieu de courses d'enfants, je parlai de cela avec Maïna et Tulque. Je leur dis mon étonnement. Ils eurent du mal à comprendre le sentiment que j'éprouvais.

– Tout de même, leur dis-je, avouez que ces gens sont d'une noblesse de cœur assurément déraisonnable, mais magnifique.

Ils estimèrent que je m'exaltais pour pas grand-chose. Offrir au bienfaiteur de leurs frères et sœurs des vêtements ornés, festoyer avec lui, danser en son honneur n'était à leur avis que juste et coutumier. Et comme je jugeais leur propos trop modeste, ils m'avouèrent que personne, dans ces pays indiens, ne possédait quoi que ce soit, et donc que l'on donnait ou prenait selon le plaisir ou la nécessité de chacun. Je fus plus encore surpris. Ces gens, apparemment, n'avaient jamais pensé qu'il pouvait être honorable et rassurant d'avoir à soi des champs, des enclos, des maisons. Je tentai de leur faire entendre que le désir d'être plus riche que ses amis et ennemis était dans l'ordre naturel. Ils se regardèrent en riant.

– Riche de quoi ? demanda Tulque.

– De biens, lui dis-je, d'or, de terres.

Il répondit d'un air d'évidence qui m'agaça beaucoup, tant il était moqueur :

– La terre est la mère des hommes. Elle est à tous et à chacun. Comment quelqu'un peut-il garder la mère de tous pour lui seul ?

Je n'eus pas le loisir de lui répondre. Esteban et Andrés venaient d'apparaître parmi les huttes. Ils étaient environnés d'une bruyante troupe d'hommes. Le nègre portait sur l'épaule un beau perroquet rouge et vert. Avant même de nous rejoindre il nous le désigna et lança fièrement :

– Un cadeau du chef de tribu. C'est l'insigne du roi des contes. N'y touchez pas, il est sacré. Désormais qui me saluera devra le saluer aussi.

Je demandai à Dorantes ce que nous voulaient ces gens qu'il avait amenés. Il me répondit qu'ils avaient décidé de nous accompagner. Quelques-uns d'entre eux, après s'être un instant concertés, étaient déjà partis devant, impatients d'annoncer notre venue prochaine aux villages alentour. Nous nous en fûmes donc en cohorte bavarde, Tulque riant avec n'importe qui, Esteban et Andrés se querellant sans cesse et Maïna poussant devant nous une dizaine d'enfants nus qui se disputaient la gloriole de cheminer à mes côtés.

Tandis que nous allions à travers la forêt aux arbres gigantesques que nous avions franchie au temps déjà lointain où Pánfilo Narváez amenait ses hommes en enfer, ma compagne me raconta une surprenante légende. Elle me dit qu'autrefois les mots étaient des êtres vivants, qu'ils sortaient des bouches humaines en troupes d'oiseaux impatients et s'en allaient ici et là exaucer les vœux et les désirs de leurs maîtres. Ils allaient ainsi par le monde aussi longtemps qu'il le fallait, puis ils s'en retournaient nicher dans les esprits des hommes où ils restaient au chaud avant de repartir pour un nouveau travail. Je lui demandai de qui elle tenait cette fable. Elle me répondit avec force que ce n'en était pas une, que c'était une vérité d'ancêtre, et que

Charruco l'avait apprise à Tulque. Elle ajouta qu'avec le temps (le vieux devin n'avait su dire pourquoi) la plupart des humains avaient cessé d'être des demeures nourricières, que peu à peu les mots y avaient dépéri et que les derniers survivants, pour ne pas devenir de simples bruits sans âme, avaient trouvé refuge dans quelques têtes qu'ils avaient aménagées pour leur sauvegarde et la perpétuation de leurs enfants.

– Tu es un de leurs nids, me dit-elle. Tu l'as toujours été, tu le seras toujours.

Je ne crus rien, évidemment, de ce qui me paraissait être une vieille divagation. Pourtant mon inquiétude s'en trouva ravivée. Je répondis :

– Et si ces mots partaient, s'ils s'enfuyaient de moi ? Si leur prenait l'envie d'aller nicher ailleurs ? Les oiseaux, parfois, changent d'arbre.

Elle me parut contente que j'entre dans son jeu. Elle me prit la main. Elle me dit :

– Tu leur as permis de te servir comme ils savent le faire, d'éprouver leur pouvoir, leur force. Quelque chose en toi les nourrit. Allons, cela se voit, ils t'aiment.

Elle me parut si sûre d'elle que je m'en trouvai à nouveau rassuré, bien que ces rêves de mots vivants me parussent inconséquents. Tous mes doutes s'évaporèrent tandis que nous marchions, et je me pris à chantonner, surpris de me sentir léger dans la vie qui m'était donnée, si fragile et si incertaine.

Une belle saison durant, nous allâmes de village en village, suivis d'une horde d'hommes et d'enfants qui avaient abandonné leurs travaux et leur famille pour le double plaisir de m'escorter et de se nourrir de ce qui m'était offert en échange de mes miracles. Les premiers temps de ce voyage, je soignai et guéris beaucoup de gens fiévreux, bancals, parfois même incapables de se tenir debout, et les craintes qui m'encombraient furent peu à peu emportées par l'enivrant plaisir d'être considéré comme un être de grand pouvoir. Je pris goût à ces bains de regards adorants qui m'attendaient au seuil des huttes, au point de me gonfler de vanité grossière même aux yeux de mes compagnons. Tulque ne pouvait plus me jeter un coup d'œil sans plaisanter de mes grands airs, et Maïna bientôt s'attrista de me voir délaisser nos jeux pour m'inquiéter de tout et m'irriter sans cesse de mille petits manquements qui n'auraient pas dû me troubler. De fait, secrètement, je me sentais perdu. Un jour, je rabrouai Andrés, qui voulait me forcer à cheminer vers les terres du Sud où étaient le Mexique, l'or et les Espagnols, alors que les appels et les soucis des gens nous attiraient vers l'Ouest. Il menaça de me quitter. J'en fus méchamment tourmenté.

Or il advint qu'un soir d'été nous entrâmes dans un village d'une pauvreté sans espoir. Je n'en avais jamais rencontré d'aussi triste, bien que les lieux infortunés hantés de squelettes vivants fussent nombreux dans ces contrées. Les cabanes étaient pêle-mêle plantées au bord d'un vaste lac d'une pureté souveraine. Ses rives se perdaient au loin dans des brumes de paradis. Comment de pareilles tanières pouvaient-elles donc côtoyer une aussi limpide beauté ? Elles étaient bâties de bric et de broc, sombres, malodorantes comme des antres de sangliers, peuplées de gens muets, hagards, en haillons aussi gris et crasseux que les peaux. Je refusai farouchement la hutte que l'on nous offrit. Une meute de loups n'y aurait pas logé. Tulque fit du feu sur la rive. Je dormis là avec Maïna, Esteban et son perroquet. Andrés s'en fut je ne sais où ruminer ses envies rageuses de Mexique. Le lendemain, de bon matin, je soignai trois enfants chétifs et un homme apparemment vieux mais qui, selon ce qu'on me dit, n'avait guère plus de trente ans. Il souffrait de toux incessante. On m'apprit qu'il était le chef de cette tribu famélique. Après que j'eus prié sur lui il eut un ample soupir rauque, cracha une sorte de soupe de crapauds et de serpents verts, s'estima libéré du mal qui depuis longtemps l'accablait puis me prit les mains en pleurant et marmonnant de pauvres mots. Je compris aussitôt ce qui le tourmentait. Il ne pouvait rien me donner en échange de mes miracles, ni vêtement, ni plume d'aigle, ni collier, ni viande de cerf. Il n'avait, pour nourrir ses gens, que quelques poignées de maïs. Je tentai de le rassurer, de lui dire que le bonheur de l'avoir guéri de son mal était un cadeau suffisant, mais je ne pus presque rien dire, car les femmes qui étaient là, penchées sur sa litière d'herbes, se mirent à babiller ensemble à voix vive, alerte, pointue. Elles venaient d'avoir une idée assurément réjouissante car le regard de l'homme, tout à coup, s'éclaira. De fait, il avait à m'offrir, selon ce qu'il dit à Maïna, un inestimable trésor. Il lui parla longtemps dans un rude langage dont je ne compris pas un mot. Quand il se tut enfin, ma compagne m'attira dehors, sous la brise du rivage, et me raconta cette histoire.

Un jour du temps passé, le long du lac (il y avait de cela cent quatre-vingts saisons), était venue une troupe d'hommes que personne ne connaissait. Leur peau était de terre rouge, ils étaient habillés de longs vêtements bleus, ornés de colliers faits d'écailles de soleil (ainsi nommaient-ils l'or), et tenaient dans leur poing de longs bâtons luisants aussi droits que leur dos. Ils tiraient après eux des buffles chargés de coffres en bois précieux. Ces gens venaient du Sud lointain. A l'heure où le brouillard se levait sur le lac, ils avaient fait halte au bord de l'eau, ils avaient regardé les rochers alentour, la montagne voisine, puis ils avaient posé leur sac et allumé un feu, au même endroit que nous, sur les cailloux de la rive. Au milieu de la nuit ils s'étaient couchés là. Mais ils avaient fait bien autre chose que de dormir sous leur manteau car tous les villageois, au retour du soleil, avaient pu voir, du seuil de leurs huttes, que les bêtes attachées par l'anneau du museau ne portaient plus rien sur l'échine et que leur chargement avait quitté le camp. Or une fille avait surpris le travail secret de ces hommes. Elle s'en revenait, ce soir-là, d'un lit d'amour au bord de l'eau. Elle s'était plu à s'attarder parmi les rocs et les buissons, et comme elle allait sans souci, droit devant, à cinquante pas, elle les avait vus s'affairer, tirer leurs coffres, les pousser. Elle les avait suivis longtemps sous le ciel noir, jusqu'à ce qu'enfin, quelque part, ils dissimulent leurs fardeaux. Quelque part, mais où ? Sous les eaux du lac ? Au fond d'une grotte ? Sous un arbre de la montagne ? Elle était seule à le savoir. Et ce qu'ils contenaient, elle le savait aussi, car elle s'était tenue assez proche, dans l'ombre, pour tout surprendre de ces gens. Sur chacune de leurs merveilles ils avaient tous posé leurs lèvres, l'un après l'autre, en murmurant des litanies, avant de les confier à la garde des maîtres aveugles du Temps. Elle avait vu briller un instant sous la lune des pierreries, des masques d'or aux yeux de jade et de diamant, des coiffes de dieux, de déesses et mille beautés jamais vues qu'ils avaient arrachées, dans leurs temples de pierre lisse, au féroce appétit de ces hommes à peau blanche venus des brumes de la mer. Cette fille était, maintenant, une vieille, très vieille femme. Tout au long de sa vie elle avait refusé de révéler le lieu où était ce trésor. Elle avait décidé de n'en faire l'aveu qu'à l'instant de son dernier souffle. Or si elle respirait encore, ce n'était que pour peu de jours.

– Le cadeau du chef de tribu, me dit enfin Maïna, c'est elle. Il nous l'offre avec son secret et sa promesse de le dire, qu'elle tiendra forcément bientôt. Je sais où elle vit, Alvaro.

Andrés, qui nous avait rejoints, tandis que parlait ma compagne, se prit à rire énormément.

– Toi qui as cent fois refusé de nous amener au Mexique, me dit-il, vois, et salue Dieu. Le Mexique nous est venu. Des coffres de turquoise et d'or dans la bouche d'une mourante ! Conduis-nous chez elle, Maïna. Ne manquerait plus qu'elle trépasse avant que nous l'ayons bénie.

A quelques pas de nous, Esteban apprenait à Tulque sa presque quotidienne leçon de castillan. Tous deux étaient au bord de l'eau, assis épaule contre épaule. Je leur criai que nous partions et qu'ils feraient bien de nous suivre. Ils m'obéirent à contrecœur, sans cesser d'ânonner des mots avec une application d'enfants sages.

La maison de la vieille femme était sur un surplomb terreux au-dessus de l'amas des huttes. Elle était la seule en ce lieu à être bâtie de murs droits et proprement coiffée de pierres plates et de feuillage. Tandis que nous escaladions le sentier envahi de ronces, je dis à nos deux compagnons ce qui nous attendait là-haut. Tulque ne fit qu'en rire à petits coups de nez. Esteban, lui, les yeux immenses, contempla dans l'air bleu les ors et les turquoises que je ne fis que suggérer, mais que Dorantes décrivit comme il aurait fait d'un festin. Je poussai à peine la porte. Elle s'ouvrit seule, sans effort. Dans la pénombre je ne vis qu'une écuelle, un pot de terre, et contre le mur un long tas éclairé d'un fil de soleil. Là était allongée l'aïeule. Elle semblait n'avoir pas de corps, tant il était couvert de chiffons amassés, d'herbes, de feuilles sèches. On ne voyait que son visage, cuivré, fripé comme un fruit sec dans ses cheveux blancs répandus, mais dans son regard, quelle vie ! Ma compagne la salua et lui dit qu'un homme de cœur nous avait envoyés à elle pour veiller sur ses derniers jours. Elle nous regarda longuement, muette, l'œil aigu, puis je vis une main émerger de sa couche, mais point de bras, juste cinq doigts branchus, rampants. D'un crochet d'index elle fit signe à Maïna de s'approcher d'elle, puis d'un geste sec elle chassa Andrés, Esteban, Tulque et moi. La vieille avait choisi l'oreille à qui confier son secret. Dehors, Dorantes fit la moue. Il aurait préféré que ces chers derniers mots dont il espérait tant soient dits à tous ensemble. Tulque revint à Esteban, et sans se soucier de nos perplexités il lui demanda de redire des mots espagnols oubliés. Le nègre n'avait plus le cœur à jouer au maître d'école. Il était, lui aussi, déçu et circonspect. Nous descendîmes au campement, nous nous serrâmes autour du feu et, comme nous dînions de nos provisions de voyage, peu à peu la confiance revint au cœur d'Andrés. Il se mit à imaginer un palais rose à Saint-

Domingue, des serviteurs indiens habillés en marquis, des amantes dociles, des banquets, des tables de jeu.

– Retourner un jour en Espagne ? Peut-être, quand je serai vieux, dit-il négligemment aux étoiles naissantes.

Esteban le poussa du coude et s'empressa de renchérir.

– Moi je serai, dit-il, le premier maître noir de l'île de Cuba ou de quelque autre lieu, qu'importe le pays, pourvu qu'il y ait des Espagnols. Car je n'engagerai que des serviteurs blancs.

– Tu n'en trouveras pas, dit Dorantes, moqueur. Presque tous les chrétiens des îles sont cousus d'or de pied en cap. Les autres, les fripouilles, les bancals, les ivrognes, les fantassins perdus préféreront toujours un pavillon pirate aux cuisines d'un nègre.

Il se tourna vers moi.

– Et toi, Alvaro, me dit-il, que feras-tu de ce miracle qui nous fait des soleils partout ? Tel que je te connais, mon bon, je te sens capable d'offrir une moitié de ta fortune à quelque hôpital de rencontre en mémoire de frère Juan, et certes tu n'auras pas tort, car cela te vaudra plus sûrement le Ciel que ces manigances bizarres que tu fais tous les jours de Dieu sur des sauvages sans cerveau.

Son ton railleur m'indisposa, mais je l'oubliai à l'instant car j'entendis les pas légers de Maïna qui s'en revenait. Elle sortit de l'ombre lunaire, vint se poser à mon côté. Chacun retint son souffle et n'eut d'yeux que pour elle. Andrés lui demanda :

– Alors, elle a parlé ?

– Oui. Elle a dit « demain », puis elle s'est endormie, lui répondit Maïna.

– Demain est loin, grogna Dorantes. Ne l'as-tu pas interrogée ?

Elle se tut et croqua un fruit. Tulque se mit à fredonner une mélopée lente et douce dans le silence de la nuit. Andrés soupira, s'agita, s'impatienta enfin et lui ordonna de se taire. Le grand dadais parut surpris, puis retrouvant son air béat :

– C'était pour toi, monsieur, dit-il. Le chant apaise l'impatience. On dit chez nous qu'il est pareil au bruit de la porte du Ciel.

Andrés ricana, répondit :

– Les portes qui grincent m'agacent.

– C'est que toi tu entends le grincement que fait la porte qui se ferme, et moi j'entends celui de la porte qui s'ouvre. Voilà pourquoi je suis content. Voilà pourquoi tu ne l'es pas.

Tulque rit, fier de sa trouvaille.

– Si la vieille meurt cette nuit, priez pour moi, gronda Dorantes. La dernière porte possible par où sortir de cet enfer me sera bel et bien bouclée.

Dès le soleil levé, ma compagne s'en retourna au chevet de l'aïeule. Andrés, toute la matinée, s'agita comme un loup en cage. Il ne cessa d'aller, de venir, de grimper jusqu'à la cabane fermée, d'écouter, du seuil, les bruits du dedans, de redescendre, furibond, et de remonter aussitôt chercher une fente de mur par où guetter le moindre geste. Quand, vers midi, Maïna sortit, il accourut au-devant d'elle, la prit par les épaules et dit :

– Elle a parlé ?

– Ce soir, lui répondit Maïna.

– N'est-elle pas mourante ?

– Elle l'est.

– Reste auprès d'elle, sacredieu ! La laisser seule ainsi sur son tas de misère, rends-toi compte, la mort peut lui venir d'un coup !

– Elle a dit « ce soir, à la nuit ».

Elle repoussa Andrés, l'air grave, mais elle jouait, je le vis bien au regard bref qu'elle me lança. Elle m'entraîna le long du lac. Comme nous allions en silence, elle me demanda :

– Alvaro, que feras-tu de ce trésor ?

Je fis un geste vague, je lui dis que nous ne pouvions estimer exactement la valeur de ce que contenaient ces coffres, que tout cela était, pour l'instant, irréel, et que je refusais de m'en préoccuper. De fait, je ne parvenais pas à me réjouir de l'aubaine. Etre riche, estimé des grands, sans autre souci que de vivre entouré d'un cercle d'amis et de serviteurs de haut vol ne m'était pas indifférent, certes non. Mais sur nos chemins, dans ces villages misérables où la fortune se comptait en poissons et grains de maïs, que faire des coiffes de rois, des masques d'or, des cailloux rares ? On pouvait bien, à la rigueur, en orner les portes des huttes, mais on n'en dînerait pas mieux. Comme le Mexique, Cuba, Saint-Domingue aux parfums de sucre me parurent loin, tout à coup ! Les atteindre, par chance, un jour, retrouver le foisonnement des commerces, les maisons bruissantes de gens, les salons et les lits moelleux, je le désirais, j'en rêvais, mais le vent qui soufflait ici ne me parlait que de misère, de plaines sans fin, de déserts. Une vieille mourante enceinte d'un tas d'or, c'était décidément un étrange cadeau que nous avait fait ce pauvre homme. Un cadeau, vraiment ? Un doute me vint. Et s'il était vrai, quoi qu'on dise, que rien n'arrive par hasard ? Et si ce trésor-là avait été placé au travers de ma route par des Esprits joueurs, curieux de m'éprouver ? Je m'étonnai d'envisager aussi simplement l'existence de ces vagues êtres sans corps. Je ne dis rien, d'un long moment de ces idées qui m'occupaient, puis comme nous marchions, sous le soleil venteux, je demandai à ma compagne ce que Tulque pensait de ces coffres enfouis et du silence de l'aïeule. Elle me répondit, l'air lointain :

– Tulque ne pense pas, il ne sait que sentir, et ce qu'il ressent le fait rire.

Je haussai les épaules.

– Il rit toujours, lui dis-je.

– Oui, même quand il est inquiet.

– L'est-il ?

– Je ne sais pas, dit-elle.

L'air était frais. Elle frissonna. Je la serrai fort contre moi. Dans ce désert de sable et d'eau ne vivaient que le vent et nous. Il nous plut d'être seuls au monde et d'ignorer où nous allions.

Quand la brume se fut levée sur les eaux du lac ma compagne s'en retourna chez l'aïeule. Elle n'y resta que peu de temps. Elle redescendit avec Tulque, qui l'avait conduite là-haut et l'avait attendue au seuil de la cabane. Dorantes, Esteban, son perroquet et moi étions restés devant le feu à parler de bateaux, de fabriques de sucre qu'Andrés achèterait bientôt et des rêves d'épouse indienne servie par des esclaves blancs qui farcissaient l'esprit du nègre. Je les retins tous deux de se précipiter au-devant de Maïna. Elle s'approcha, nous rejoignit. Bouche ouverte ils la regardèrent, et tandis que Tulque jetait du bois aux braises :

– La vieille est morte, nous dit-elle.

– Eh bien parle ! rugit Andrés.

L'espoir lui débordait des yeux. Elle le regarda droit et lentement reprit :

– Elle m'a dit ces mots : « Bonne fille, la vie m'a fait un beau cadeau. Chacun ici m'a crue gardienne d'un trésor. C'était faux, mais j'ai laissé croire car du coup les hommes d'ici m'ont toute ma vie respectée comme une personne importante. Que pouvait espérer de mieux une femme sans fils ni fille ? Veux-tu savoir la vérité ? Elle est aussi simple que moi. Quand j'ai vu ces beaux inconnus quitter leur camp avec leurs coffres, j'ai couru me cacher au fond de ma maison. Les épier, les suivre et voler leur secret, avec la peur que j'avais d'eux, comment aurais-je pu le faire ? » Elle a pris ma main, elle a ri comme un oisillon essoufflé, puis elle a regardé la porte, elle a poussé un cri, les yeux écarquillés, et sa bouche est restée ouverte.

Maïna se tut, baissa la tête. Andrés, désemparé, gémit et s'éloigna seul vers la rive. Esteban se laissa tomber, s'enfouit corps et crâne sous son manteau de cerf et d'un revers de main chassa son perroquet qui, tout à coup perdu, s'en fut couiner autour des flammes. Tulque et Maïna se mirent alors à chuchoter si vivement dans leur langage que je ne pus comprendre ce qu'ils se disaient. Il me vint à l'esprit qu'ils le faisaient exprès afin que, justement, je ne me mêle pas de leur conversation. Ma compagne enfin vint à moi.

– Demain nous parlerons, dit-elle, mais sans eux.

Elle désigna le nègre et l'ombre où Andrés avait disparu, puis elle prépara notre litière au plus près du feu, à gestes simples, appliqués, comme elle le faisait tous les soirs. Elle avait ce pouvoir d'oublier à l'instant les soucis et les sorts contraires, de revenir à l'ordinaire et de faire ce qu'il fallait pour que nos menus rituels soient exactement honorés. Ma vieille Felicia aussi avait cette sagesse-là. Je m'endormis, pensant à elle. Dorantes ne reparut pas. A l'aube, quand je m'éveillai, je le vis descendre à pas lourds par le sentier de la cabane où la vieille venait de vivre sa première nuit chez les morts.

Tulque et Maïna, ce matin-là, m'entraînèrent sur le rivage où était une longue barque couchée sur le sable mouillé. Ils la poussèrent à l'eau, puis sautèrent dedans et m'invitèrent à les rejoindre. Jusque vers le milieu du lac ils ne voulurent rien me dire. Ils avaient l'air de s'amuser. J'attendis donc sans inquiétude. Le soleil se baignait partout autour de nous. Au ciel, pas le moindre nuage. Un aigle, au loin, se balançait. Quand Tulque cessa de ramer, la paix qui nous environna semblait un chant de paradis.

– Alvaro, dit Maïna (sa voix tranquille sonna clair comme jamais dans ce silence), je sais où trouver le trésor.

Je restai un instant stupéfait, incrédule, puis je lui demandai pourquoi elle l'avait caché à Andrés. Ce fut Tulque qui répondit.

– Il n'appartient qu'à toi, dit-il. Toi seul soignes et guéris les gens.

Et Maïna, l'œil aigu, inquiète :

– Le veux-tu ?

J'hésitai, je ne sus que dire. J'aurais dû me sentir content. Pourtant je n'étais que perplexe. Je bafouillai :

– Trois coffres ? Ce doit être bien lourd.

– Tu auras, dit Maïna, les hommes qu'il faudra. Beaucoup sont prêts pour toi à se changer en buffles.

– Sans doute, mais où irons-nous ? Ce trésor, ici, ne vaut rien. Et dans ce pays sans chemins, comment rejoindre le Mexique ?

Je fis mine de réfléchir. Longtemps je demeurai muet, encombré de pensées confuses. Un éclat de rire soudain me fit sursauter, m'effraya. Tulque, ce fou, ouvrit les bras.

– J'étais sûr, cria-t-il au ciel. Mon frère veut voir Mahona ! Et pour voir Mahona, il faut être léger, il le sait, il le sait enfin !

Je voulus parler, me défendre, je le bousculai rudement, la barque faillit chavirer, je m'efforçai de me reprendre, j'apaisai ma tête, mon cœur, et la vérité m'apparut comme le soleil à midi. Je voulais plus, mille fois plus que des masques d'or, des palais, des esclaves, des cailloux rares, de grands lits et de beaux habits. Tulque et moi étions semblables. Oui, je voulais voir Mahona. J'en ris autant que j'en pleurai, bonheur et désarroi mêlés, au milieu de ces eaux paisibles.

– Andrés sera content, dis-je enfin à Maïna, et Esteban aussi. Le trésor est pour eux, je le leur donne entier. Je ne sais ce qu'ils en feront, mais peu m'importe, qu'ils s'en chargent !

Elle s'agenouilla devant moi, et tandis qu'elle lissait tendrement mes cheveux autour de ma figure :

– J'ai deux fois menti, Alvaro, dit-elle. Ce que j'ai conté hier de la peur de l'aïeule, de son faux secret bien gardé, c'était ce qui me semblait vrai. Je me suis rêvée à sa place. Sûrement j'aurais fait cela. Mais je t'ai trompé, toi aussi. Ne m'en veux pas, c'était un jeu. Je ne sais rien de ce trésor. La vieille est morte sans parler.

Tulque se mit à pagayer vigoureusement vers la terre. Dorantes et son nègre, côte à côte, debout, nous attendaient au bord de l'eau.

7

Au regard qu'Andrés me lança, quand notre barque eut touché terre, je vis qu'il n'était plus mon frère. Il avait la dureté distante des êtres résolus à ne plus tendre la main à personne. Sur l'instant, je fis mine de ne m'apercevoir de rien, mais j'en fus profondément offusqué. « Que lui ai-je donc fait ? me dis-je. Pourquoi cette tête à l'envers ? Ne peut-il plus me supporter ? Qu'il s'en aille seul, et bon vent ! » Hélas, il est bien vrai que nous sommes aveugles. Nous croyons connaître un ami, l'estimer, prendre soin de lui, l'écouter, le regarder vivre, nous n'entendons et ne voyons que les soleils et les orages qu'il fait lever dans nos esprits. S'il remue des nuages, du mauvais temps, adieu, nous le trouvons infréquentable. Mais en vérité que vit-il, que ressent-il, que souffre-t-il ? Peu nous importent ses misères. Il nous encombre, il nous déplaît ? Eh bien, que le diable l'emporte ! Ainsi, je n'ai pas vu le mal qui rongeait mon vieux frère d'armes. Je ne mesurai que plus tard, à la réflexion froide, la distance qui s'était peu à peu creusée entre nous. Ses espérances déçues, sa rage de se découvrir aussi démuni que son nègre, la honte enfin qu'il éprouvait à mettre ses pas dans les miens, lui qui marchait toujours devant au temps de nos jeunes folies, tout cela l'avait irrémédiablement éloigné de notre amitié. Il était désormais décidé à ne plus suivre qu'une route, celle de sa propre sauvegarde. Je crois qu'il en était venu à tout haïr de moi, mon pouvoir de guérir qui, disait-il parfois, m'amollissait l'esprit, mon amour de Maïna qui ravivait sans cesse sa peine et son regret d'avoir perdu Illa, mon affection pour ces Indiens qui s'en venaient à ma rencontre, aux abords des villages, comme des mendiants au-devant d'un saint. A lui ils n'inspiraient que de l'amusement ou, si son humeur était sombre, des ruminations de mépris. Il m'avait beaucoup irrité, ces derniers temps. Je l'avais cru simplement las. J'avais pensé : « Allons, cela lui passera. » Je n'avais pas compris que son cœur s'effondrait. Il n'avait pas pu supporter mon désir inavoué de cheminer vers une étoile, une lumière, une source, un songe, je ne sais quoi qui n'avait pas de nom et qui pourtant m'attirait corps et âme. De fait, ce n'était pas lui qui avait changé, c'était moi. Je n'étais plus le chevalier insouciant et désordonné que j'avais autrefois été, courant de bataille en bombance, rêvant effrontément de pluies d'écus sonnants, de filles, de voyages. Or Andrés Dorantes n'avait qu'un frère, et c'était ce jeune homme-là. Il ne me reprocha jamais de l'avoir laissé seul avec notre passé et nos rêves communs, il était pour cela d'un orgueil trop farouche, mais je crains qu'il en ait souffert un insupportable tourment.

Ce matin-là, l'air sombre, il regarda notre barque accoster, puis nous tourna le dos et nous précéda sans un mot jusqu'au campement. Esteban, lui, attendit Tulque. Tandis qu'ils rejoignaient ensemble le feu qui se mourait, le perroquet du nègre s'en fut voleter devant eux. Ils le poursuivirent à grand bruit mais n'osèrent pousser plus avant leur vacarme quand ils le virent se poser sur l'épaule d'Andrés. Pauvre grand frère ! Sa fureur, sur l'instant, me parut pitoyable. Il sursauta, gronda, empoigna l'oiseau par le cou et le jeta au large comme il aurait fait d'un chat sauvage. Je lui conseillai aussi plaisamment que possible d'oublier nos déconvenues et de ne point s'abandonner à sa méchante humeur. Je lui dis des paroles qu'il aurait autrefois entendues comme des plaisanteries fraternelles. Il n'y vit que de l'ironie. Il me regarda comme si je venais de lui cracher une insulte à la figure puis il se tourna vers Maïna et lui demanda tout sec ce que signifiait cette petite barque qu'il avait vue dessinée, la veille au soir, sur son bras gauche. A son dernier retour de chez la vieille morte, elle avait, en effet, au-dessus du poignet, une courbe tracée avec un trait de mât et un semblant de voile. L'image était d'une simplicité enfantine. Elle n'en avait rien dit et nous étions, alors, trop occupés à écouter la triste fin de nos espoirs de fortune pour nous en préoccuper. Ma compagne lui répondit que c'était la mourante qui, d'une pointe de charbon, l'avait inscrite sur sa peau.

– C'était le seul trésor qu'elle pouvait me donner, lui dit-elle. Une bénédiction magique, qu'elle tenait de son propre aïeul. Par la prière qu'elle a faite et la vertu de cette barque (tu la crois effacée, mais non, c'est qu'elle est entrée dans mon corps), je pourrai fuir toutes les fois qu'un danger me menacera. « Ainsi, m'a dit la bonne mère, tu seras une femme libre, libre au-dehors de toi, libre aussi au-dedans. »

– Belle ruse, grogna Dorantes. Je serais curieux de savoir ce qu'en pense notre Alvaro.

Il persiflait. J'en fus surpris, mais que pouvais-je lui répondre ? Je décidai qu'il était temps de quitter ce misérable village et la tranquillité de son lac. Les hommes qui, depuis quelques jours, nous faisaient escorte ne cessaient d'aller et de venir des huttes au campement pour nous presser de partir et me rappeler que des malades m'espéraient, je ne sais où, en un lieu lointain qu'ils me désignaient sans cesse à grands envols de bras. Je m'en fus donc avec Maïna prendre congé du chef de la tribu. Je le trouvai fringant, quoique désappointé de nous voir reprendre la route sans masque d'or sur la figure ni collier de turquoise au cou. Il voulut, pour m'en consoler, m'offrir une double poignée de maïs qu'il me tendit au creux d'un bol. A ce qu'il me parut, c'était son dernier bien. Je m'empressai de refuser ce considérable cadeau. Je connaissais trop sa valeur pour ces pauvres gens affamés. Maïna l'accepta pour moi, ce qui sembla rassurer l'homme et lui rendre tout son entrain.

– Le maïs est un être vivant, me dit-elle dès que nous eûmes quitté l'ombre de sa hutte. Si tu n'avais pas voulu de ces grains, ils se seraient sentis gravement humiliés, et notre hôte en aurait été malheureux. Personne ne les aurait mangés, on les aurait donnés à la terre, qui console tous les chagrins.

Je souris à peine de ces naïvetés. Elles me touchaient plus que je n'osais l'admettre. Ma compagne rougit un peu et me jeta un coup d'œil furtif. J'en fus étrangement remué. Il m'apparut soudain, dans une paisible lumière de songe, que tout ce que j'avais vécu, subi, souffert depuis mon départ de

Séville n'avait été que pour rejoindre cette femme qui cheminait à mon côté, Maïna, mon évident amour.

Or, comme nous franchissions l'ombre du dernier arbre avant la plage, j'aperçus des gens qui accouraient à notre rencontre. Ils agitaient les mains, piaillaient, se bousculaient. Tulque les suivait en riant tout seul. Il nous dit qu'Esteban et Andrés venaient de s'embarquer sur le lac et ramaient droit vers son milieu. Il s'en amusait comme d'une farce. J'en fus contrarié, je comptais partir sans tarder. Je lui demandai quelle fantaisie les avait piqués. Lui avaient-ils dit quelque chose ? Ce qu'il me répondit, à mots entrecoupés de grands éclats joyeux, me laissa d'abord incrédule, puis défait de cœur et d'esprit. Andrés n'avait pas cru ce qu'avait dit Maïna, après que l'aïeule fut trépassée. Sa première déception avalée, il s'était peu à peu persuadé qu'elle l'avait délibérément trompé, qu'en vérité elle avait appris de la mourante où était ce trésor prodigieux dont il avait rêvé, et qu'elle avait gardé secret, au seul profit de ma personne, le lieu où il était enfoui. C'était absurde mais, comme disait Esteban, quand on a l'esprit farci d'or, on ne voit partout que voleurs, et l'on s'aveugle aux choses simples. Ce signe dessiné sur le bras de Maïna et notre innocente promenade sur le lac n'avaient fait qu'attiser le feu de ses soupçons. Il en était venu à se convaincre que les coffres étaient là et nulle part ailleurs, là, sa fortune, là, son avenir doré, là, au fond de ces eaux, juste à l'endroit où, dans notre barque immobile, nous n'avions parlé que des désirs innocents qui nous animaient. Il s'en était donc allé s'assurer de leur présence, faute de pouvoir seul les rapporter à terre. « Le misérable, me dis-je, le bandit ! Me croire, moi, son compagnon, capable de trahir ainsi sa confiance, son amitié ! Me faire une pareille offense ! M'imagine-t-il donc, moi, Alvaro Núñez, sans honneur ni droiture ? » Je courus dans le ressac des vagues, fulminant, le poing tendu au large. Je vis la barque, au loin, menue comme un insecte dans les tremblements du soleil. Je me mis à crier le nom de ce faux frère, je lui hurlai je ne sais quelles insultes, lui donnai l'ordre dérisoire de s'en retourner à l'instant. Je n'entendis qu'un rire amoindri par l'espace, énervé, mauvais, salissant, dans la paix limpide du lac. Alors j'appelai Esteban, mais je m'égosillai en vain. Il ne me répondit pas. Comment le nègre, dont on n'entamait pas aisément le bon sens, avait-il pu se laisser entortiller par les arguments insensés de ce jean-foutre que je ne voulais plus connaître ? Je revins à Tulque. Je l'interrogeai. Il me répondit que l'ami noir (il l'appelait ainsi) avait tenté de raisonner son ancien maître, de le retenir, et qu'en désespoir de cause, par vieille fidélité sans doute, il avait accepté de s'embarquer avec lui.

– Allons, me dit Maïna, ils ne trouveront rien et reviendront bientôt. A quoi bon s'inquiéter ?

Je lui répondis que je ne pardonnerais jamais à Dorantes l'affront qu'il m'avait fait.

– Eh bien, partons sans lui, dit-elle.

Je haussai les épaules et m'en fus, tout rogneux, arpenter seul la rive sans cesser de veiller sur cet exaspérant point noir qui semblait narguer ma colère, perdu dans l'immensité bleue.

Quand je vis enfin revenir la barque, je m'enfonçai dans l'eau jusqu'au ventre et me remis à houspiller férocement mon compagnon, mais ma bordée de moqueries me resta soudain dans la gorge. Où était donc Andrés ? Seul Esteban ramait, et me tournait le dos. Je plongeai, je nageai vers lui, tout effrayé, en grande hâte. Comme je m'agrippais au bord, le nègre se tourna vers moi. Il reniflait, ses joues étaient baignées de larmes. Il ne put prononcer un mot. Il me désigna le lointain, pauvrement, d'un geste épuisé. Je sus alors qu'Andrés s'était noyé là-bas, dans cette impitoyable tranquillité où mille soleils se balançaient sur la crête éblouie des vagues. Comment cela se pouvait-il ? Il était large et fort comme un lutteur de foire. Je l'avais vu cent fois, au joyeux temps de nos folies, traverser le Guadalquivir, malgré son flot impétueux, sans autre essoufflement qu'un grand rire mouillé. Il savait nager, mille diables ! Je pris Esteban aux épaules. Il ruisselait, claquait des dents.

– Où est-il, criai-je, où est-il ?

Tulque tira la barque au sec. Nous restâmes les pieds dans l'eau, le nègre et moi, à nous étreindre, épouvantés, et nous défaire l'un de l'autre pour contempler éperdument l'aveuglante lumière où Andrés avait disparu. D'un long moment il nous fut impossible de nous en détourner. Qu'espérions-nous, Seigneur ? Voir surgir sa figure et s'élever sa main en signe de salut, là-bas où n'étaient rien que des oiseaux errants sur les eaux bleues du lac ? Oui, sans doute étions-nous assez fous pour cela, tant il est vrai qu'en nous, contre toute raison, un éternel enfant croit à tous les miracles. Il fallut que Maïna accoure, nous enveloppe de couvertures, nous frotte le dos et nous entraîne de force vers le feu que son frère s'occupait à ranimer. Je demeurai longtemps grelottant au bord des flammes. Enfin je demandai à Esteban de me conter ce qui s'était passé.

Il me dit d'abord qu'il avait fait tout ce qui était en son

pouvoir pour dissuader mon frère d'armes de s'embarquer à la recherche de ces maudits coffres. Il avait cru, lui, ce que nous avait rapporté Maïna. Il avait supplié Andrés de ne pas mettre en doute la parole de ma compagne mais, à l'instant où il poussait la pirogue sur l'eau du lac, celui qu'à nouveau, dans sa détresse, il appela son « maître », n'avait plus assez de simple bon sens pour l'entendre. Le nègre n'avait pas voulu l'abandonner, le livrer sans secours à sa folie. Il l'avait donc accompagné, sûr qu'ils s'en reviendraient bredouilles, et que la preuve de son égarement aurait tôt fait de ramener notre compagnon à la raison. Quand ils s'étaient trouvés à peu près à mi-chemin des deux rives, Andrés lui avait ordonné de plonger. Esteban avait refusé. Il avait répondu qu'il n'avait pas envie de risquer sa vie pour une chimère et que de toute façon, s'il lui obéissait et remontait du fond en affirmant n'avoir rien trouvé, fou comme était son maître, il ne le croirait pas. Dorantes l'avait alors empoigné, secoué, battu, mais comme l'autre tenait bon il avait fini par se jeter lui-même à l'eau sans prendre le temps de se dévêtir. Il avait un long moment disparu sous les vagues. Il était remonté, toussant, crachant, râlant, sans avoir pu atteindre le fond. A peine avait-il attendu que son souffle s'apaise. Il s'était à nouveau enfoncé, malgré les exhortations et les prières désespérées de son esclave qui lui tombaient dessus. Cette fois il était resté si longtemps sans reparaître qu'Esteban s'était affolé. Il avait plongé à sa recherche. Il avait erré longtemps dans les profondeurs, il ne l'avait pas trouvé, mais quand il était revenu à l'air il l'avait vu accoudé au bord de la barque, les yeux exorbités et l'haleine sifflante. Il n'avait toujours pas atteint le fond de l'eau.

– Il était rouge comme une crête de coq, me dit le pauvre nègre à nouveau larmoyant. Il ne pouvait parler, mais avant que j'aie pu l'empoigner pour le hisser à bord il m'a méchamment repoussé, puis il a piqué encore une fois de la tête sous les vagues. Je me suis jeté à sa poursuite, je l'ai suivi, de loin, autant que je l'ai pu, nous avons traversé des troupeaux de poissons, je l'ai appelé dans mon cœur, je l'ai supplié de revenir jusqu'à entendre gronder le mauvais vent dans mes oreilles. Je l'ai vu qui touchait le fond, à vingt brasses sous ma figure, puis lentement, tout lentement, il s'est retourné face à moi. J'ai cru qu'il renonçait enfin, mais non, il est resté couché au-dessus des rocs et des algues, les yeux tout grands, les poings au col, avec un nuage de sang qui sortait de sa bouche ouverte. J'ai voulu hurler, le rejoindre, mais je ne pouvais plus tenir. J'allais exploser, comme lui. Ma carcasse avait besoin d'air. Je me suis enfui, Alvaro. Je suis remonté vers le ciel à grands coups de bras, de talons. La mort me voulait, moi aussi. Je la sentais partout qui tentait d'attraper mes jambes. Quand le soleil a pris mes yeux, elle s'en est retournée au fond déshabiller mon pauvre maître. Moi, j'ai voulu crier à l'aide, pour rien, pour entendre ma voix, pour dire que j'étais vivant. Les mots n'ont pas voulu sortir, ils tremblaient, ils avaient trop peur. Je suis resté longtemps agrippé à la barque, sans même avoir la force de remonter dedans. Laisser monsieur Dorantes là, abandonné, sans ami ni serviteur, sans même ma main dans la sienne, mon cœur s'en révoltait si fort que j'ai bien failli redescendre. Mais la vie m'avait retrouvé, elle ne voulait plus me lâcher. Quand elle vous empoigne le ventre, elle pourrait vous faire oublier père, mère et tous vos malheurs pour sauver le corps qui l'enferme. Elle m'a poussé, hissé à bord et m'a fait reprendre les rames. Que vous dire d'autre, monsieur ? Nous voilà tout seuls, maintenant.

Il essuya ses yeux, se moucha dans ses doigts et dit encore, le front bas :

– J'aimais cet homme, voyez-vous. Il était stupide, grossier, il n'écoutait pas les conseils que je lui donnais de bon cœur, mais c'était un maître amical. Il oubliait souvent que j'étais son esclave. Il me traitait plutôt comme un vieux compagnon à qui l'on peut se montrer nu. Il pouvait pester et maudire, et certes il ne s'en privait pas, mais il était semblable aux giboulées de mars, le soleil lui venait toujours après la grêle. Pour votre sauvegarde, il était prêt à tout. Il vous aurait suivi jusqu'au fond de l'enfer. Saviez-vous cela, Alvaro ?

Mille fois oui, je le savais. Mon chagrin déborda. Je contemplai le feu dans un brouillard de larmes. « Et moi qu'aurais-je fait ? me dis-je. Qu'aurais-je fait pour lui, pour sa vie, son salut ? » Me revinrent nos vieilles guerres. Au plus chaud d'un combat, par pur amour de lui j'aurais pu me laisser trouer pour le défendre. Mais ici, au bord de ce lac, si loin de nos jeunes années ? Que j'ose me poser une telle question me révolta et me fit honte. Je sentis la main de Maïna se glisser au creux de la mienne. Je dis à Esteban :

– T'a-t-il parlé de moi ?

Il hésita longtemps. Je craignais sa réponse. Enfin il murmura :

– Vous l'avez rendu fou.

Le cœur m'en tomba en poussière.

– Dieu m'est témoin, dis-je à grand-peine, je n'ai jamais voulu rien d'autre que son bien.

– Oh, bien sûr, Alvaro, bien sûr. Mais vous avez changé. Lui, non. Ce pays n'est pas ordinaire. Il y a dans l'air je ne sais quoi, comme une force, une magie. Elle a fait de moi un vrai nègre sans chaînes aux pieds ni laisse au cou, et de vous un Indien guérisseur de mourants. Monsieur Dorantes, lui, est resté Andalou. Un océan vous séparait alors qu'il vous croyait tout proche. Il vous regardait, il disait : « Alvaro est ensorcelé. » Et hier soir (il se croyait seul) je l'ai entendu qui grognait, enfermé dans ses idées noires : « Combattre de mauvaises gens, cela, sacredieu, je pourrais. Mais des Esprits, mais des démons ! » Savez-vous ce qu'il voulait faire ? Trouver ce malheureux trésor, recruter dix à vingt porteurs et vous amener avec lui, de gré ou de force, au Mexique. Par amour de vous, par amour, pour vous sauver de ce pays !

Il se remit à sangloter. Nous restâmes l'un près de l'autre à grelotter sans plus parler, jusqu'à ce que s'allument les premières étoiles. Alors, comme la lune montait à l'horizon du lac, Tulque s'approcha de la rive et, face à la brise mouillée, il se mit à psalmodier un chant puissant et monocorde d'une voix que ni mort ni nuit ne semblaient pouvoir effrayer. J'en fus pris d'un respect qui me tint le dos droit, sans bouger, respirant à peine. Il était comme un roi sans armes ni pays s'adressant d'homme à homme à je ne sais quel prince, dans l'infini qui nous environnait. Je savais, je sentais que quelqu'un l'écoutait, quelque part, dans le noir. Quand il eut cessé de chanter il resta un moment encore au bord de l'eau où il était planté. Alors je demandai à ma compagne ce qu'il avait dit aux ténèbres. Elle me répondit qu'il avait parlé à Andrés. Et sans attendre que je l'interroge plus avant :

– Il lui a dit ces mots de Charruco et des ancêtres de Charruco : « Comme tu écoutais les êtres, écoute maintenant les choses. Ecoute la voix du feu, tu peux l'entendre. Ecoute la voix de l'eau, tu peux l'entendre. Ecoute dans le vent le souffle de ton père, tu peux l'entendre maintenant. Tu sais maintenant que la mort n'est qu'un cauchemar de vieil homme. Dans l'ombre noire et dans l'ombre claire, tu vis. Dans la hutte de ton frère, tu vis. Sur le chemin de ton frère, tu vis. Dans la foule des gens qui accompagnent ton frère tu entends les rires et les paroles. Tu vis. Tu as accompli dans ton corps ce que tu devais accomplir. Maintenant, où tu veux, tu vis. »

La voix de Maïna s'éteignit. Tulque s'en retourna vers nous. Il s'assit à mon côté et chercha dans son sac quelque chose à manger. Il y trouva des fruits. Il en choisit un et se mit à le croquer avec un entrain si gourmand qu'il s'en barbouilla la figure. Il était à nouveau le nigaud maladroit sur qui tous les malheurs du monde semblaient glisser comme la pluie sur le plumage d'un canard.

Le lendemain je m'éveillai sans guère de désir de vivre. Mon chagrin me guettait comme un chien à l'affût, prêt à me revenir dessus dès que j'aurais ouvert les yeux. Je me mis debout en rageant contre le monde et ses misères. J'étais rompu de pied en cap. Ni Tulque ni Maïna n'étaient auprès de moi. Seul Esteban dormait encore, enveloppé dans des pelisses d'où ne sortaient qu'un pied et des cheveux crêpus. Ce que je vis au bord du lac, dans la brume du petit jour, aggrava d'un coup ma tristesse. Tous les villageois étaient là, hommes, femmes, enfants, vieilles gens. Ils regardaient l'eau en silence. Je pensai qu'ils accomplissaient je ne sais quel cérémonial pour le repos de mon Andrés. Ma compagne était parmi eux. Comme je restais à distance elle m'aperçut, s'en vint à moi et m'amena, parmi la foule, au chef de la communauté.

– Il veut te parler, me dit-elle.

Cet homme que j'avais guéri de sa maladie de poitrine me serra d'abord sur son cœur avec une heureuse affection, puis il me tint un discours que je ne pus comprendre mais que les gens autour de lui ne cessèrent de ponctuer de hochements de tête et d'exclamations amicales. Quand il se tut, Maïna me dit qu'il compatissait à ma peine d'avoir perdu mon compagnon mais que, dans ma grande bonté, je pouvais, si je le voulais, faire que mon deuil soit utile aux vivants de cet infortuné pays. Je flairai quelque étrangeté. Je fus aussitôt sur mes gardes. Comme je restais circonspect, elle ajouta qu'il suffisait, pour faire du bien au village, que j'ordonne à l'esprit d'Andrés de ne pas sortir de son lac.

– Ne t'étonne pas, me dit-elle, ils croient dur comme fer que tu as ce pouvoir.

Je me détournai d'elle. Je grognai :

– Ils sont fous.

Elle me retint, elle dit encore :

– Peut-être, Alvaro, mais comprends. Si l'esprit d'Andrés reste ici, ils pensent qu'il pourra soigner et guérir leurs prochains malades. Un ami de sorcier a du sorcier en lui. Ils sont sûrs que si tu veux bien lui donner les ordres qu'il faut, il veillera sur leur santé comme toi-même l'aurais fait si tu étais resté chez eux.

Je lui répondis que tout cela était absurde, que les simagrées de ces gens m'agaçaient prodigieusement, que j'ignorais moi-même comment je guérissais et qu'enfin, de toute façon, j'aurais le sentiment d'offenser le bon sens de ces pauvres gens-là si je me vantais devant eux de commander aux trépassés.

– Parler aux morts, lui dis-je, allons ! Qui le peut ? Ni moi ni personne. Ordonner à l'esprit d'Andrés de poser ses mains de fantôme sur la tête des mal en point, quelle triste farce, Maïna !

Elle insista farouchement.

– Ils n'ont rien, Alvaro, dit-elle. Laisse-leur au moins cet espoir.

Je ricanai. Je lui lançai :

– Un espoir, cela ? Allons donc ! Ce n'est qu'un tissu de sottises !

Elle en fut effrayée. Elle courut chercher Tulque qui jouait avec des enfants. Les gens autour de moi se tenaient silencieux. Ils me regardaient, l'air craintif, en essayant de deviner quelles pensées je remuais. Le grand dadais s'en vint à eux, les écarta et leur parla à grands gestes de bateleur. Les visages s'épanouirent. On m'accabla bientôt de mercis, de caresses, de baisements de mains et de bénédictions. J'accueillis ces bontés sans le moindre plaisir, mais je n'eus pas le cœur de repousser ces êtres qui me contemplaient comme un saint. Par contre, j'en voulus à Tulque. Ce diable leur avait promis, sans souci de mes réticences, tout ce qu'ils attendaient de moi. Dès que les villageois se furent dispersés je lui reprochai vivement de n'en avoir fait qu'à sa tête. Il en rit, l'air béat, comme à son habitude. Parfois il m'agaçait si fort avec ses mines de jobard que l'envie me prenait de lui cogner le nez. Je voulus le vexer. Je lui dis que prêcher effrontément le faux, quand on savait le vrai, était déshonorant et digne de mépris. Il répondit sans se défaire de son air qui m'exaspérait :

– Le vrai, le faux, ce sont des herbes qu'on ne prend pas, chez nous, la peine de cueillir. Elles sont trop fragiles, elles n'ont pas de chair. A peine fleuries, elles se fanent. Nous n'en faisons pas nos tisanes. Nous recherchons plutôt ce qui nous fait du bien, sans nous préoccuper de ces sortes de choses qui t'embroussaillent les sourcils.

Je m'offusquai. Je défendis l'honnêteté qui, lui dis-je, était nécessaire entre gens de saine raison, et je condamnai le mensonge, que j'estimai avilissant. Il balaya mes arguments d'un geste de chasseur de mouches.

– Un mensonge qui soigne, dit-il, est un remède. Avilissant ou pas, si tu m'en sers, j'en prends !

Ses yeux se firent si contents que je m'en trouvai désarmé. Il tapota ma joue, puis me tourna le dos et s'en fut rejoindre Esteban en baragouinant hautement un espagnol de bas quartier.

Je restai seul avec Maïna. Quand elle me voyait renfrogné, d'ordinaire elle restait muette, elle m'observait à petits coups, elle prenait la mesure de ma mauvaise humeur, la flairait et tournait autour, tous ses sens à l'affût, cherchant la moindre faille par où risquer un mot et prompte à reculer en cas de rebuffade. Son jeu m'émerveillait au point que je faisais parfois semblant de rester hérissé de rogne pour voir comment elle s'y prenait. Cette fois, elle ne tenta rien. Elle resta l'œil lointain, pensive. Je me vis donc bientôt forcé, pour l'obliger à réagir, de dire du mal de son frère. Je lui grognai qu'il n'était rien qu'un bonimenteur de badauds. Elle rit. Elle dit :

– Allons, mon homme, la vie est plus vaste que nous. Au temps où nous étions enfants, chaque fois que Tulque inventait des paroles d'arbres ou d'oiseaux, des magies apparemment folles, Charruco disait : « Pourquoi pas ? », et son vieux regard s'éclairait. Il laissait tout ouvert, tout libre.

– Enfin, Maïna, tout n'est pas vrai !

– Peut-être, mais tout est possible. Que sais-tu de ce qui guérit, de ce qui fait naître ou qui tue ? Les mots qui sortent de ta bouche, sais-tu vraiment qui les entend, et ce qu'ils deviennent dans l'air, là où ne sont ni gens ni bêtes ? Je sais ce que tu penses. « Rien, ils ne deviennent rien qui vaille. » Pourtant, comment en être sûr ? Peut-être bien que tes paroles ne peuvent pas toucher Andrés, mais peut-être aussi qu'elles le peuvent. Pourquoi ne pas choisir, entre deux ignorances, celle où tu sens bouger la vie ? Décide donc qu'Andrés t'entend. Il te dit : « Que veux-tu de moi ? » Réponds-lui : « Reste ici, soigne ceux qui souffrent. » « Comment ? » « Je ne sais pas, fais et laisse-toi faire. » N'est-ce pas plus simple, Alvaro ?

Elle dit ces derniers mots à petite voix tendre, émouvante, craintive. Je la pris contre moi et la tins là blottie. Nous restâmes ainsi un moment d'amour doux, puis comme je m'abandonnais, les yeux fermés dans son parfum, le visage d'Andrés m'apparut à l'esprit, joyeux, fringant, bon teint, en puissante santé. « Savais-tu les Esprits aussi joueurs ? lui dis-je. Les malades te faisaient peur au temps où nous marchions ensemble. Tu n'as jamais voulu poser la main sur eux. Maintenant t'y voilà forcé. Tu vas accomplir des miracles plus extravagants que les miens, et tu ignoreras toujours, mon coquin, comment tu t'y prends. » Un rire me vint tout à coup. Je tentai de le retenir. Maïna me regarda, vit mes yeux s'allumer. Elle partit d'un éclat content. Tulque nous entendit et se joignit à nous. Seul Esteban, à quelques pas, demeura la mine ébahie à lisser au creux de son cou le crâne de son perroquet. Je lui dis de boucler son sac, et tandis que chacun s'apprêtait au départ, je m'en allai au bord du lac dire adieu à mon frère d'armes. Tulque m'y rejoignit.

– Maintenant, me dit-il, il y a au fond de l'eau un trésor véritable. Il fera du bien aux vivants. Nous avons fait du bon travail.

Je jetai un coup d'œil à sa longue figure. Il avait l'air content mais il ne riait pas.

A lire ce que dit votre père de moi, j'ai peine à reconnaître la femme que j'étais. J'ignorais presque tout, en ce temps-là, des traits de mon visage. Je ne m'étais vue que dans l'eau. J'étais belle dans son regard, quand il me prenait aux épaules, mais je craignais souvent qu'il me voie sans attrait, comme je me sentais quand j'étais fatiguée.

Et ces mots qu'il met dans ma bouche ! J'étais trop maladroite pour dire exactement comme il me fait parler, bien que j'aie appris l'espagnol avec une ardeur que j'avais pris soin de lui dissimuler, car je ne voulais pas qu'il soupçonne mon désir véritable, qui était d'être son interprète partout où il irait. J'ai craint longtemps plus que tout de ne lui servir à rien, et d'être un jour abandonnée. Etre aimée simplement pour le peu que j'étais me paraissait impossible. Je voulais que sans cesse il soit content de moi. Avais-je peur de lui ? Non pas, mais qu'il m'oublie.

Quand son ami est mort, certes je m'en souviens. Mon homme m'est apparu tout à coup si démuni que je me suis sentie défaite des doutes qui m'entravaient encore. Peut-être ne le sait-il pas, mais il m'a regardée, ce matin-là, comme son seul espoir d'avenir. Alors mon cœur s'est grand ouvert, et je me suis vouée à lui. L'amour a fait de moi une offrande vivante. En vérité, ce jour de malheur pour lui fut pour moi celui d'un bonheur secret, indicible, infini. Pardon d'oser dire cela. Je n'aimais pas Andrés Dorantes. Vivant, il m'effrayait beaucoup. Sa mort m'a délivrée de la crainte d'aimer. Bénie soit sa mémoire.

8

Andrés, jusqu'à ce jour, avait été le seul à demander aux gens, partout où nous allions, si quelqu'un parmi eux savait où rencontrer des soldats espagnols. Je me souviens qu'il les décrivait à grands gestes enthousiastes, traçant dans l'air de fiers colosses coiffés de casques ensoleillés, pourvus de poitrines sonnantes et montés sur de hautes et magnifiques bêtes dont il imitait les hennissements avec une réjouissante vigueur. On le regardait les yeux ronds, on l'écoutait la bouche ouverte, on s'exclamait comme aux merveilles d'un conteur de prodiges, mais on ne lui répondait rien qui puisse lui faire du bien. Personne n'avait entendu parler de cette armée d'un autre monde. Il râlait, se décourageait, vouait à tous les diables ces sauvages obtus. Pourtant, à chaque étape, son œil se rallumait, il questionnait encore, car il n'était pas homme à s'avouer vaincu. En vérité, je ne m'étais jamais préoccupé de ses constantes déceptions et de ses espoirs increvables. Mais maintenant qu'il n'était plus à porter partout nos rêves de retour parmi les nôtres, sa grosse voix devant les feux me manquait si cruellement que je fis, un soir, comme lui.

Nous parvenions au terme de six saisons d'errance. La

nostalgie de ma belle langue sévillane et de mes anciens compagnons m'alourdissait parfois le cœur, malgré la bonté de Maïna qui, lorsqu'elle me voyait dolent me murmurait en castillan, le soir, dans nos huttes obscures, tous les mots d'amour qu'elle savait. Nous séjournions depuis trois jours dans un village rond aux maisons de cailloux, sur le territoire d'un peuple que Tulque appelait les Mariames. J'avais guéri là des enfants qui souffraient d'un rhume banal, mais ces gens étaient si fragiles que beaucoup trépassaient de ces petites choses. Après qu'on eut offert à ceux qui m'escortaient tous les vêtements et colifichets qui leur faisaient briller les yeux, pensant à mon frère perdu et désirant le sentir proche, j'interrogeai les villageois. C'était façon de converser, je n'espérais pas de miracle. Avaient-ils entendu parler de soldats barbus, cuirassés et montés sur ces animaux que l'on nommait, chez nous, chevaux ? Ils me répondirent que oui. La vie aime à jouer des tours. On ne croit plus en la lumière, et voilà qu'elle cligne de l'œil. J'en fus tellement stupéfait que je répétai ma question, avec force gestes précis. Alors on me conta que loin, au fond du sud, était une armée d'Indiens nus menée par une énorme femme vêtue de rien sauf d'un collier fait de quatre rangées de dents arrachées aux bouches chrétiennes. Ses pouvoirs étaient prodigieux. Lorsque ces gens ferrés sur leurs grands animaux attaquaient, la pique en avant, Nani (c'était son nom) leur présentait son cul et leur lâchait des pets si lourds, si puants et tempétueux qu'ils prenaient la fuite en désordre. On mima devant moi cet étrange talent à grandes contorsions de hanches et puissants bruits de bouche. Je n'eus pas le cœur de m'en amuser. J'allais abandonner ces fous à leur sottise quand un garçon me dit qu'à trois journées de là, dans un village de montagne, il y avait de cela une moitié de lune était arrivé un perdu, un inconnu à demi mort de faim, de soif, d'épuisement, monté sur une bête rousse exactement semblable à celle que j'avais décrite. Esteban était près de moi. Il me lança un coup de coude et s'exclama, tout excité, qu'il voulait partir à l'instant à la recherche de cet homme. J'en fus étonné. Je lui dis :

– Es-tu vraiment pressé, bonhomme, de retrouver des Espagnols ? As-tu oublié que, pour eux, tu n'es qu'un esclave en vadrouille ?

Ma question le déconcerta. Il hésita, puis répondit :

– J'imaginais monsieur Dorantes et la lumière de son œil en entendant cette nouvelle. « Un cheval à trois jours de marche ? Donc les troupes chrétiennes ne peuvent être loin. » Voilà ce qu'il aurait pensé. Il serait parti seul en courant, droit devant.

« Assurément, me dis-je, il aurait fait cela. » J'en fus ému. Le nègre aussi.

– Quel mauvais tour il m'a joué ! dit-il encore, tout penaud. Tant qu'il était vivant, je pouvais l'affronter, détester ses manières, et l'envoyer au diable autant que je voulais. Maintenant, fils d'Adam, le courage me manque, et je n'ai plus envie que de le consoler, de servir ses désirs et d'agir, si je peux, pour lui faire plaisir. Il vivait, je me voulais libre. Il est mort et, pauvre de moi, à nouveau le voilà mon maître. Quelle étrange folie me tient ?

– L'amour, lui dis-je, est fait ainsi. Tous ceux qui aiment sont esclaves. Les maîtres ignorent ce bonheur.

Il releva la tête. Il gronda :

– De toute façon, je veux voir moi aussi ce cheval espagnol.

Il s'en fut boucler nos bagages et rassembler derrière lui la bruyante troupe d'Indiens qui nous accompagnaient partout.

Le village où nous arrivâmes était le plus vaste et le plus populeux du pays des Mariames. Il était tout de terre rouge et planté sur un plateau sec où ne poussaient que quelques arbres parmi des buissons épineux. Nous y fûmes reçus avec une amitié touchante, quoique sans éclat. Je fis aux gens bonne figure, mais leur accueil, en vérité, me laissa quelque peu déçu. J'étais accoutumé, partout où j'arrivais, à mille assauts de pauvres hères accourant au-devant de moi en désordre joyeux, fervent. Dans ce bourg venteux, il est vrai, personne ne semblait malade. Seule une jeune fille abandonnée de tous se mourait dans une cabane d'une blessure sans espoir. Le chef de la tribu me le dit en passant. Cela, apparemment, ne lui importait pas. De fait, il n'avait hâte que de nous montrer l'animal qui faisait désormais la fierté de son peuple.

– Il vient des terres du Soleil. Aussi loin que portent les pas, personne n'a vu son pareil, dit-il en m'attirant derrière sa maison.

Je découvris là un mulet, attaché à un arbre maigre. Il était harcelé par des nuées d'insectes et poussiéreux comme un chemin. Des enfants méfiants tournaient autour de lui et le fuyaient en grand désordre au moindre de ses remuements. Aucun ne se risquait à lui toucher le poil. Esteban lui flatta le col. Du nuage qu'il souleva sa manche fut poudrée de rouge. Je demandai où se trouvait l'inconnu qui l'avait amené jusque-là, et que j'étais impatient de voir. On me répondit qu'il était mort depuis bientôt une semaine. Maïna, me voyant dépité, demanda au chef de tribu si cet homme avait parlé à quelqu'un avant de trépasser. L'autre lui répondit qu'il avait vécu ses derniers jours dans la maison d'un vieux qui l'avait nourri, et avait entendu de lui le récit de ses aventures. Selon ce que nous dit notre hôte l'aïeul avait dû les rêver, car elles étaient impossibles à croire. Je voulus à l'instant qu'on nous conduise à lui.

Une dizaine d'enfants nus nous précéda au grand galop jusqu'à une masure adossée à un roc, au-dessus du village. Un vieillard, à l'ombre du seuil, ravaudait au fil de boyau une semelle de sandale. Dès qu'il nous aperçut, Esteban et moi, il bondit sur ses pieds, laissa là son ouvrage et s'enfonça chez lui. Je m'arrêtai à l'entrée basse, je lui dis que nous étions des amis du voyageur qui était mort chez lui et que nous désirions lui rendre grâce de l'avoir nourri. Il resta le dos rond et le regard peureux au fond de la pénombre. Je lui vis un bâton au poing. Tulque vint à mon aide. Il l'appela « grand-père ». Il le rassura, l'apaisa. Le vieux, enfin, daigna parler. Il demanda qui nous étions, le monstre noir et moi, en désignant ma face du bout de son gourdin, d'un air d'intraitable dégoût. Tulque lui répondit que j'étais un puissant guérisseur, que les Esprits étaient de mes proches amis et que partout dans le pays on m'estimait comme le plus bienfaisant des hommes. Alors il abaissa son arme, il s'en vint me flairer tant de dos que de face puis il se planta, grimaçant, au-dessous de mon nez et gronda qu'il avait mal partout. Je l'amenai à sa litière, je le fis se coucher, caressai ses épaules, ses bras et ses poignets, puis je posai la main sur sa tête et récitai mes trois *Pater*. Quand je rouvris les yeux, je vis qu'il m'observait avec une acuité encore méfiante. Il me repoussa comme il aurait fait d'une bête importune et retourna dehors en s'excusant à voix grognonne de m'avoir pris pour un chrétien. Je lui demandai si l'homme qui avait trépassé chez lui en était un. Il me répondit avec un frisson d'effroi que sa maison se serait sans doute effondrée sur son dos s'il avait eu l'imprudence d'accueillir sous son toit le moindre de ces êtres au visage velu. De fait, il connaissait le malheureux dont je m'étais dit l'ami. On l'appelait Zio, et il était son petit-fils.

A ce que le vieillard voulut bien nous conter, Zio avait quitté son village natal il y avait de cela des lunes et des lunes. Qu'allait-il chercher sous le ciel ? Rien et tout. Quand on part ainsi, je suppose que l'on espère conquérir un paradis à taille d'homme. A l'âge où l'on se sent plus fort que père et mère, n'est-ce pas l'Eden, la fortune, je ne sais quel trône rêvé que l'on prétend un jour atteindre ? Seigneur Dieu, nos naïvetés, notre confiance en Votre monde, en Vos bontés, en nos destins, pourquoi faut-il que tout cela soit sans cesse désespéré ? Zio s'en était donc allé. Le vieux, qui s'était mis à parler d'abondance, nous dit que les chrétiens l'avaient fait prisonnier, loin au-delà d'un fleuve large comme un demi-jour de rameur, et qu'ils l'avaient mené, avec des milliers d'autres, à grands coups de pieds et de fouet, creuser la terre et les rochers dans des galeries sans lumière. Il avait vu périr d'innombrables frères esclaves dans ces trous étouffants où ils n'avaient rien à manger que des vers et quelques bestioles qu'il leur arrivait d'attraper. Les Espagnols, tous les matins, obligeaient les vivants à tirer les morts par les pieds, à les jeter sur d'autres morts entassés dans une ravine où venaient sans cesse rôder des chiens sauvages, des vautours. Et toutes ces horreurs, pourquoi ? Pour quelques larmes de soleil prisonnières de pierres noires, des grains d'or que ces monstres enfermaient dans des sacs. Qu'en faisaient-ils ? On l'ignorait. Les mangeaient-ils, au moins, car à quoi bon tuer, tourmenter d'autres êtres, si ce n'est contraint et forcé, pour éviter la mort de faim ? Non, ils les emportaient au loin sur leurs animaux à crinière.

– Un jour, nous dit le vieux, Zio a fait semblant de ne plus respirer. Il est resté couché dans la boue de la mine. Ses frères l'ont jeté sur la montagne de cadavres. Il est resté là jusqu'au soir, puis il a rampé sous la lune, il s'est laissé glisser au bas de ce grand tas de corps pourris. Il a pu atteindre un ruisseau qui longeait les tentes des diables. Ils étaient tous autour du feu à chanter des chants malheureux. Ils se tenaient la tête basse, les mains croisées sous le menton, c'est pourquoi ils ne l'ont pas vu. Il s'est faufilé d'ombre en ombre, il a couru sans bruit jusqu'à l'enclos des bêtes, et cap sur l'étoile du Nord !

Il avait volé un mulet. Il était retourné chez lui. Dieu sait ce qu'il lui avait fallu de courage, d'obstination, de souffrance et d'aide du Ciel pour voir paraître enfin, au bout de son errance, le plateau familier et ses cabanes rouges. Il y était parvenu maigre comme une épine, le corps crasseux, couvert de plaies et le souffle presque épuisé. Il s'en était allé tout droit chez son grand-père. Devant lui et les villageois accourus il avait raconté ce qu'il avait subi, accompli, découvert. Les gens avaient souri, ou haussé les épaules. « Déjà dans son enfance il nous saoulait de farces. Il a dû se perdre en chemin, des mauvais rêves l'ont trompé. » Voilà ce qu'ils avaient pensé. Aucun, sauf son aïeul, n'avait voulu le croire, mais Zio n'avait pas menti. Ce qu'il avait dit à ces hommes, je l'avais entendu, jadis, de frère Juan. J'avais oublié ces récits que le moine nous avait faits. Me revinrent l'indignation, la révolte, la honte, que j'avais éprouvées sur notre caravelle au temps où j'espérais, comme Zio peut-être, parvenir au cœur de mes rêves sous les grands arbres de l'Eden. J'étais espagnol, par malheur. J'étais de même sang que ces démons casqués qui embrochaient par cinq ou dix des enfants sur leurs hallebardes et qui asservissaient à mort des foules d'Indiens dans leurs mines. Il me parut que désormais je ne pourrais plus de ma vie tenir un grain d'or dans la main, de peur d'être imprégné de l'odeur de cadavre. Quand le vieillard se tut je restai accablé. J'appelai frère Juan à l'aide. Je lui offris ma voix, je le suppliai de parler, de dire enfin ce qu'il fallait, mais même lui ne pouvait rien. Il me laissa seul, impuissant. Alors je demandai pardon à ce vieil homme pour les cruautés innommables que mes pareils avaient commises, et qu'il nous avait rapportées avec l'application précise d'un conteur. Il ne comprit pas mes paroles. J'étais en vérité plus rageur que contrit. Je dus lui paraître méchant. Il recula, l'air effrayé. Esteban me prit aux épaules et me secoua rudement.

– De quoi donc êtes-vous coupable ? me dit-il de sa grosse voix. Vous n'êtes pas de ces chrétiens. Vous ne l'avez jamais été. S'ils vous attrapent, gare à vous, ils vous verront tel que vous êtes, vagabond comme moi, indien comme Maïna et guérisseur sans foi ni maître. Renoncez une bonne fois à revoir votre Andalousie. Pourquoi vous importerait-elle ? La terre et les nuages, les herbes, les cailloux, la pluie, le vent, les arbres ne sont-ils pas partout de la même couleur et ne parlent-ils pas partout la même langue ? Relevez-vous, fils d'Adam, et cessez de gémir. Voyez les choses comme elles sont. Nous ne sommes rien et pourtant nos domaines sont infinis. A nous la terre et sa lumière, ses nuits, ses lunes, ses soleils ! Nos chemins ne vont nulle part où nous pourrions nous établir mais ils nous mènent quelquefois à des dîners réconfortants, de bons feux, des beautés de femmes. Ne cherchez pas plus loin que le prochain village. Ce monde est un séjour douloureux mais Dieu nous a donné, pour ne pas trop souffrir, le rire, le sommeil, le plaisir de l'amour et le sucre des fruits. Ce sont nos seuls bagages. Ne les gaspillez pas en soucis superflus !

Je m'insurgeai. Comment ! Des soucis superflus, les crimes, les misères ? Je l'accusai de sécheresse et d'absence de compassion.

– Qu'y pouvez-vous ? répondit-il. Rien de rien. Eh bien, oubliez. A gémir sur votre impuissance devant ces abominations, vous ne faites de bien à personne. C'est peine perdue, Alvaro.

– L'homme noir est un bon sorcier, dit Tulque, la mine contente. Il mérite un baiser d'ami.

Il empoigna sa tête et lui baisa la bouche avec un entrain si soudain qu'Esteban, les yeux ronds, en resta suffoqué. Son air m'amusa, malgré la peine que j'éprouvais encore. J'avais déjà subi l'assaut affectueux de notre imprévisible compagnon. J'essuyai mes larmes et je ris. Tulque pointa l'index sur le bout de mon nez.

– Voilà qui est beaucoup mieux, dit-il. Se plaindre est un défaut d'enfant, ou de vieillard. Ce n'est pas bon. Ce n'est pas digne. Les Esprits détestent cela. Ils ont l'oreille musicale, les gémissements les agacent, ils aiment mieux les chants du cœur. Hé, tu me fais parler pour rien, tu sais cela depuis toujours !

Il cligna de l'œil. Je restai songeur, car en effet, dans mon esprit, d'aussi loin que je me souvienne, une chanson imperturbable, ténue comme un babil de source, avait toujours fait son chemin, même au plus noir de mes effrois. Pour qui ? Pourquoi ? Je l'ignorais. Un air montait du fond de moi et se renouvelait sans cesse. Parfois la musique affleurait, parfois je l'entendais à peine, mais elle ne me quittait jamais. Je tentai d'expliquer cela à Tulque, Maïna, Esteban. Ma compagne aussitôt mit la main sur ma bouche.

– Tais-toi, c'est secret, me dit-elle. Les Esprits sont des êtres sensibles et farouches. Ils n'aiment pas qu'on les dérange quand ils écoutent un cœur chanter.

Je me tus et souris aux anges. Nous sommes de drôles d'oiseaux. Un rien parfois suffit, une éclaircie, un éclat dans l'œil d'une femme pour nous détourner d'un chagrin que l'on croyait définitif. J'oubliai le vieil homme au seuil de sa cabane. Tulque le salua pour moi.

Alors me revint à l'esprit cette pauvre fille dont on m'avait incidemment parlé, et qui se mourait de blessure, sans aide, abandonnée de tous. Pourquoi la laissait-on ainsi ? N'avait-elle pas de parent ? Je posai ces questions au chef de la tribu, tandis qu'il nous menait à la maison commune où nous devions loger. Il me répondit qu'elle était la sœur de Zio et qu'elle avait voulu, en brave fille qu'elle était, accompagner son frère au royaume des morts.

– Elle ne tardera pas, dit-il, à le rejoindre. Il ne faut pas la déranger.

Son ton léger m'éberlua.

– Drôles de gens, grogna, près de moi, Esteban.

Dès que nous fûmes installés, il demanda à un enfant de nous désigner la maison où était cette malheureuse. L'autre nous proposa de nous conduire. Il nous prit tous deux par la main et nous entraîna fièrement jusqu'à une cabane basse qui paraissait inhabitée. Elle était dépourvue de porte. Un panier renversé remué par le vent semblait seul en garder le seuil. Le nègre l'écarta du pied. Nous entrâmes dans la pénombre à peine tempérée d'un rayon de soleil tombé d'une lucarne. Je ne vis rien, dedans, que la fille affalée contre l'angle du mur, les yeux mi-clos, la tête penchée sur l'épaule. Elle était vêtue d'habits neufs brodés de dessins colorés. Sa chevelure était tressée et son front orné d'un bandeau piqué de perles minuscules. Elle avait la beauté d'un ange tombé là, dans cette maison vide, par accident miraculeux. Esteban en resta bouche bée. Elle le regarda sans surprise mais je ne sais si elle le vit ou si elle le considéra comme un être sorti d'un songe. Je m'agenouillai auprès d'elle. Une flèche était enfoncée dans sa poitrine, près du cœur. La plaie n'avait guère saigné mais la sueur de son visage et son souffle bref, haletant étaient ceux d'une presque morte. Je sentis Esteban courbé derrière moi. Il me dit :

– Guéris-la, fais vite.

Je fis une grimace triste. Il remua impatiemment. Il gronda dans mon dos :

– Il le faut, Alvaro.

– La flèche est enfoncée profond, lui dis-je. Si je l'arrache, je la tue.

Il se redressa tout à coup et s'en fut comme un dératé. Je l'entendis au loin qui appelait Maïna. Sa fuite me laissa tout décontenancé. Quelle mouche l'avait piqué ? Me revint à l'esprit son regard étoilé devant la beauté de la fille. Touché, Esteban ? Oui, sans doute. Frappé par la foudre d'amour ? Non, je ne pouvais pas y croire. J'allai sur le pas de la porte. Comme je m'emplissais de lumière et de vent, je le vis qui s'en revenait avec ma compagne et son frère. Je m'avançai à leur rencontre. Il me prit par le bras, me reprocha d'avoir quitté le chevet de la pauvre enfant.

– Ne sois pas stupide, lui dis-je, je ne peux rien, il est trop tard. Elle sera morte avant demain.

Il ne répondit pas et me poussa devant avec une brusquerie telle que je me rebiffai, une insulte à la bouche. Maïna vint entre nous.

– Je veux la voir, dit-elle.

Elle m'entraîna. Je la suivis.

La blessée n'avait pas bougé. Ma compagne, près d'elle, s'assit sur ses talons, caressa son visage et lui parla tout doux. J'entendis qu'elle disait :

– N'aie pas peur, ma jolie, nous avons avec nous un guérisseur puissant et un homme qui te désire. La vie t'aime, elle t'attend, reviens.

Le nègre s'accroupit aussi. Il gémit :

– Ne meurs pas, je t'en prie, ne meurs pas.

Il caressa sa joue, dit encore :

– Regarde, je suis là, près de toi, je m'appelle Esteban.

Elle entrouvrit les yeux, bafouilla quelques mots confus,

presque inaudibles. Il écouta, le regard fixe, puis se dressa, me vint dessus et dit :

– A toi. Fais ton travail.

Je lui répétai, excédé, que si je tentais d'arracher ce bout de bois de sa poitrine, je lui déchirerais si cruellement les chairs, qu'elle y perdrait à l'instant même tout ce qui lui restait de vie.

– Comprends donc, bougre d'âne, lui criai-je à la face, je guéris les malades, pas les blessés à mort ! Vois, ses lèvres sont bleues, elle ne respire presque plus. Et sa plaie, misère de Dieu ! Par quelle sorte de magie puis-je faire que cette flèche ne soit pas plantée où elle est ?

Il me prit le visage et me rugit au nez :

– Tu la guéris, ou je te tue.

Son regard me stupéfia. Il était pitoyable et pourtant enragé. « Il le ferait vraiment », me dis-je. Je lançai un coup d'œil à Tulque, je voulais le prendre à témoin de la stupidité du nègre, mais il me laissa sans secours. Il me fit un sourire espiègle puis il s'en alla sur le seuil regarder un aigle planer au-dessus des maisons tranquilles. Avait-il pris le parti de ce fou qui me menaçait ? A l'évidence, oui. Je crachai un juron et les envoyai tous deux paître. Alors Maïna s'en vint à moi. La fureur me tourneboulait, mais je ne pus la repousser. Elle me prit le bras. Elle me dit :

– Allons.

Elle m'attira auprès du corps exténué. Je pensai : « Elle aussi est folle. » Elle semblait pourtant sans souci. Elle me parut en vérité si simplement sûre de moi que je m'en trouvai désarmé. Il me vint à l'esprit que peut-être elle voulait que j'aide la blessée à mourir sans tarder, à cesser de souffrir. Cela, oui, je pouvais le faire. Je ne dis même pas l'habituel *Pater*. Je posai la main sur sa tête et me laissai aller au désir de repos, à l'amour sans devoir, à la tendresse nue. Ma fatigue m'aida à éprouver cela. La fille soupira, eut un léger sursaut et s'endormit d'un coup. Alors je pris le bout de flèche qui dépassait de la blessure et le tirai hors de son trou, sans hâte, en le priant, comme font les enfants quand ils parlent aux choses, de ne point faire trop de mal. Etrangement il m'apparut que mes doigts agiles, précis, faisaient ce qu'il fallait d'eux-mêmes, sans que je leur commande rien. Je les laissai toucher la plaie, l'amadouer, un long moment. Je fermai les yeux, je crois même que je me mis à somnoler. Quand enfin je revins au monde, je vis autour de moi mes compagnons penchés sur le beau visage apaisé. Je bâillai et je m'étirai comme un homme qui se réveille.

– Eh bien, tu vois, me dit Maïna, ce n'était pas si difficile.

Je répondis sans conviction qu'il ne fallait pas s'enflammer, que rien n'était encore sûr. De fait, la fille était sauvée, elle respirait sans plus de peine, mais par superstition héritée de Felicia, ma bien-aimée nourrice, je refusais obstinément de relâcher ma vigilance et de m'abandonner à la satisfaction, de peur de réveiller le mauvais œil. Je voulus donc que l'on attende et que l'un d'entre nous demeure à son chevet. Esteban me serra violemment dans ses bras, me promit de veiller sur elle et nous poussa tous trois dehors.

A peine sorti au soleil je me sentis vidé de toute force. Je m'assis contre la maison. Maïna et Tulque s'en allèrent. Ils revinrent bientôt vers moi avec un énorme repas de viande sèche et de fruits rouges. Tandis que je le dévorais sous l'œil ravi de ma compagne, je lui dis qu'elle était plus sorcière que moi. Elle le nia en riant d'aise.

– Allons, lui dis-je, tu savais que cette fille voulait vivre, et que je pouvais l'y aider.

Elle me répondit :

– Non, elle désirait mourir. Mais oui, c'est vrai, j'ai vu que tu la guérirais, pour peu que tu le veuilles.

– Qu'as-tu vu, Maïna, qu'as-tu vu ?

Elle hésita, elle rit un peu. Son regard pétillant m'émut. Elle me dit enfin :

– Les Esprits sont des êtres inexplicables. Si tu crois en eux, ils sont là, aussi vrais que toi devant moi. Sinon, hop, ils n'existent pas. Eh bien voilà, ils étaient là.

Je lui répondis que je ne pouvais pas la croire, que ma raison s'offusquait devant ces sortes de bizarreries. Je ne savais pas, en ces temps, que seuls les désirs de nos sens peuvent approcher ces mystères. Je vis Tulque, à l'écart, me faire des grimaces, imiter mes gestes, ma voix. Je lui lançai un coup de pied. Il l'évita d'un bond grotesque.

– Garde ta force, me dit-il. Quand on saura ici ce que tu viens de faire, les gens sensés te jugeront plus détestable qu'un étron. Cette fille voulait accompagner son frère de l'autre côté de la vie. Pourquoi l'en as-tu empêchée ? C'est inconvenant. C'est grossier. Voilà ce que diront les hommes. Et que répondras-tu ?

Il singea à nouveau ma figure ébahie, puis tout à coup tonitruant :

– Tu répondras : « Moi, je guéris. Si vous ne vouliez pas que je vienne chez vous, il fallait demander aux êtres qui m'assistent et qui n'ont jamais existé d'ôter vos maisons de ma route ! »

Maïna et lui rirent beaucoup. Moi, non. Je demeurai perplexe.

Le lendemain, de bon matin, comme nous déjeunions de fruits, nous vîmes accourir une horde d'enfants criards qui poursuivaient, les bras au ciel, le perroquet de « l'ami noir », ainsi que Tulque l'appelait. L'oiseau nous voleta autour en jacassant éperdument, puis s'en revint d'où il venait. Nous courûmes derrière lui. Esteban nous guettait devant la maison de la fille. Il nous dit, radieux :

– Elle va bien. Elle m'a parlé. Elle est contente.

Et se tournant vers moi, l'air soudain mystérieux :

– J'ai une surprise, Alvaro.

Il me poussa dedans. A peine permit-il que je jette un coup d'œil au lit qu'il avait proprement refait d'herbe neuve et de couvertures. Le visage de la blessée paraissait en effet reposé et son regard avait retrouvé sa lumière. Elle me sourit. Mon ami me prit par la manche et m'attira dans un coin sombre où était un sac poussiéreux. Il le ramassa et me le tendit.

– Ouvre, me dit-il.

J'obéis. Il était fermé d'une corde. Je n'y vis rien, d'abord, que du gravier luisant. Il m'entraîna au bord du seuil. Tandis que j'apportais au jour une poignée de ces cailloux :

– De l'or, me dit-il, des pépites. Il y a là-dedans pour le moins un beau palais de pierre rose, une écurie de bons chevaux et un harem d'esclaves blondes.

Il rit, béat, me vit songeur et murmura :

– Mon pauvre maître.

Andrés ! Il avait tant rêvé de vivre cet instant ! Sa face épanouie envahit mon esprit, ses bras ouverts, son poing triomphant, enfantin. Rien ne fut dit de lui, mais d'un long moment silencieux il demeura dans nos pensées, joyeux et lourd, vivant, perdu, proche de nous, inaccessible. Je demandai enfin comment diable ce sac était arrivé là.

– Zio, répondit Esteban.

Ce brigand, avec le mulet, l'avait volé aux Espagnols. Il l'avait laissé à sa sœur, mais elle n'avait pas su qu'en faire. Que vaut l'or, quand rien n'est à vendre, quand le seul bienfait désirable est l'averse sur les jardins ? Ce trésor, elle l'aurait donné pour son poids de grains de maïs. Comme le nègre, ce matin, cherchait dans l'ombre quelque chose qui puisse servir d'oreiller à la tête de son aimée, elle le lui avait désigné. Et quand elle avait vu sa face émerveillée après qu'il eut défait la corde, elle lui avait donné en riant ces cailloux qui semblaient tant le réjouir et n'avait voulu que ses bras pour s'y blottir tout à son aise. Elle lui avait parlé longtemps de son grand frère, imprévisible, batailleur, sans ami sauf elle, sa sœur. Pourquoi avait-elle voulu le rejoindre au pays des morts ? Pour une raison simple. Il avait besoin d'elle. Il n'avait jamais fait rien qui vaille, tout seul. Où qu'il aille, toute sa vie, il avait perdu son chemin, et donc elle devait le conduire, car les routes de l'au-delà sont pires encore que les nôtres, plus obscures, plus mal peuplées. Esteban s'était étonné de l'entendre parler ainsi de ce ténébreux infini où les vivants ne vont qu'en rêve. Elle lui avait répondu que ceux qui le voulaient pouvaient évidemment y voyager ensemble, car d'aussi loin qu'on se souvienne la vie s'était toujours trouvée où nous allions, et qu'il n'y avait pas de raison qu'il n'en soit pas encore ainsi après qu'on a quitté son corps. A son ami qui la veillait elle avait dit cela sans crainte, adoucie par sa nostalgie et sa langueur convalescente. Avait-elle quelque regret de n'avoir pas quitté ce monde ? Il le lui avait demandé. Elle s'était tue un long moment.

– Puis, me dit Esteban, sais-tu ce qu'elle a fait ? Elle a regardé ma figure et elle m'a souri, fils d'Adam. Elle m'a souri comme un soleil. Un soleil de petit matin, un peu pâlot, un peu brumeux, mais sacredieu, qu'il était beau !

Je me pris à rire avec lui de ce bonheur inespéré qui lui débordait de partout, lui l'homme noir, l'esclave maure, parti enchaîné d'Arabie, puis mené d'Espagne en Floride sans qu'il ait décidé de rien, tout cela pour qu'enfin la fortune et l'amour lui soient offerts ensemble dans ce pays venteux sans autre roi que Dieu.

Nous restâmes dans ce village le temps d'une lune et demie. Du coup, la vingtaine d'Indiens qui partout nous faisaient escorte se dispersa jour après jour sans se préoccuper de nous. De ces semaines paresseuses, nous ne vîmes guère Esteban. Il ne vint à nous que trois fois, tenant par la main son amie comme s'il craignait qu'elle s'échappe. A chacune de leurs visites elle refusa de me parler malgré mes sourires accueillants et mon souci de sa santé. En vérité, elle avait l'air de me prendre pour un démon. Que mon regard croise le sien, aussitôt elle s'effarouchait. Elle se serrait contre son homme, toute frileuse et apeurée, comme si mon œil la gelait. Un soir, j'interrogeai Maïna sur ces façons, qui m'intriguaient. Elle répondit qu'assurément cette fille s'imaginait que je commandais aux fantômes, que j'avais parlé à son frère et que je lui avais ordonné de poursuivre seul son chemin dans le pays des trépassés.

– Elle croit que tu as tout pouvoir sur elle, sur sa vie et sur sa mort aussi. Puisque Zio t'a obéi, comment te résisterait-elle ?

– Qu'Esteban la rassure donc. Moi, elle ne m'écouterait pas.

– Non, il faut que tu la délivres. Ne sens-tu pas qu'elle te supplie ?

La délivrer de quoi ? Je haussai les épaules.

Quand, après quinze jours passés d'amour à coup sûr exalté, le nègre s'en revint nous voir, comme nous nous retrouvions seuls à rêvasser devant la porte (son amie conversait avec Tulque et Maïna) :

– J'ai l'impression, lui dis-je en désignant la fille, qu'elle ne peut pas me supporter.

Il me répondit :

– C'est vrai, tu l'effraies, et je ne comprends pas pourquoi. J'ai voulu le lui demander, mais quand je lui parle de toi, elle tremble, elle dévore ma bouche, elle veut mon ventre sur le sien, et je ne pense plus à rien qu'à faire rire le bon Dieu.

– Sais-tu ce que m'a dit Maïna ? Qu'il fallait que je la délivre.

– Fais-le.

Il ne plaisantait pas.

– Comment, Esteban ? Que lui dire ? Je l'ai soignée, guérie, je ne peux faire plus !

Tulque s'en vint à nous. Il avait entendu nos dernières

paroles. Il se mit à se dandiner, ce fou, comme une oie grasse. Il dit :

– Il sait et ne sait pas, il peut et ne peut pas, il veut et ne veut pas, il sent et ne sent pas. Alvaro voudrait bien marcher, mais il hésite entre ses pieds. Qui va derrière, et qui devant ?

Il fit encore le balourd. Esteban rit, et moi aussi. Ce faux niais avait raison. Je savais, et ne voulais pas. Je devais faire entendre à cette pauvre fille que j'ôtais d'elle mon pouvoir, qu'elle était libre désormais autant de moi que de son frère, que les Esprits la bénissaient, qu'elle pouvait enfin vivre en paix. Or, je ne pensais pas un mot de ces sornettes guérisseuses. Pourtant elles lui rendraient la vie, si j'acceptais de les lui dire. Après qu'Andrés se fut noyé, nous avions parlé avec Tulque des mensonges qui font du bien, des vérités qui désespèrent. Il fallait que je me résigne à jouer ce jeu inconnu, à faire sans savoir comment, à déraisonner par amour. Car c'était cela, en effet. On ne prêche pas la raison à qui demande réconfort, on donne ce qu'on peut, ce que l'on a de forces. Me fallait-il donc renoncer à ce que j'estimais sensé ? J'interrogeai Tulque. Il me dit :

– Si tes idées t'excitent, eh bien, couche avec elles. Mais ne les laisse pas gouverner ton pays, elles sont trop sèches, trop cassantes, et les Esprits qui t'accompagnent ont besoin de ton amitié. Ne les oublie pas, Alvaro.

Je fis ce qu'il fallait pour apaiser la fille. Ce fut plus doux et gai que je ne l'aurais cru. Je lui dis des paroles simples et belles parce qu'elles étaient vraies. Je les découvris avec elle. Je ne les avais pas pensées avant qu'elles sortent de ma bouche, et je ne m'en étonnai pas. Je remerciai les Esprits qui me les avaient inspirées, sans me soucier de savoir si ces êtres imperceptibles étaient vivants ou irréels. Quand j'eus fini je m'aperçus que je ne savais pas le nom de cette Indienne au beau visage que je venais de délivrer de ses fantômes. Esteban aussi l'ignorait. Il nous dit qu'il l'avait baptisée Fahima. Elle l'approuva avec une fierté joyeuse. Il avait sûrement une intime raison pour l'avoir appelée ainsi. Je la lui demandai. Il ne répondit pas. Il s'était souvenu sans doute d'une fille de son enfance, d'un de ces êtres imaginés qui sont pourtant, au fond de nous, cent fois plus vivants que les vrais. Derrière son rire trop fort je vis une gêne touchante, et je me retins d'insister.

Ce jour-là revinrent à nous quelques Indiens de notre troupe avec des babioles et des peaux qu'ils s'étaient fait offrir par un chef de village après qu'ils aient promis de nous conduire à lui. Il y avait là-bas, à ce qu'ils nous dirent, des gens frappés d'un mal qui les couvrait partout, du haut en bas du corps, de boursouflures rouges. Nous ne pouvions nous attarder plus longtemps dans notre paresse. Le lendemain matin, je dis à Esteban qu'il nous fallait partir. Je craignais qu'il renâcle, mais non, il m'approuva. Je jetai un coup d'œil perplexe à sa compagne. Il s'en aperçut. Il me dit :

– Ne t'inquiète pas, tout est bien. Nous avions décidé de vivre, en une lune, une pleine vie de bonheur. Nous l'avons fait. Que vouloir d'autre ?

Je lui répondis qu'elle pouvait nous accompagner, que nous en serions tous heureux. Il me regarda, souriant, fier comme un seigneur d'Arabie. Il me dit enfin :

– Fils d'Adam, on ne mesure pas la beauté d'un amour à

la longueur des jours vécus l'un près de l'autre. Je me souviens d'un conte du vieux temps d'Azemmour qui me remuait corps et âme. Je ne me lassais pas de me le raconter. C'est l'histoire d'un homme qui, un jour, est parti sur les chemins du monde en quête de la femme qui voudrait tout donner. Il l'a rencontrée un matin sur une place de marché. Elle s'en était allée, elle aussi, au hasard, chercher partout celui qui voudrait tout lui prendre. Le temps d'un regard échangé, sans que soit dit le moindre mot, elle lui a tout donné, et il s'est empli d'elle. Imagine cela. Un instant, rien de plus, un instant pur et simple, et voilà deux vies accomplies.

Je restai silencieux. Il rit et dit encore :

– Pour Fahima et moi, ce fut un peu plus long. Il nous a bien fallu vingt jours, mais maintenant, quoi qu'il arrive, ce que j'ai pris d'elle est à moi, ce qu'elle a pris de moi, à elle. Allons-nous-en, puisqu'il le faut. Mais avant, quand vous serez prêts, venez, Tulque, Maïna et toi, jusqu'à notre maison d'amour.

Il refusa d'en dire plus et appela son perroquet qui, sorti de je ne sais où, vint se percher sur son épaule.

A l'instant de notre départ, nous fûmes donc à leur cabane. Dès qu'il nous vit franchir le seuil (tous deux, je crois, nous attendaient), Esteban se mit à genoux et fit s'agenouiller, devant lui, sa compagne. Entre eux était le sac ouvert. Il nous dit :

– Regardez, et n'oubliez jamais.

Et à la fille émerveillée malgré la séparation proche :

– Fahima, ma femme, dit-il, les Espagnols ont fait de moi un esclave entre les esclaves. Devant tous, fais de moi un roi.

Elle plongea les mains dans le sac, elle les éleva lentement au-dessus du front de son homme et fit pleuvoir sur lui, sa tête, ses épaules, une averse de cailloux d'or qui s'éparpillèrent autour d'eux comme des étoiles tombées. Elle fit ainsi trois fois sans qu'Esteban ne bouge. Alors il récita une prière arabe, à voix rude, les yeux fermés. Son amie l'écouta, fascinée par ses lèvres. Quand il se tut elle prit son souffle et à son tour chanta un chant d'une simplicité poignante que Tulque et Maïna connaissaient. Ils l'accompagnèrent à mi-voix, discrètement, en prenant garde de l'aider sans la déranger. Enfin elle murmura quelques mots dans sa langue. Ils me parurent douloureux mais firent sourire Maïna. Esteban s'inclina. Des pépites brillaient dans ses cheveux crépus. Sa compagne et lui se levèrent, ils s'étreignirent longuement, puis il ferma le sac encore aux trois quarts plein et le jeta sur son épaule. Avant que je ne sorte Fahima vint à moi et me baisa la main. Derrière elle, dans l'ombre, luisait un tapis d'or.

Je voulus acheter le mulet de Zio. Le chef de la tribu refusa de le vendre. Je lui offris ce que j'avais de peaux de cerfs et de colliers, rien à faire, il repoussa tout, offusqué par mon insistance. Comme je lui tournais le dos et m'éloignais sans autre mot, il me courut derrière, il m'agrippa la manche. J'en fus surpris. Tulque me dit :

– Il te donne la grosse bête. Comprends donc, il était fâché de ne pas pouvoir te l'offrir.

Nous quittâmes contents le village rouge, Maïna chevauchant le mulet, son frère le tirant par la bride et Esteban chantant violemment, à tue-tête, sans doute pour ne point entendre la mélancolie de son cœur. Avant le grand vent de la plaine je fus seul à me retourner, sûr d'apercevoir Fahima au bord du plateau d'herbe grise qui s'éloignait derrière nous, mais je ne vis qu'un arbre mort, un pan de mur, le vaste ciel. Elle était déjà revenue aux travaux des jours ordinaires. Je me mis à chanter aussi dans la lumière du chemin.

Je me souviens qu'il était à genoux au bord de cette fille qui avait voulu mourir. Avant de retirer la flèche de son corps, il m'a regardée. Un enfant apeuré, et pourtant décidé, voilà ce qu'il était. Je me suis trouvée si émerveillée de le voir ainsi que j'en ai ri au-dedans de moi. Les Esprits guérisseurs, ou je ne sais qui d'autre, ne pouvaient que l'aimer. Je crois que s'il avait été sûr de sa force, il n'en aurait pas eu autant.

Il n'était pas toujours ainsi. Il passait parfois de longs jours sans un regard à ma figure, sans un mot, ni bon ni méchant. Je pensais : « Il va revenir », j'essayais d'être insouciante, je m'occupais en chantonnant, mais j'étais inquiète, rogneuse, je me reprochais d'être ainsi et je chantonnais de plus belle. Quand il me revenait enfin, je jouais à faire semblant d'avoir d'autres soucis que lui. Je vous dis ces petites choses parce qu'il n'en parlera pas. D'ailleurs, se les rappelle-t-il ? Je suis sûre que non, elles sont trop minuscules. J'aime qu'il les ait oubliées, et plus encore, moi, j'aime m'en souvenir.

Troisième partie

9

Pauvre terre, pauvres vivants, poussière et vent, méchantes pluies, horizons sans cesse semblables, voilà ce que fut notre vie tant de soleils et tant de lunes que le retour perpétuel des jours et des nuits sur nos têtes me fut bientôt indifférent. Pendant presque une année d'errance, seuls occupèrent mon esprit le prochain village espéré avant la nuit, la prochaine hutte où dormir, le prochain malade à soigner. Au cours de ces mois innombrables plusieurs moururent dans mes bras, d'autres tournés contre le mur, mais tous me dirent d'un regard qu'ils ne voulaient plus de ce monde, qu'ils désiraient quitter leur corps et poursuivre leur vie sans lui. Je les y aidai de mon mieux. Je fis ce qu'il fallait pour soulager les autres sans savoir de quoi ils souffraient, sauf ceux frappés par la rougeole, la coqueluche ou l'eczéma, dont ces gens de faible vigueur mouraient, à ce qu'on m'affirma, comme des mouches après l'été. Maïna nourrit, tous ces temps-là, la force de mon cœur. Elle chemina devant moi pour me donner courage, me fit honte quand il fallait et ranima sans cesse mon désir de marcher et marcher encore. Pour aller où ? Peu m'importait. La voir proche, entendre sa voix ravivait les couleurs du monde. Sans elle, assurément, j'aurais désespéré de ces terres sans bornes. Son frère Tulque et Esteban, maîtres de notre mule accueillie dans tous les villages comme un animal prodigieux, me furent eux aussi d'un secours quotidien. Leur insouciance, leurs jeux et leur increvable confiance m'empêchèrent plus d'une fois de me perdre dans des questions que, avec ma gravité d'Espagnol, j'imaginais essentielles, et que leurs plaisantes sottises déshabillaient en un clin d'œil. Que Dieu et les Esprits du ciel ne se lassent pas de bénir leur plaisir de vivre, quel que soit le pays où ils sont aujourd'hui.

Or, un jour d'entre ces jours-là (c'était à l'entrée d'un hiver, de quelle année, je ne sais plus), un vent de dos tempétueux nous poussa, peu avant la nuit, vers un village inattendu. Il était au bas d'une pente, perché sur un rebond rocheux. Là se tenait serré un troupeau de maisons qui rappelèrent à Esteban celles des terres d'Arabie. Cela le mit d'humeur joyeuse, il nous en prédit du bonheur. Une fumée échevelée s'élevait entre les terrasses, s'effilochait sous les nuées. Nous n'espérions ni feu ni lieu, nous pensions dormir, ce soir-là, contre le flanc de notre mule, à l'abri de quelque rocher. Cette rencontre nous fut donc une très heureuse surprise. On nous reçut pourtant sans guère de plaisir. Ces gens n'avaient rien à offrir que quelques racines bouillies et devaient tous aller, dès le prochain matin, cueillir à plusieurs jours de marche de ces fruits qu'on appelle *tunas* et qu'ils semblaient estimer fort. Nous étions aussi pauvres qu'eux. Tous nos sacs étaient plats sauf celui d'Esteban, et il était plein d'or. Jamais trésor ne me parut aussi pesant et inutile. Je me souviens que Tulque railla abondamment, ce jour plus que les autres, l'entêtement du nègre à le traîner partout, puis il dit ce que nous pensions, malgré notre envie de repos. Nous n'avions d'autre choix, si nous voulions survivre, que de suivre les affamés. Nous partîmes donc avec eux en expédition nourricière.

Le voyage fut triste et malaisé. Le froid nous harcela sans cesse, Maïna, qui s'était jointe aux femmes presque toutes chargées d'enfants, me priva de sa compagnie et personne parmi les hommes ne consentit à me parler. De fait, on m'ignora si délibérément que je me sentis superflu comme un spectre chez les vivants. Quant à mes deux frères d'errance, ils m'abandonnèrent au milieu de cette horde famélique que même la rage du vent ne parvenait pas à brider. Ils restèrent à traînailler, sans souci de rien que d'eux-mêmes, ânonnant en langue indienne des mots mille fois répétés qu'Esteban ne parvenait pas à prononcer correctement. Le troisième jour, des garçons poursuivirent un chien de prairie et parvinrent à le tuer. Nous eûmes ce soir-là de la viande à manger. Le cinquième matin, à peine marchions-nous depuis un couple d'heures que ceux qui cheminaient devant s'arrêtèrent ensemble, contemplèrent la plaine et se désignèrent des lieux où je ne vis rien que des rocs, des herbes et des buissons épars semblables à ceux des autres jours. Tulque me dit alors que nous étions enfin sur la terre des *tunas*. Je cherchai ma compagne. Je la vis à l'ombre d'un arbre, occupée à lier de bandes de chiffons un petit enfant sur son dos. Elle me fit un signe joyeux puis elle s'en fut à la récolte, entourée de mères bavardes. Esteban et son frère eux aussi s'éloignèrent, enfouis dans leur brouillard de mots, sans manifester l'intention de ramasser quoi que ce soit. Tandis que les gens du village se dispersaient sous le ciel bas, j'allai m'affaler contre l'arbre que Maïna venait de quitter. Je grelottai là, un moment, empêtré de mauvaise humeur, puis comme je me décidais à rejoindre l'un de ces groupes qui s'éparpillaient sur la plaine j'aperçus au-dessus de moi trois aigles magnifiques. Ils planaient, tournoyaient, se balançaient au vent. Ils guettaient une proie que je ne pouvais voir, et qui me parut extrêmement désirable, tant la faim me creusait le corps. Ils bougèrent. Je les suivis, trottant parmi les épineux, fouillant çà et là les fourrés. J'entrevis soudain, à dix pas, l'arrière-train d'un lièvre énorme. Je lui courus dessus. Il s'en fut en tous sens, bondissant, affolé, de creux en roc, de touffe en bosse. Je m'épuisai à le poursuivre. Il disparut dans un buisson où je ne pouvais pénétrer. Je m'arrêtai, le souffle rauque. Je jetai un coup d'œil au ciel. Les aigles s'en étaient allés. Alors je me laissai tomber à l'abri d'un rocher, m'enveloppai dans ma pelisse et m'abandonnai là sans plus vouloir bouger. Mon corps, mon esprit s'apaisèrent. Je goûtai bientôt l'étrange plaisir d'être seul sur la vaste terre, sans rien autour que la lumière, les nuages, les horizons. Combien de temps restai-je ainsi à écouter battre mon sang dans la rumeur du vent, des herbes ? Quand je voulus m'en retourner, le jour me sembla pâlissant et pourtant nous n'étions, à ce que je croyais, qu'au milieu de l'après-midi. Je m'inquiétai, pressai le pas. Mais où était passé le camp ? J'aurais dû en être tout proche. J'appelai. Nul ne répondit. Je m'en fus droit, résolument, à travers ronciers et fondrières. Je gravis une longue pente, espérant découvrir, de là-haut, notre feu, et des gens familiers autour.

Mais ce qui m'apparut m'était tant étranger que j'en vins à me demander si le regard d'un être humain avait jamais vu ces grands arbres, ces avoines maigres, jaunies, et ce fin fond du ciel où déjà les nuées se mêlaient à la nuit. Personne, pas même Maïna, ne viendrait me chercher ici. Je fis halte. J'étais perdu.

J'en fus sur l'instant accablé d'une insurmontable tristesse. Les gros nuages bas, les branches défeuillées, le lointain assombri, les hautes herbes, le vent même, tout paraissait me regarder avec un air d'indifférence et de moquerie plus terrible que les grimaces de la mort. Je me mis à prier à voix haute, tremblante mais le bruit que je fis me parut incongru. Il ne fallait pas, surtout pas que l'Esprit de ce lieu renifle mon état. Je me dis cela. Je me tus. Perdu, certes oui, je l'étais, mais quoi, j'avais connu de bien pires malheurs. Je levai bravement le front, comme je faisais autrefois avant d'entrer dans la bataille. J'appelai Andrés à mon aide. Il vint. A l'instant il fut là. J'en fus ragaillardi. « Il nous faut trouver une grotte où passer la nuit, me dit-il. Et ne crains pas. L'œil qui t'effraie, c'est le reflet de ton regard. Ne pense à rien. Tiens-toi tranquille. » Voilà qu'il me disait des choses qui ne l'effleuraient même pas au temps où il était vivant ! Pas le moindre rocher sous le ciel sans étoiles. « J'ai faim, j'ai froid », lui dis-je. Il me répondit : « Marche. » Je lui désobéis. Je m'assis au milieu de rien, dans la nuit qui se répandait. J'embrassai mes jambes pliées et, les yeux emplis de questions que je ne savais formuler, je contemplai l'obscurité. Alors je vis au loin une lueur mouvante. Elle était haute. Un feu, là-bas. Le campement. J'étais sauvé. Avant d'avoir pensé à bondir sur mes pieds je me sentis courir follement, presque aveugle, mais rien, ni poing de Dieu ni traîtrise du diable, n'aurait pu me brider. Je m'arrêtai pourtant, brusquement dégrisé. Un pareil brasier, dans un camp ? Impossible, il était trop haut. Ses lueurs caressaient le ventre des nuages. Je m'approchai, soudain craintif. C'était un arbre. Il brûlait droit, il crépitait, il rugissait, offert aux flammes dévorantes. Du tronc à la cime il flambait. La nuit tremblait autour de lui. Comment cela se pouvait-il ? Aucun éclair, aucune foudre n'avaient pu lui tomber dessus, un orage ne passe pas sans qu'on le voie, sans qu'on l'entende, sans qu'on endure ses assauts. Et qui aurait pu allumer, dans ce désert, un tel brasier ? Personne n'était venu là, je le savais de source intime. L'humain, même parti, laisse toujours de lui une trace dans l'air. « Qui a fait cela, qui, dis-moi ? » Cette question se posa seule, je balbutiai, je la dis presque, mais l'incendie me la vola. Devant lui je restai debout, ébloui, les yeux douloureux, la tête emplie de grondements, baigné de pied en cap, en pleine nuit d'hiver, dans une étuve turque. Quel délice, cette chaleur, et ce feuillage de lumière dans ces branches vivantes, ouvertes, pareilles à des bras amoureux, et cette folle jouissance qu'il semblait éprouver, cet arbre, à tout donner de lui, à s'offrir, droit et nu, aux caresses mortelles, aux mille langues fauves, quelle prodigieuse beauté ! Je restai à le contempler, un instant, une éternité, le temps avait quitté ce monde. Enfin il s'effondra en tisons fracassés, en averses de braises. Je reculai, je me courbai, les bras levés devant ma face, comme si le ciel enflammé me dégringolait sur le dos. Je tombai à genoux. La terre et les cailloux étaient presque aussi chauds que ma figure et mes habits. Je me couchai dans un tas d'herbes. Le feu s'apaisa peu à peu. Il eut quelques sursauts encore, lança de-ci de-là des éclats de flammèches, et ronronna enfin comme un gros animal avant de s'endormir.

Pas un souffle de vent. J'écoutai le silence. Je n'étais plus un homme, je n'étais rien qu'un corps, un amas de vie dense, un regard aux aguets, une ouïe à l'affût, un flair fouinant, fouillant, cherchant à capturer non pas l'odeur des choses, mais des traces dans l'air, des parfums de présences, d'autres respirations. Quelle force dans ces ténèbres, quels remuements insoupçonnés ! Mille vies palpitaient, mille vies et la mienne, pareille aux autres, là sous la peau de la nuit. Je sentis des désirs d'ogresse à cette grande mère obscure. Elle était pourtant attentive, elle savait être tendre aussi. Elle ne pesait pas, elle veillait. Je devinais, je percevais son souffle frais sur mon échine, son œil, son désir de rôdeuse parmi les braises ensommeillées, j'entendais des bêtes furtives se faufiler dans ses replis. Je n'étais pas tout seul, la nuit était vivante et elle aimait ma vie, je le sentis tandis qu'elle visitait mon corps et déployait dans mes dedans ses cieux, ses plaines infinies et ses menus froissements d'herbes, ses hurlements de loups, ses bruits de fuites brèves. Dans la tiédeur, auprès de moi, un grillon se mit à chanter, fringant, comique, débridé. Je voulus rester éveillé pour tout entendre, ne rien perdre. Peut-être allait-on me parler, peut-être allais-je percevoir des évidences nourricières, des secrets trop simples, trop nus, trop enfantins pour être vus par un homme sans innocence. Mais je sombrai dans des visions où se mêlèrent feux et monstres, foules de gens, lièvres moqueurs. A l'aube je revins au monde. Un instant je me crus au camp, près de Maïna et de mes frères. Mais non, j'étais toujours perdu, des braises rougeoyaient encore et le vent était revenu. Je pris le temps de saluer, à mots simples, les cendres chaudes, les herbes où je m'étais couché, le ciel qui m'avait épargné, où je ne sais qui me voyait, j'en étais sûr, je le sentais. Je fis cela de tout mon cœur, sans que rien en moi ne proteste. J'étais désormais un sauvage dans la sauvagerie des jours. Nos guides depuis le village avaient cheminé droit au sud. Je cherchai le nord et m'en fus.

Je n'avais plus ni peur ni rage. J'étais éreinté, affamé, mais aussi neuf que le matin. Mes sens vivaient, tous en éveil, et le monde alentour aussi, même l'air, même les cailloux, même les ravines pelées. Où que se tourne mon regard je sentais un frémissement, une ardeur jubilante à vivre. Je dis au vent que j'avais faim et que je tomberais bientôt si je ne pouvais me nourrir. Il me sembla qu'il m'entendait, il se fit un instant plus vif à mes oreilles. Je trouvai de ces grosses raves que les Indiens découpent en tranches et laissent bouillir à long feu. Je m'en fis un déjeuner cru. Elles étaient piquantes, coriaces mais je m'appliquai patiemment. J'encourageai mes dents, ma bouche, même à mon ventre je parlai. « Voici, lui dis-je, nourris-toi. » Je me reposai un moment. Après que j'eus repris ma route, ravigoté par mon repas, à nouveau j'appelai Andrés, non point par besoin de secours, mais par envie de sa présence. Je lui dis : « Sens, regarde, écoute. » Il me répondit : « Que crois-tu ? Ce que tu deviens, je le suis. » Je demandai : « Vais-je mourir ? » Il rit, moqueur. Je le chassai.

Ce fut vers le milieu du jour que je fus sans doute sauvé. Nous ne sommes pas seuls, je le sais maintenant. Dieu, Jésus ? Non, ils sont trop hauts. Plus familiers, moins importants sont nos compagnons invisibles. Comme je parvenais sur une lande rase où n'était plus un arbre, j'aperçus, couché sur le flanc parmi la mousse et les cailloux, un grand loup à la gueule ouverte. Je crus d'abord qu'il était mort. Seul bougeait son pelage gris que le vent caressait à rebrousse-poil. Mais comme je venais à lui il tourna vers moi son museau. Il me regarda, l'œil éteint, en grognant misérablement. Je m'accroupis, pris de pitié, je posai la main sur son crâne et je lui demandai tout doux s'il était malade ou blessé. A nouveau il bougea la tête, haleta, se mit à gémir. Sa gueule obstinément béante m'intrigua. Je l'examinai. Je lui retroussai les babines, le nez à portée de ses crocs. Il gronda mais se laissa faire. Un os était planté profond dans son palais. Je lui dis des mots rassurants, lui promis qu'il allait revivre, et tandis que j'ôtais du bout des doigts l'écharde, pour le distraire de sa crainte et calmer mon appréhension je lui demandai s'il savait qui m'avait conduit jusqu'à lui, moi qui seul avais le pouvoir de le guérir dans ce désert, et si ses Esprits familiers lui avaient par hasard appris comment un arbre, en plein hiver, pouvait s'incendier sans l'aide de personne. Dès qu'il se sentit délivré, il se mit d'un bond sur ses pattes, éternua et s'ébroua. Après quoi, sans se soucier ni de l'os que je lui montrais ni de moi-même assis par terre, il s'en alla au petit trot. La pensée joueuse me vint que peut-être, par gratitude, comme font les bêtes sauvées dans les contes de vieilles femmes, il voulait me conduire au camp, à mes compagnons, à Maïna qui devaient beaucoup s'inquiéter. Je le suivis donc un moment, mais il obliqua tout à coup et s'enfonça dans un ravin qui ne me disait rien qui vaille. Je poursuivis seul mon chemin, m'arrêtai bientôt sur la lande, je flairai l'air, à petits coups. Il portait une odeur à peine perceptible, familière. De la fumée. Des maisons vivantes étaient là, invisibles mais toutes proches, sans doute dans le creux de plaine où disparaissaient les buissons. Je me hâtai, le cœur battant, ne pus m'empêcher de courir. J'aperçus une vieille femme, courbée sous un gros sac troué. Je lui fis un salut lointain, je m'approchai, tout essoufflé, lui demandai si son village était bien au bas du vallon. Je n'attendis pas sa réponse. A quelques pas était un semblant de sentier. Il conduisait, en contrebas, vers des murs terreux, des terrasses entassées à l'abri du vent. J'y descendis au grand galop.

Quand ils me virent m'avancer dans l'ombre étroite des ruelles les gens sortirent de partout et m'accompagnèrent à grand bruit, courant devant, trottant derrière. Ils m'amenèrent jusqu'au seuil d'une place au cœur du village. Aux murs des maisons alentour pendaient des tapis colorés, mais dès l'abord je n'en vis rien, car ce que je découvris là me laissa la bouche béante et me fit tomber à genoux. Au centre de l'aire était une croix. Elle était haute, plantée droit, et sur elle, les bras ouverts, était cloué un Jésus-Christ. Je me crus trompé par un songe, par une sorte de mirage né de mon esprit harassé, mais non, c'était Lui, devant moi, la tête penchée de côté, le regard implorant le ciel sous son front couronné d'épines, presque nu, maigre, pitoyable, taillé à grands coups maladroits mais de pied en cap espagnol. Comment était-il venu là, dans ce fin fond d'hiver, si loin de Ses églises ? M'attendait-il, moi, le perdu ? Avions-nous rendez-vous, Lui et moi, seuls, ici ? Avais-je imaginé que j'errais sans espoir dans la sauvagerie du monde, alors que, sans savoir, je cheminais vers Lui ? Et ce loup qui m'avait conduit sur cette lande sans chemins, qui était-il, Seigneur ? Une bête, rien d'autre, ou Votre serviteur ? Une voix, en haut de la croix, aurait-elle voulu répondre à ce flot de questions qui me bouleversaient, je ne l'aurais pas entendue. Trop de folles pensées, de prières confuses occupaient mon cœur et mes sens. Le visage enfoui dans les mains, je restai sourd, un long moment, même aux remuements alentour. Quand enfin je revins au jour, je vis un homme de grand âge qui souriait, penché sur moi. C'était le chef de la tribu, je le sus sans qu'on me le dise. Il portait un collier de crocs, des bracelets de cailloux bleus et un vêtement de peau peinte. Je me dressai, tremblant, je le pris aux épaules et je lui demandai où se trouvaient les gens qui avaient planté ce Jésus. Sa main s'envola dans l'air gris.

– Partis, me dit-il.

J'insistai. Que savait-il ? Vers où s'en étaient-ils allés ? Il me répondit que son père les avait autrefois reçus, et que cet homme vénéré m'aurait appris de belles choses s'il était encore en ce monde, mais qu'il avait depuis longtemps pris le vieux chemin du Couchant où est la terre des ancêtres. Je m'obstinai, le suppliai, m'efforçai de l'interroger aussi calmement que possible. Il me dit alors que, selon ce que racontaient les anciens, les étrangers venus offrir leur dieu céleste à son village étaient quatre, vêtus de robes, montés sur des bêtes bizarres et d'excellente compagnie, mais qu'un jour ils s'étaient sans doute envolés vers d'autres pays, car personne, jamais, ne les avait revus. Je risquai, sans guère d'espoir :

– Croyez-vous en Notre Sauveur ?

Il hocha vivement la tête, les yeux soudain illuminés.

– Oui, me dit-il, oui, tous les soirs nous faisons pour Lui une messe.

J'en demeurai abasourdi.

Je fus abondamment nourri de maïs bouilli et de viande, après quoi j'allai me laver dans un torrent qui dévalait au bas des dernières maisons. Beaucoup de gens m'accompagnèrent. Comme ils s'amusaient à grand bruit de me voir m'inonder d'eau froide, je m'enquis du pauvre village où Maïna et mes compagnons étaient sans doute retournés. Il était à trois jours de marche. On en connaissait le chemin et l'on s'offrit à m'y conduire dès le prochain matin. Je m'en trouvai si soulagé que j'en oubliai ma fatigue. Au soir, à la lueur des torches, le chef de tribu m'invita à présider à son côté cette cérémonie qu'il appelait la messe. Je lui répondis que je m'en trouvais honoré. De fait, j'étais curieux et impatient de voir ce qui se cachait sous ce mot que ces braves gens-là prononçaient à grand-peine, mais avec un respect d'attendrissants dévots. J'étais prêt à leur pardonner tous les manquements à la règle, toutes les bévues rituelles, toutes les approximations, tant me touchait leur innocence. Quand les flûtes et les tambours apparurent au seuil des maisons, j'étais pourtant à mille lieues d'imaginer ce que je vis.

Hommes et femmes s'assemblèrent en chantant autour de la croix, et là, à ma stupéfaction, ils firent assaut de grimaces et de contorsions de bouffons. Les femmes, surtout, m'étonnèrent. Ce fut à qui exhiberait à la face du Christ sauveur, ses seins ballottants, son nombril, son cul prestement dévoilé et ses déhanchements obscènes. On chatouilla Ses jambes nues, on fit mine de soulever le voile de bois de Son ventre, on fit même cercle en riant, en battant des pieds et des mains, en encourageant les coupables, autour d'un vieux et d'une vieille qui mimèrent effrontément le jeu de l'âne sur l'ânesse devant Sa figure penchée. Ebahi, suffocant, je regardai mon hôte. Il riait beaucoup, lui aussi, il trouvait sa messe parfaite, inventive, comique à souhait. Des mains et de la voix il appelait le Christ, il lui disait sans cesse :

– Vois comme tes enfants sont joyeux, Dieu du Ciel, allons, quitte ta peine, viens t'amuser chez nous, viens danser, viens jouer, nous te ferons content !

Et me prenant le bras, d'un air de conviction si simple et confiant qu'il fit fondre mon cœur :

– Il faut être patient. Il a beaucoup souffert par la faute des hommes, il se méfie encore, il a peur d'avoir mal, il hésite, c'est bien normal. Mais un jour il acceptera de venir vivre parmi nous, il quittera le mauvais arbre et nous l'habillerons de neuf. Il sera notre ami, il n'aura rien à craindre, car nous sommes de bonnes gens. Dis-lui cela, dis-le-lui donc ! N'es-tu pas né dans son pays ? Vous parlez le même langage, il te comprendra mieux que nous.

Il me poussa du coude et désigna Jésus. Je bafouillai, je ris, je dis je ne sais quoi. Tant de mots me vinrent en bouche ! Je n'ose en répéter aucun. Heureusement les chants, les flûtes, les tambours vinrent à mon secours. Leur vacarme se fit soudain si effréné que mes balbutiements s'en trouvèrent inaudibles. Hommes, femmes, enfants autour du Christ en croix se mirent à virevolter, à tituber, pris de vertige, à tomber les uns sur les autres. Le chef de tribu se leva. Chacun rejoignit sa cabane. Aurais-je vidé un tonneau de notre vin d'Andalousie, je n'aurais pas été plus ivre qu'au bout de cette étrange nuit, quand je m'abattis sur le ventre près d'une femme et d'un enfant, sur une litière inconnue.

Le lendemain matin, bien pourvu de maïs et de viande

séchée, je me remis en route avec deux jeunes gens qui avaient conquis le plaisir, après force chamailleries, de me ramener au village où j'espérais retrouver Maïna et mes deux compagnons d'errance. Comme nous cheminions sous le vent de la lande, je me sentis honteux. A l'instant de notre départ, j'étais passé devant la croix sans le moindre salut au Christ. Je n'avais même pas regardé Sa figure. Je n'avais pas osé. L'affection grotesque et paillarde que ces impénitents sauvages avaient manifestée à Sa face éplorée me faisait rougir jusqu'à l'os, et pourtant je ne pouvais pas empêcher un bonheur allègre de batifoler dans mon cœur au souvenir de leurs grimaces et de leurs danses débridées. A mes compères de voyage je demandai s'ils célébraient tous les soirs cette messe-là. Ils me répondirent que non, que parfois ils se contentaient de Lui jouer de la musique, de Lui raconter des histoires ou de Lui masser les mollets qu'Il devait avoir engourdis, depuis le temps qu'Il était là, à ne pouvoir bouger d'un pouce. Ils faisaient selon leur humeur. Hier, ils s'étaient trouvés contents de recevoir un invité, c'est pourquoi ils avaient prié avec une ardeur si joyeuse. Ils me dirent cela le nez flairant l'espace, mais rengorgés comme des coqs. Après quoi ils me demandèrent si les vivants de mon pays honoraient aussi bien le Christ, qu'ils appelèrent « bon Esprit suspendu aux mauvaises branches ». A voir leur figure fiérote, à l'évidence ils s'estimaient les meilleurs chrétiens de la terre. Je ne voulus pas les vexer. Je leur répondis que chacun avait sa façon d'aimer Dieu, mais que la leur était sans doute la plus franche et la plus heureuse qu'il m'ait été donné de voir. Je dis cela négligemment mais, en secret, je le pensais. Je me l'avouai sans vergogne et du coup, malgré le ciel gris et la rage froide du vent, le temps me parut magnifique.

Mes jeunes guides traversèrent nos deux premiers jours de chemin en voyageurs insouciants, grimpant aux arbres défeuillés, pour rien, par plaisir débridé, et galopant après les bêtes qui fuyaient de rocs en buissons. Or, peu après midi, la troisième journée, nous apparut à l'horizon une forêt qui les troubla. Nous pouvions encore marcher un bon moment avant la nuit, mais ils me proposèrent ensemble, sans oser me regarder droit, de camper avant la lisière. Au soir, devant le feu, après qu'ils eurent longtemps débattu à voix basse, l'un d'eux, faussement gai, me dit que mon village était juste au-delà du bois, que je verrais, à sa sortie, la colline où étaient perchées ses maisons mais qu'ils ne pouvaient pas, bien qu'ils soient mes amis, m'accompagner plus loin. Je les regardai sans répondre. Ils baissèrent tous deux le nez. Quelque chose les effrayait. Je voulus qu'ils me disent quoi.

– La Mauvaise, murmura l'un. Elle habite là, sous ces arbres.

Et l'autre, à même voix menue, avant que j'aie ouvert la bouche :

– C'est une femme aux dents de louve, aux cheveux de feuilles brûlées, aux yeux pareils à des tisons, aux bras comme des branches maigres. Elle commande à des oiseaux noirs trois fois plus larges, plus griffus que les aigles de la montagne, et plus affamés que la mort. Elle déteste tout ce qui vit. Elle voit un homme, il est perdu, elle jette ses monstres sur lui. Ils n'en laissent rien que les os et le crâne sans yeux ni langue.

Son compère approuva d'un hochement de tête. Je leur répondis en riant que de tels êtres, en ce bas monde, n'existaient pas plus que les fées ou les diables aux cornes de bouc, et qu'ils étaient des poules naines s'ils s'épouvantaient de ces riens. Il me dit alors que tout près de ce lieu même où nous parlions on retrouvait, de temps en temps, des traces de sang sur les pierres et des corps d'hommes horribles à voir, tant ils étaient déchiquetés. Or, aucune bête féroce n'habitait dans cette forêt ni sur les collines alentour. Je restai perplexe un moment. Si ce qu'il disait était vrai, il fallait bien que quelque fauve se cache sous ces arbres-là. Je renonçai à les convaincre. Ils étaient trop terrorisés pour être accessibles au bon sens, mais je décidai, par prudence, de m'armer d'un bon gros bâton avant de franchir la lisière. Je me couchai sans autre mot. Pour la première fois depuis notre départ, mes jeunes gens restèrent à contempler la nuit, serrés l'un contre l'autre, en chantonnant des litanies. Moi, je dormis sans rêves.

Le froid me réveilla. Le feu était éteint. Le jour naissait à peine. Avant même d'ouvrir les yeux, je sus que mes deux compagnons n'étaient plus là, à mon côté. Je me levai, humai l'air vif. Aussi loin que je puisse voir, personne, que la plaine et moi. Je ne craignais plus d'être seul. Au contraire, debout, bras ouverts à l'air vif, je me surpris à en jouir. Je dévorai mes derniers fruits, mes restes de viande terreuse et m'avançai vers la forêt. Dans le premier buisson venu je trouvai une branche droite. Je la fis tournoyer, j'en battis des feuillages. Elle était dure, de bon poids, et bien accordée à mon poing. Avant de m'enfoncer plus avant dans le bois, j'éprouvai la nécessité de me présenter aux êtres invisibles dont je percevais la présence parmi les branches et la foule sombre des troncs. Je le fis sans peur ni réserve. Le Christ un instant apparu dans la brume de mon esprit ne m'en parut pas offensé. Je m'avançai enfin dans l'enchevêtrement des fourrés sans plus penser à rien qu'à maintenir le cap et parvenir, vaille que vaille, au taillis, à l'arbre prochains. Je pouvais me perdre à nouveau, errer jusqu'à l'épuisement, tomber dans quelque trou sournois ou rencontrer la bête fauve qui effrayait tant les Indiens. Aucun de ces malheurs possibles ne me vint pourtant à l'esprit. Je n'étais qu'un corps qui allait, qu'un œil qui évitait les pièges, qu'une rage de m'arracher à ce qui m'agrippait sans cesse et déchirait mes vêtements. Je marchai sans répit jusqu'au milieu du jour. Alors je vis une clairière où était un rocher pointu. Je décidai d'y faire halte.

Comme je m'avançais je découvris, contre le roc, une cabane de cailloux mêlés de branches et d'herbe jaune. Elle était informe, bancale, et pourtant vaste et bien plantée. Même de loin, il me sembla qu'elle m'épiait comme une bête. Quand je fus proche, elle frissonna. J'entendis un froissement d'ailes, je vis frémir des feuilles sèches dans le fouillis, au bord du toit. Il y avait de la vie, dedans. Mon bâton fermement tenu, à deux poings, prêt à la bataille, je fis le tour à pas de loup de cette bâtisse en haillons où semblaient s'être accumulés les reliefs de mille saisons. Je découvris une entrée basse d'où sortait une puanteur d'animal reclus, de fumée. Je risquai un regard dans l'ombre. J'aperçus une vieille femme assise dans un creux de mur. Sa chevelure nuageuse autour de sa face fripée était peuplée de brins de paille, de lambeaux de rubans pâlis, de bouts de toiles d'araignées. Elle était habillée d'un amas de guenilles, mais sa poitrine et ses poignets étaient ornés de bijoux d'or sertis de jade et de rubis. Trois aigles étaient perchés au-dessus de sa tête au bord d'un plancher de rondins où l'on devinait, çà et là, des os, des fourrures, des crânes. Quand ils me virent, ils s'agitèrent. La vieillarde leva la main, les apaisa d'un grognement puis me fit signe d'approcher. J'obéis. Je vis son regard. Il me sembla surnaturel, tant il était mal accordé au délabrement de son corps. Durs et vifs, précis, intraitables, brillants comme des diamants noirs, ces yeux-là étaient d'un autre âge. La Mauvaise me parut belle, le temps de lui venir devant.

10

Elle me demanda qui j'étais. Sa voix grinça comme une porte. Son œil brilla comme un soleil. Je pressentis qu'elle me prenait pour un Esprit, un dieu peut-être. Je restai muet, immobile, les poings sur mon bâton planté. Elle tendit prudemment l'index. Il avait un ongle effilé, presque aussi long que le doigt même. Elle effleura mon front, ma joue.

– Tu n'es pas indien, me dit-elle, sinon tu te serais enfui et mes enfants t'auraient tué.

Je me raidis, le cœur serré. Je pensai à mes compagnons. Avaient-ils été poursuivis, traqués, dévorés par ses aigles? J'avalai questions et colère. Je répondis:

– Je viens du ciel.

Et par souci de loyauté, à voix basse:

– Du ciel d'en bas.

Ainsi, chez les Indiens, nommait-on l'océan. Maïna m'avait appris cela. La vieille m'observa, les yeux à demi clos. Les aigles, là-haut, remuèrent, se penchèrent, criards, inquiets. Je me tins à l'affût, sans bouger un orteil et prêt, s'il le fallait, à jouer du gourdin. Ces rapaces, même rogneux, ne me semblaient pas invincibles. Ils ne m'effrayaient pas. La Mauvaise le vit.

– Tu es puissant, dit-elle.

Je répondis :

– Je sais me battre, mais je ne te veux pas de mal.

Elle se tut encore longtemps. Elle me dit enfin :

– Bienvenue.

Je la crus de mauvaise foi, la saluai d'un coup de tête, mais je restai l'œil aux aguets. Elle quitta pesamment son trône de vieille mère forestière. Elle m'apparut grande, imposante, étrangement majestueuse dans ses haillons accumulés. Elle s'en fut vers un coin obscur, s'en revint avec un plat d'or empli à ras bord de fruits secs, en prit une poignée, l'approcha de ma bouche.

– Mange, beau tigre, me dit-elle.

Je mordis dedans. J'en perdis. Ce qui lui restait dans la main, elle le dévora face à moi, le regard si vivace et luisant dans le mien que je me sentis envahi, fouillé jusqu'au fond de mes caves. Elle dit encore, sans bonté :

– Maintenant, tu es mon ami.

Elle partit d'un rire violent, virevolta, balaya l'air d'un envol de bras décharnés et chassa ses aigles à grands cris. Une tempête d'ailes emplit brusquement l'ombre. Je me courbai, frôlé, battu. Le silence revint d'un coup, aussi soudain que la tourmente. La Mauvaise me fit asseoir et tira le plat entre nous.

Je me goinfrai. Elle grignota sans cesser d'observer mes mains, mon bâton posé, ma figure. A nouveau elle voulut savoir quelle sorte d'homme j'étais, mais elle ne me questionna pas. Elle dit :

– Tu viens d'un autre monde.

Elle avait l'air rusé autant que méfiant. Je devais peser mes paroles. Je lui répondis :

– Espagnol.

– Homme du soleil, me dit-elle.

Elle était encore grinçante, mais je la sentis rassurée. Alors je m'enhardis. J'osai lui demander ce qu'avaient fait ses aigles de ces jeunes Indiens qui m'avaient amené au bord de la forêt. Elle haussa les épaules. Elle dit :

– Ils sont partis. Mes fils n'ont vu que toi, ce matin, sur la lande. Et toi, je te voulais chez moi.

– Pourquoi ?

– Tu n'es pas ordinaire. Tu n'as pas la couleur de la terre d'ici, tu marches droit comme un bison, tu as les pouvoirs d'un démon, tu n'as pas peur de la Mauvaise, tu n'es pas indien, voilà tout.

Ces derniers mots, elle les cracha comme un pépin de fruit pourri. Elle haïssait son propre peuple. Ma curiosité s'éveilla. Qui était cette aïeule à la face fripée, aux guenilles terreuses ornées d'or, de pierres précieuses qui déjeunait de fruits des bois, veillée par trois aigles féroces sous ce toit de branches feuillues ? Elle n'avait pas toujours vécu dans cet antre de vieille bête à l'abri des hommes et de Dieu. D'où venait-elle, en vérité ? Je l'interrogeai prudemment. Elle se tut. Elle semblait gênée. Je tentai de l'amadouer. Je lui parlai de mes ancêtres, de mon père, d'Andrés aussi, des grandes maisons de Madrid où j'étais autrefois admis. Cela lui plut. Elle répondit :

– J'ai connu des palais semblables. Je suis la fille d'un grand roi.

J'attendis sans m'impatienter qu'elle veuille bien parler encore. Elle fut sensible à mon silence. Enfin, comme la nuit tombait, après que nous eûmes ensemble allumé devant la maison un pauvre feu de bois mouillé, elle se mit à me raconter son enfance, sa vie princière et ses magnifiques malheurs. Elle parla avec force et peine, riant parfois amèrement des déboires de sa famille, fière souvent, jamais plaintive. Que Dieu consente à l'écouter comme je le fis, tête basse, et qu'Il lui pardonne, s'Il veut.

Elle était en effet la fille d'un grand roi que l'on appelait le Doré. Son paysage familier, au temps de son insouciance, était un jardin en cascade qui descendait au bord d'un lac qu'elle imaginait fréquenté par la Cour des Esprits du ciel, tant sa transparente lumière semblait à l'abri des infortunes humaines. Elle se souvenait de ceci, qu'elle me conta les yeux perdus, avec une étrange innocence. Aux premières fleurs du printemps, tous les ans, le jour des offrandes à la Mère-Serpent des eaux, le peuple et son roi s'accordaient et se réjouissaient ensemble sur la rive du Lac parfait. Dès la veille de ce jour-là on se masquait de feuilles neuves et de branches ornées de rubans, on se couvrait de beaux habits, de petits miroirs, de rubis, on buvait l'alcool de maïs et l'air s'emplissait de musiques. On chantait, jouait et dansait jusqu'à ce que la nuit s'épuise, jusqu'à ce fond d'obscurité où l'on sent que l'aube s'en vient. Alors chacun faisait silence. On attendait le roi Doré. On entendait de loin les tambours et les flûtes mais on ne voyait rien du palanquin royal, c'était l'heure d'avant le jour, on suivait les lueurs des torches le long des courbes du chemin. Enfin le cortège arrivait parmi les gens, au bord du lac. Les trente-deux esclaves qui portaient la litière s'agenouillaient, courbaient l'échine, les prêtres écartaient la tenture et le Doré posait le pied sur le sentier de feuilles vertes, de capes et de manteaux brodés qui menait à bord de la Barque. Couvert de poudre d'or et nu de haut en bas, ainsi était le roi. Sa fille aimée de tous le découvrait ainsi chaque premier jour du printemps. Dans la longue pirogue blanche quatre rameurs le conduisaient jusqu'à la pointe du rocher où commençaient les eaux profondes et là il attendait, face à l'est, le soleil. Il priait. Son souffle ravivait les braises du matin dans les brumes lointaines, et la vieille Mère-Serpent, dans son lit profond, s'éveillait. Et quand le premier feu du jour illuminait enfin le roi, alors sa prière éclatait et de sa poitrine sortait un chant superbement sonnant, tandis qu'il jetait dans le lac, par poignées de semeur, des milliers d'émeraudes. Il plongeait avec les dernières, il plongeait et plongeait encore jusqu'à se voir lavé de l'or qui le couvrait. Alors la foule sur la rive chantait aussi, battait des mains, et dans le vacarme enivrant des voix, des flûtes, des tambours, le soleil neuf sortait des profondeurs des eaux et embrasait le monde.

– Quel beau temps c'était, dit la vieille.

Elle resta un moment pensive, puis poussa un soupir grinçant, et la mine soudain revêche :

– Par malheur, la guerre est venue. Mon père a ordonné qu'on me tienne enfermée dans une chambre haute avec mes aigles et mes esclaves, mais je voyais, de la terrasse, les guerriers partir au combat, les morts s'en revenir en tas sur les chariots, les enfants fuir dans les rues, les corps couchés au pied des murs, les fumées, les lueurs de feux. Puis les fracas, les courses, les hurlements de femmes sont entrés au palais, ont traversé les murs. Je n'ai plus vu le roi ni sa première épouse, ma mère au corps si fier. Une nuit (le ciel était rouge), ma nourrice m'a réveillée pour me dire qu'ils étaient morts. Leur peuple les avait livrés à l'empereur des assassins, un autre prince allait venir, je devais m'enfuir au plus vite. Elle a éventré un coussin, a fourré dedans des bijoux, me l'a pendu autour du cou, puis elle m'a jeté mon manteau et m'a poussée dans un couloir. Des gens couraient de porte en porte mais je n'en voyais que les ombres, il faisait noir malgré les flammes que je devinais dans la cour. Je suis montée sur la terrasse où était ma volière en criant comme une perdue, en appelant mes aigles à l'aide. Ils m'aimaient, je savais cela. Je pensais qu'ils m'emporteraient loin de ce monde, dans leur ciel, mais les barreaux étaient brisés, la voûte, les perchoirs aussi. Ne restait plus qu'une femelle. Elle était morte. Sous son ventre étaient trois œufs encore chauds. Je les ai pris avec la paille et je les ai enveloppés contre ma peau, dans ma ceinture. Je suis descendue dans le noir, je suis partie sans savoir où. Quand le jour est venu j'étais dans la montagne, je pleurais, je grimpais, mon ballot sur le dos, en tenant mes aiglons à naître bien serrés contre le nombril. J'ai trouvé une grotte où je me suis cachée. Loin en bas, le palais brûlait, le lac était couleur de mangue. Je suis restée là tout le jour.

Elle se leva, s'en fut dehors jeter des branches sur les braises. Elle aperçut ses aigles perchés au bord du toit. Elle les houspilla, les chassa, elle les accusa d'écouter ce qu'ils ne devaient pas entendre. Elle s'en revint, grognant encore, s'apaisa et reprit ainsi :

– Au soir, un vieil homme est venu, je ne sais qui, il était pauvre, peut-être un berger sans troupeau. J'avais froid, je couvais mes œufs. Il a touché ma joue, mon front, il a vu que j'étais vivante. Il a fait du feu, sans rien dire, puis il m'a laissé du fromage, des patates, et il est parti. Il est revenu chaque nuit. Moi, je ne pouvais pas bouger, je voulais que mes petits naissent. Il les a soignés, eux aussi. Quand ils sont sortis des coquilles, il leur a donné la becquée jusqu'à ce qu'ils sachent voler. Et puis un soir, il m'a parlé. Il m'a dit qu'il ne viendrait plus, qu'il avait fait ce qu'il pouvait mais qu'il risquait trop de misères si l'on apprenait, à la ville, qu'il m'avait sauvée de la mort. Notre peuple me haïssait autant que mon père et ma mère, je l'ai appris cette nuit-là. Pourquoi ? Quel mal avais-je fait ? Tu le sais, toi ? Moi, je l'ignore.

Elle ricana, la bouche arquée, cracha, pesta entre ses dents, et tout à coup se redressant :

– Que le peuple de ce pays soit jeté aux chiens et aux aigles ! Ces gens ont vendu le Doré, ses trois épouses, ses guerriers. Ils les ont regardés mourir en se pourléchant les babines. Cela ne leur a pas suffi. Ils voulaient encore m'entendre demander pitié aux bourreaux, moi qu'ils avaient couverte de fleurs, honorée comme une déesse, suppliée d'avoir des bontés pour leurs maisons, pour leurs villages. J'aimerais les voir bouche ouverte avec deux trous sous les sourcils !

– L'un d'eux t'a aidée, bonne femme.

– Certes oui. Je l'ai trouvé mort devant la porte de sa hutte. Du moins, je crois que c'était lui. Je n'ai pas retrouvé sa tête, elle n'était plus au bout du corps.

Je me tus. Je baissai le front. Alors elle me prit aux cheveux et me redressa la figure. Je sentis sur moi son haleine. Elle m'effraya. Non point que son air fût terrible, non, au contraire, elle me sourit comme une vieille, vieille enfant.

Elle minauda, cligna d'un œil, et dans un grincement de chatte elle me dit soudain :

– M'aimes-tu ?

Je restai tout benêt. Mon air la réjouit. Elle pointa l'index sur mon nez et partit d'un rire si fou qu'il fit fuir des petites bêtes dans la pénombre, au ras du sol. Elle reprit souffle enfin. Je ne savais que dire. Je lui demandai où étaient ce palais, ces jardins, ce lac où elle avait été heureuse. Elle me répondit :

– Que t'importe, perdus, là-bas, vers le Couchant. J'ai fui tout cela pour toujours. Si je voulais y retourner, je ne saurais quel chemin prendre. J'ai marché des lunes et des lunes sous les ailes de mes enfants. Heureusement qu'ils étaient là, fidèles comme l'ongle au doigt. Ils ont tué leur premier homme à l'entrée de cette forêt. C'était un chasseur presque nu. J'étais jeune alors, désirable. Il a voulu m'ouvrir les cuisses. Moi, je ne voulais pas de lui. Mes aigles ont dévoré ses mains et se sont partagé son cœur. Je ne suis pas allée plus loin. A quoi bon fatiguer mes jambes ? Les humains sont partout pareils.

Je restai pensif un moment, puis j'appelai mon frère d'armes. « Andrés, lui dis-je, dans un lac, à quelques semaines d'ici sont des charretées d'émeraudes. Des siècles de rois, tous les ans, les ont jetées là, par poignées. » Il me demanda : « Tu les veux ? » Il semblait sûr de mon désir. J'en fus brusquement agacé. Me revinrent sa mort stupide, sa cupidité acharnée. Je lui dis que non. Il s'en fut.

– Mauvaise, moi ? gronda la vieille. Mille fois moins que la bâtarde, la mère ogresse, la putain qui a mis au monde l'ancêtre des hommes de ce bas pays !

Je murmurai :

– Ils sont mes frères, je les soigne, je les guéris.

Elle me cria :

– Moi, je les tue ! Je les délivre, qu'ils s'en aillent ! Quel est le meilleur de nous deux ?

– Je sers la vie.

– C'est une chienne, une vieille chienne enragée. Tu es l'esclave d'une bête !

Elle rit encore énormément, jusqu'à pleurer, tousser, gémir. Elle dit enfin :

– Allons, bel homme, je suis aussi folle que toi. J'aime ton air. Et toi, le mien ?

Elle se désigna la figure. De fait, depuis que nous parlions, je ne pouvais pas m'empêcher d'éprouver pour cette vieillarde une bien étrange affection. Elle me grogna, toute plaintive :

– Ne me regarde pas ainsi, je n'aime pas ce que tu penses !

J'en fus ému. En vérité, j'en venais à détester Dieu de n'avoir pas eu pitié d'elle. Je voulus caresser sa joue. Elle recula, chassa ma main d'un air de vive répugnance.

– Ne me touche pas, gronda-t-elle. Je ne suis qu'une vieille femme mais je suis plus forte que toi.

Elle ne me voulait pas de mal. Je vis cela. Je lui souris. Je lui dis :

– Je suis ton ami. Tu es fatiguée. Moi aussi.

Elle ricana :

– Toi, fatigué ? Les renards ne le sont jamais.

Et soudain plaintive, alanguie :

– Je ne suis pas vraiment mauvaise. J'ai connu des hommes, autrefois, au temps où j'étais toute lisse. Je mendiais près des villages. Je demandais de quoi manger. En vrai, je voulais autre chose, je ne savais pas quoi, qu'importe, on ne me l'a jamais donné. Même ceux qui prenaient plaisir à se coucher entre mes jambes disaient que je portais malheur. Ils avaient peur de mon regard, ils s'enfuyaient comme des lièvres, ils me laissaient seule à pleurer, moi, la fille du roi Doré. Ne méritaient-ils pas la mort ? Je croyais en ces temps qu'il n'était pire offense que d'être abandonnée. J'avais tort. Plus méchant encore est de n'être pas désirée. Je leur ai fait beaucoup de mal, à tous ceux-là que j'effrayais, mais moins qu'ils ne m'en ont fait eux-mêmes. C'est vrai que je suis fatiguée.

Nous restâmes longtemps muets, à écouter le vent, dehors, puis elle se mit à chantonner, les yeux fermés, la tête haute. Il me parut que c'était là sa façon d'appeler sur elle la lumière de Mahona. Je priai moi aussi peut-être, je ne sais pas. J'étais en paix. Elle revint de sa litanie. Elle me contempla. Elle me dit :

– Tu n'es pas venu par hasard, j'ai vu des Esprits sur ta tête. Ils ont bien voulu me parler. Je sais maintenant ce qu'ils veulent. Demain matin tu t'en iras. Mes fils te conduiront jusqu'à la fin du bois. Tu marcheras vers le Levant. Tu verras bientôt les maisons où ta femme s'use les yeux à regarder passer les jours. Tu diras aux gens du village ce que tu sais de moi, où je vis, qui je suis, une vieille ordinaire, une mère bien lasse qui partage le peu qu'elle a avec trois aigles montagnards pareils à ceux qu'ils voient planer sur leur campagne, ni plus ni moins griffus, ni plus ni moins terribles. S'ils te croient ils viendront avec leurs arcs, leurs flèches, leur haine de peureux, et ils brûleront ma cabane, et tous les quatre ils nous tueront. Mais si aucun ne veut te croire, tant pis pour eux, je survivrai. La Mauvaise continuera d'effrayer ces êtres stupides et de donner leur viande à manger à ses fils.

– Prends garde, ils me croiront, lui dis-je.

– L'Esprit du ciel décidera.

Et l'air tout à coup suppliant :

– Laisse-moi dormir près de toi.

Elle m'attira sur sa litière, se coucha sans lâcher ma main. Je m'allongeai près de son corps, la pris dans mes bras, la berçai, la réchauffai comme je pus. Elle soupira, gémit un peu, se pelotonna bien au chaud, la joue posée sur ma poitrine, comme font les petits enfants. Je m'abandonnai au sommeil. Il fut étrangement paisible. Quand je m'éveillai, au matin, nous n'avions pas bougé d'un souffle, comme si la main de Celui que je sentais veiller dans l'ombre nous avait tenus hors du temps. Je voulus me défaire de son embrassement mais elle s'agrippa à mon cou. Son regard seul me dit adieu. J'y vis briller tous les espoirs et tous les désarrois du monde.

Je m'en fus sans me retourner. Ses trois aigles m'accompagnèrent de branches basses en cimes d'arbres, jusqu'à virer haut dans le ciel quand je parvins à la lisière. Je mis le cap à l'est. J'aperçus bientôt le village perché sur son rebond de roc, immuable, tranquille. Ses fumées montaient droit dans le ciel délavé. C'était la fin du jour. Je cheminais avec entrain, malgré l'obsédante pensée de cette femme malfaisante que j'aurais dû haïr, maudire, abominer, et pour qui cependant, en secret, j'éprouvais une étrange et lourde tendresse. Son odeur s'obstinait en moi, son regard, sa cabane ombreuse. Allais-je vraiment dire aux gens qui elle était ? Ils seraient sans pitié, ils la mettraient en pièces. Et pourtant, pouvais-je accepter qu'elle continue d'épouvanter, d'assassiner le pauvre monde ? Je pensai à Maïna, à Tulque. Je leur demanderais conseil, ils sauraient sûrement que faire. Mon cœur s'en trouva délivré. Je me mis à courir, et comme j'approchais j'appelai ma compagne, je hurlai tant et tant que je m'égosillai. Je vis quelqu'un, là-haut, au pied d'une muraille qui plongeait dans l'à-pic. Le soleil se couchait derrière les maisons. L'ombre qui veillait là, minuscule entre ciel et terre, ne pouvait être que Maïna. C'était bien elle, grâce à Dieu. Je lui fis de grands signes. Elle disparut soudain. J'aurais donné, à cet instant, ma part de paradis pour m'envoler d'un trait, effacer la distance qui me séparait d'elle. Je l'appelai encore. Je la revis enfin courant à ma rencontre, bondissante comme un cabri parmi les cailloux buissonneux. Je m'arrêtai, ouvris les bras. Elle s'abattit sur ma poitrine, puis me prit la tête à deux mains et son regard me dévora. Elle murmura :

– Merci, merci.

Je ne lui avais jamais vu une ferveur aussi sauvage. Je l'étreignis à l'étouffer, je bafouillai sans savoir dire. Mon cœur battait partout en moi. Je tremblais, riais, gémissais. Enfin elle m'empoigna le bras et, tête haute, le pas vif, elle m'entraîna vers le village. Comme nous arrivions aux premières maisons Esteban et son frère Tulque nous coururent dessus comme des dératés. Leurs vivats, leur joie effrénée à me découvrir sain et sauf me firent sur-le-champ oublier mes fatigues. Ils nous précédèrent à grand bruit jusqu'au feu du soir, sur la place. Tout les villageois étaient là. Des femmes, effrayées, s'écartèrent de moi en serrant leurs enfants contre elles. Des hommes vinrent me palper pour s'assurer, tout ébahis, que je n'étais pas un fantôme. Esteban leur cria d'aller chercher des fruits, du maïs, une couverture. Tulque prit un tison flambant, le leva devant mon visage, scruta mes yeux, la bouche ouverte, et dit :

– Toi, tu as vu Mahona.

Je ris, je répondis :

– Ses œuvres, rien de plus.

C'étaient mes premiers mots depuis mon arrivée. Je me tournai vers mon aimée qui n'avait pas lâché mon bras. J'aurais voulu ne voir, ne toucher, ne sentir près de moi qu'elle seule. Les bousculades, les paroles me furent tout à coup pesants. Je balbutiai :

– Maïna, Maïna.

– Tu es là, je suis là, dit-elle.

Je l'étreignis encore et lui baisai la bouche sans souci du monde alentour. Quand nos corps enfin se défirent, nous étions seuls devant le feu. Tous, par pudeur hospitalière, s'étaient effacés dans la nuit.

Le lendemain matin, comme nous déjeunions au seuil de la cabane où nous avions dormi, je racontai mes aventures à ma compagne et mes amis. Esteban et Tulque m'apprirent qu'ils m'avaient attendu trois jours, puis les Indiens leur avaient dit que j'étais probablement mort, que j'avais été dévoré par les monstres de la forêt et qu'il valait mieux m'oublier. Maïna, de cet instant, n'avait plus dit un mot. Lèvres fermées, regard perdu, elle avait paru même ne plus entendre la voix de son frère. De retour au village elle n'avait plus bougé de ce bord de falaise où j'avais vu son ombre. Elle était restée là, tous les jours, immobile, du matin à la nuit.

– Sans rien manger ! dit Esteban. Elle nous a beaucoup inquiétés. Le nègre et moi nous avons craint qu'elle ne nous revienne jamais.

Je m'étonnai, désignai Tulque.

– Le nègre, lui ?

– Nous sommes frères. Ce que je suis, il l'est aussi. Bref, nous ne savions plus que faire. Nous-mêmes nous ne vivions plus.

Je baisai la main de Maïna, la priai de me pardonner la peine que je lui avais fait. Elle me sourit, baissa le front. Elle murmura, presque honteuse :

– A chaque souffle de ma bouche je disais « Alvaro, Alvaro, Alvaro ». C'était pour te garder en vie. Tant que je répétais ton nom, je te protégeais, j'étais sûre que tu ne pouvais pas mourir. Si je n'avais pas fait cela, tu te serais sans doute éteint et je serais morte de froid.

– Moi, dit Tulque, je t'ai suivi. Je ne t'ai pas quitté d'un pied. Le soir, je rassurais ma sœur, je lui racontais ta journée, il a fait ceci ou cela, il a rencontré un village, il a mangé des *tunas* fraîches, il a bu du jus de maïs. Mais elle ne me répondait rien.

– Que voulais-tu qu'elle te réponde ? lui dit Esteban. Tu mentais.

– Non, non, je lui donnais du cœur. Pour garder un homme vivant il en faut beaucoup, et du chaud.

– C'est vrai, il m'a aidée, dit-elle. Mais toi, Alvaro, parle-nous.

Je n'avais encore rien dit de ma rencontre avec la vieille. Les Indiens leur avaient conté tout ce qu'ils imaginaient d'elle, sa puissance surnaturelle, la férocité des dragons qu'elle lançait du haut de ses arbres sur les voyageurs égarés. J'écartai d'un revers de main ces balivernes. Je leur dis :

– Je l'ai vue, je lui ai parlé, j'ai dîné et dormi chez elle.

Ils en restèrent éberlués. Je leur appris qui elle était. Ils m'écoutèrent avec les yeux, tant les captiva le récit que je fis de sa vie dorée, de sa fuite du paradis, de ses malheurs et de ses rages.

– La Mauvaise n'est rien qu'une vieille pareille à celles que l'on voit partout dans les villages. Elle n'a pas le moindre pouvoir. Ses monstres ne sont que des aigles, de simples aigles des montagnes. Elle veut que je dise cela, et que tous les Indiens l'entendent.

– C'est une belle idée, dit Tulque.

– Les gens la tueront, dit Maïna. Ils voudront que tu les conduises dans le bois jusqu'à sa maison. Malheur sur toi si tu le fais. Tu as partagé son repas et tu as dormi sous son toit.

– Peu importe, dit Esteban. Il a promis. Il doit parler.

Il avait raison, chacun en convint. Comme nous demeurions perplexes, Tulque, d'un bond, se mit debout, se frotta les mains, l'air farceur, sortit à longues enjambées et criant, moulinant des bras se mit à rameuter les gens. Ils accoururent de partout, des maisons, des terrasses, de l'ombre des ruelles. Leur chef arriva le dernier, trottant dans les encombrements. Le grand dadais lui vint devant. Il me désigna. Il lui dit :

– Ce seigneur a vu la Mauvaise. Ses dragons ne l'ont pas mangé.

Etrange puissance des mots ! Tous les villageois reculèrent comme si, devant eux, venait de prendre forme je ne sais quel démon. Le chef, à distance prudente, m'examina longtemps, me demanda enfin :

– Es-tu un Esprit ? Un fantôme ?

Je ris, je répondis :

– Non, je suis bien vivant.

– Alors tu n'as pas vu la Mauvaise, la vraie.

Il m'apparut que je devais m'armer de flegme et de patience. Je leur nommai les deux garçons qui m'avaient conduit jusqu'à la lisière de la forêt, je leur décrivis la cabane, la femme qui était dedans avec ses trois aigles perchés. J'accumulai tant de détails que tous en restèrent muets. Enfin je leur dis clairement ce que cette pauvre vieillarde désirait leur faire savoir.

– Ses oiseaux ne sont pas des monstres, sa seule force est votre peur.

Je me tus. Ils se concertèrent. Ce fut bref, ils étaient d'accord.

– Elle est rusée, elle t'a trompé, me lança le chef du village. Elle s'est transformée en aïeule et t'a fait manger des poisons pour endormir ta méfiance. Elle sait faire cela, elle a de grands pouvoirs. La vérité, c'est qu'elle voulait que tu nous chantes sa chanson pour que nous cessions de la craindre et nous attirer dans le bois.

On l'approuva parmi les gens, on ricana, on rit de moi comme d'un naïf berluré. Je me retins de protester. Les hommes prirent mon silence pour un aveu de mon erreur. Ils se détournèrent bientôt, mais sans hâte, comme alourdis par de vieux démons réveillés.

– Tu as fait ton travail, dit Tulque, dans mon dos.

Je répondis, découragé :

– Peine perdue, ils sont stupides.

– Tu ne sais rien, et moi non plus. J'ai vu un garçon t'écouter. Il n'a pas ri avec les autres et il s'en est allé tout seul. Ce que tu as dit l'a troublé. Je sens qu'un jour il partira tout seul, sans parler à personne. Il s'enfoncera dans le bois, parce qu'il voudra être sûr. Il est de ces aventuriers qui ne se contentent jamais de ce que l'on dit, ou l'on croit. Il dénichera la Mauvaise, il la tuera, avec ses aigles, et il deviendra un héros, un grand guerrier chasseur de monstres, et l'on chantera son histoire, sa belle histoire, autour des feux. Tu n'en sauras rien, moi non plus.

Je n'avais pas vu cet enfant. Il me plut de le sentir proche. Tout était bien, finalement. J'avais craint de devoir conduire une cohorte de vengeurs jusqu'au repaire de la vieille, il n'en serait rien, Dieu merci. La place fut bientôt déserte. Maïna partie avec les femmes, Esteban s'en alla aussi, jouant avec son perroquet. Nous restâmes seuls, Tulque et moi. Alors me revint à l'esprit ce qu'il m'avait dit sous sa torche, à l'instant de mon arrivée. Quelles traces du grand Esprit avait-il vues sur ma figure ? Je désirais fort le savoir mais ne voulus pas le montrer. Je jouai les insouciants.

– Qu'est-ce qui t'a fait croire, lui dis-je, que j'avais vu ton Mahona ?

Il me répondit :

– Oh, c'est simple. Ton air, ton regard ont changé. Tu n'es plus du tout espagnol.

– Que suis-je donc ? Indien ?

– Eh non, pas davantage.

– Alors quoi ?

Il fit le niais.

– L'homme est parti, il s'est perdu, et il a trouvé quelqu'un d'autre.

Il dit ces derniers mots comme une devinette. Il m'agaça. Il voyait juste, je le sentais confusément. La lumière me vint soudain. J'en oubliai de respirer, tant elle me parut prodigieuse. Je m'étais changé en aimant, en capteur de tout ce qui vit. Il me regarda, l'air content, comme s'il voyait dans mes yeux ce que je venais de comprendre. Il me dit :

– Allons, Alvaro, si tu n'avais su comment faire pour appeler à ton secours Mahona et Ses créatures, comment aurais-tu survécu ? L'arbre ne t'aurait pas chauffé, le loup ne t'aurait pas conduit, tu n'aurais pu voir les vrais hommes qui savent ce que veut ton Christ et la vieille t'aurait tué quand tu t'empêtrais sous ses arbres.

Je ris.

– Tu exagères, Tulque.

Il me répondit gravement :

– Non, je te dis ce que tu sens.

Il me tourna le dos et s'en alla tout seul.

Avant de quitter le village je guéris deux enfants fiévreux et une jeune et belle femme qui souffrait de vomissements. Nous partîmes un matin glacial avec un sac de *tunas* fraîches, des sandales et des manteaux neufs. Nous vîmes de loin la forêt mais nous ne l'approchâmes pas. Maïna avait envie de connaître la vieille. Je ne le permis pas. Je crois qu'elle m'en voulut. Nous mîmes cap au sud. Selon ce que je pus apprendre, un soir, dans un camp de nomades, nous devions parvenir au bord d'un vaste fleuve et trouver là quelques villages où des religieux espagnols avaient planté de grandes croix. Je craignais leur rencontre. Je ne sais quel espoir m'attira cependant vers ce pays lointain où ils étaient passés. Je croyais l'atteindre bientôt. Mahona, les vents du hasard ou peut-être le voyageur qui se cache dans tous les êtres et qui seul gouverne nos vies me conduisit en d'autres lieux où je crus me perdre à jamais.

Attendre, prier, respirer pour celui qui n'apparaît pas, là-bas, à la sortie des brumes. Tenir la bride à l'épouvante, regarder à n'en plus pouvoir, croire qu'il vient, mais non, ce n'est pas lui, c'est rien. Désespérer, survivre, il faut tenir, attendre, fermer les yeux, prier, se dire à toute force : « Il est là, je le sens. » Regarder à nouveau. S'effondrer au-dedans. Toujours le même vent et le même horizon. Attendre, attendre encore et ne rien pouvoir d'autre. Il n'est pas de pire tourment.

Et puis soudain c'est lui, là-bas, qui me fait signe, et toute peine est oubliée, toute torture, toute peur, d'un coup, par magie, par miracle. Tout ce temps à souffrir, à préférer mourir qu'attendre un jour de plus, que pèse-t-il ? Pas plus qu'une fumée défaite. Qui a souffert ? Ce n'est pas moi. Moi je cours, je ris, je m'essouffle, mes joues sont rouges, mon cœur bat. Mon homme, enfin, planté sur l'herbe. Il m'ouvre les bras. Il m'attend.

Je ne veux plus jamais revivre ce que j'ai vécu ces jours-là. Mon fils qui grandissez trop vite, ne me faites jamais cela.

11

Au soir du premier jour de marche nous rencontrâmes un campement d'une dizaine de nomades si fatigués et miséreux qu'ils nous regardèrent venir, dans la fumée d'un pauvre feu, sans aucun mot de bienvenue. Ils n'avaient presque plus de voix, ils se tenaient serrés les uns contre les autres, tout grelottants dans leurs haillons, et les seuls qui semblaient vivants essayaient d'attraper au vol, stupidement, à gestes lents, des étincelles dans le noir. Nous avions un plein sac de maïs et de viande. Maïna leur offrit à manger. Comme des mains, avidement, s'aventuraient hors des guenilles, j'aperçus un petit enfant tout emmailloté de chiffons sur la poitrine d'une femme. Je me penchai sur lui, je caressai son crâne. Il paraissait à bout de vie. Sa mère me l'abandonna, ses bras étaient découragés. Je le pris contre moi, le mis dans ma pelisse, le frottai pour le réchauffer puis je récitai un *Pater*, la bouche enfouie dans ses cheveux, sans y penser, par habitude. Je ne désirais presque rien, le bercer un peu, voilà tout. Qui voulut ce qui s'ensuivit ? A peine avais-je murmuré mon premier souffle de prière qu'il eut un sursaut furibond. Il faillit m'échapper, il couina, il brailla, agita les mains et les jambes. Les gens alertés accoururent, écartèrent mon vêtement pour le voir de près, le palper. Ils me pressèrent tant et tant que je m'en trouvai irrité. Je leur grognai :

– Que croyez-vous ? Que je suis un croquemitaine ? Que je vais le dévorer cru ?

– Il était mort, me dit Maïna.

J'en restai muet, l'œil idiot. Je regardai le nourrisson qui maintenant s'égosillait, aussi rouge qu'un nouveau-né. Sa mère vint me l'arracher, elle l'emporta au bord du feu. On la suivit en bousculade, on l'entoura, on s'exclama, les mains tendues pour le toucher, tandis qu'elle le baisait partout. Tulque seul resta près de moi. Je lui dis, effaré :

– Allons, c'est impossible. Maïna s'est forcément trompée. Il ne pouvait pas être mort.

Il répondit :

– Il l'était presque. Son esprit allait s'envoler, ta prière l'a rattrapé et l'a renfoncé dans son corps.

– Tu as vu cela ?

– Je l'ai vu.

– Je ne te crois pas. Tu es fou.

Il s'épanouit, tout content que je le traite de la sorte.

– Je le suis, me dit-il, mais pas autant que toi. Moi, je flaire, je sens les choses. Toi, tu les fais. C'est beaucoup mieux.

Et désignant les gens autour du nourrisson, sans plus se soucier de lui :

– Regarde-les, comme ils s'empiffrent. Ces goinfres ont vidé tous nos sacs. Nous n'avons plus rien à manger.

Il s'en alla parler à des hommes, à l'écart. Ce fut long. Je le rejoignis.

– A moins de deux journées d'ici est un village, me dit-il. Ils désespéraient de l'atteindre, il était trop loin pour leurs pieds, mais vois, ils reprennent courage. Demain ils nous y mèneront.

On avait attaché notre mule à un arbre, assez loin du feu, dans la nuit. Elle s'était affalée dans l'herbe. Je me réfugiai auprès d'elle. Je me couchai contre son flanc. J'étais terriblement troublé d'avoir retenu cet enfant à l'extrême bord de la mort. Je m'en sentais fautif comme un filou de foire. « Qu'as-tu fait, Alvaro ? me dis-je. Un vrai miracle de Jésus. Tais-toi, tu es fou, tu blasphèmes. Que tu guérisses des malades, pourquoi pas, bien d'autres le font. Mais un moribond, Dieu du Ciel, un enfant au souffle perdu ! Comment cela m'est-il possible ? J'ai honte de porter cela. Vous savez bien, Seigneur, que je ne suis pas saint. Je ne veux pas jouer à ces sortes de choses. De quel prix devrai-je payer, un jour ou l'autre, ce pouvoir ? » Cette pensée, soudain, me fit froid dans le dos. J'entendis Maïna dire aux gens de me laisser me reposer. Comme je me pelotonnais dans la chaleur de notre bête, je sentis quelqu'un s'approcher, baiser furtivement ma main et s'en aller à pas menus. C'était la mère de l'enfant. Je fis semblant d'être endormi.

Nous quittâmes le camp dès le soleil levé. Notre marche fut lente. Les nomades se disputèrent l'honneur de cheminer, tout fiers, au plus près de mes compagnons et de notre mule qui sans cesse les étonnait, tant elle portait docilement la jeune mère et son petit. Moi, ils me tinrent à distance. Je les vis désigner le ciel en me regardant de travers. Je crois qu'ils m'estimaient tombé du soleil, ou de quelque étoile. De fait, je ne fis rien pour leur paraître humain. Je marchais seul derrière les derniers de la troupe, encombré de pensées confuses et de questions tant rabâchées que je n'en espérais plus rien. Pourquoi moi ? Pourquoi cet enfant ? Devait-il donc me rencontrer ? Etait-ce écrit ? Où ? Dans quel livre ? Et qui, en vérité, l'avait gardé vivant ? Qui donc, à travers moi ? Les Invisibles ? Soit. Mais pourquoi, sacrénom, ne m'exposaient-ils pas clairement leur affaire ? Etre leur serviteur, certes, je le voulais, mais l'esprit, les oreilles et les yeux grands ouverts, non pas comme un âne qui trotte ! Bref, je m'embroussaillai ainsi jusqu'à la halte de la nuit. Alors, comme je m'installais à l'écart du cercle des hommes, la mère du miraculé, toute timide, s'approcha. Je la vis s'armer de courage. Elle me dit humblement des mots dans son langage. Maïna était là, près de moi. Je voulus qu'elle me les traduise.

– A quoi bon, dit-elle, tu sais.

Je ne m'attendais pas à ce refus tranquille. Je ne sais ce qui me toucha dans le coup d'œil qu'elle me lança mais la musique imperceptible qui ne cessait jamais en moi se fit plus intense, plus vive. Je dis stupidement :

– A quoi bon, en effet.

Et je demeurai tout surpris de me découvrir envahi par une lumière nouvelle. Je savais maintenant pourquoi mes questions restaient sans réponse. Les paroles ne sont jamais que les vêtements éphémères de ce qui ne peut être dit, les désirs, les élans du cœur, ou le mystère de la vie. Les Esprits ne se taisent pas. Ils nous parlent, mais ils sont nus. Ils ne sont pas vêtus de mots. Je ne les harcèlerai plus. A l'instant je me le promis. Je répondis en espagnol à ce que m'avait dit la femme. Elle ne chercha pas à comprendre. Elle me sourit comme un soleil.

Le deuxième jour vers midi, nous aperçûmes au fond du ciel le village d'Indiens Hopis où nous espérions festoyer, après ce voyage ascétique. Depuis le milieu du matin nous cheminions sur une terre aride, poussiéreuse, brune, semblable à celle que l'on voit autour de Sienne, en Italie. Les maisons aux toits plats de ce bourg populeux étaient de même couleur ocre. Il faisait un temps magnifique, sec et fringant. Ce lieu me plut. Les nomades, à peine arrivés, apprirent à ses habitants le miracle que j'avais fait. Ils m'accueillirent donc avec un grand respect. Ils étaient beaucoup mieux vêtus et de mine plus avenante que tous ceux rencontrés depuis le jour lointain où nous avions quitté le bord de l'océan. Leur fierté naturelle et leur joie retenue, leur souci de nous satisfaire sans orgueil ni servilité, tout cela m'emplit d'un plaisir qui me donna l'envie de m'établir chez eux et de n'en plus bouger jusqu'au bout de ma vie. Ils furent même assez discrets et prévenants pour ne pas me prier, comme on faisait partout, de soigner sans perdre un instant leurs éclopés et leurs malades. Ils demandèrent à mes amis quand il me plairait de le faire. Je répondis pour eux que j'y étais disposé. Je fis donc mon travail auprès de quatre femmes, de trois enfants fiévreux et d'un petit jeune homme à la jambe cassée. Tulque vint m'assister auprès de ce garçon. Il me conseilla de parler à l'os brisé, de le bercer, de lui chantonner quelque chose, car lui aussi était vivant, il avait besoin d'amitié pour se défaire de sa peur et du mal qu'il avait subi. Un os capable, comme nous, d'inquiétude, de sentiments ! Cela me parut saugrenu mais je m'amusai à le croire. Je baisai même le tibia et l'attelle qui le tenait avec une affection de père. Le jeune homme en fut si content qu'il me raccompagna dehors, fièrement, en boitant à peine.

Au soir, après les chants, les cadeaux, les mangeailles, Maïna et moi nous retrouvâmes dans une maison monacale qui sentait bon le foin et la vieille fumée. Nos deux compagnons préférèrent dormir dehors, auprès du feu, avec la troupe de nomades. Esteban, au matin, vint nous porter des fruits. Il nous les offrit sans un mot. Il voulait dire quelque chose mais, apparemment, n'osait pas. Je l'observais, l'œil aiguisé. Comme nous mangions en silence, il demanda où était l'ouest. Je le désignai. Il me dit :

– C'est par là qu'il nous faut aller.

Maïna voulut savoir pourquoi. Il répondit :

– Les émeraudes, le lac, le palais du Doré.

J'en fus brusquement accablé. Je restai longtemps rechigné. Il m'observa, la tête basse, aussi espérant que craintif. Il vit bien à qui je pensais, à notre malheureux Andrés, à sa folie, ses impatiences, au vide qu'il laissait en nous. Il dit encore :

– Fils d'Adam, ce trésor-là n'est pas un rêve, et nous savons où le trouver, la Mauvaise a décrit exactement l'endroit. Mon maître, lui, cherchait des étoiles en plein jour. Il divaguait. Il était fou. L'affaire n'est pas comparable.

Des femmes vinrent sur le seuil, elles nous souhaitèrent le bonjour. Maïna s'en alla avec elles. Le nègre et moi restâmes seuls. Je dis enfin :

– Je n'irai pas.

Il ricana :

– Je sais, je sais. Tu es bon, tu fais des miracles. En Espagne, un château t'attend. Tu peux mépriser la fortune, respecter les dieux des Indiens, couver ton âme, bien au chaud, que rien ne l'abîme ou la trouble. Moi, je suis un esclave noir, autant dire un objet qui bouge. Je ne sais pas soigner les gens. Je n'ai que des désirs vulgaires. Je ne peux pas me payer mieux. Je veux être riche, Alvaro.

Je répondis, le cœur serré :

– Je croyais que nous étions frères.

– Nous le sommes dans la misère. Mais quelque part au sud sont des soldats, des moines. Nous trouverons un jour un feu qui sentira l'ail de Séville. Tu redeviendras un seigneur, et moi je trotterai derrière ton cheval, si tu veux bien m'offrir un âne.

Il m'indigna. Je répondis :

– Dans le sac d'or que tu trimballes sont dix esclaves, pour le moins, je ne sais combien de chevaux, un joli palais de marquis, deux ou trois fabriques de sucre. Que veux-tu de plus, sacrebleu ?

– Et toi, dis, de quoi as-tu peur ? Que les Esprits te jugent mal ?

Il y avait du vrai là-dedans. Je redoutais leur désaccord. Je craignais de ne plus sentir l'évidence de leur présence et de ne plus pouvoir entendre ces frémissements du silence où je savais qu'ils me parlaient.

– Je n'ai pas peur, dis-je, piqué. Nous n'avons pas les mêmes rêves, et cela me déplaît beaucoup.

Il resta longtemps le front bas, puis il soupira amplement et l'œil soudain luisant, perdu :

– Je ne t'abandonnerai pas. J'irai jusqu'où tu veux aller. Mais sache bien qu'un jour viendra où je marcherai à la tête de cent fantassins espagnols sur un de ces chevaux de mon pays arabe au sang aussi vif qu'un torrent. J'aurai un casque, un manteau bleu, une épée au fourreau d'argent et les hommes m'appelleront messire Esteban d'Azemmour, car je serai celui qui sait, celui sans qui rien n'est possible et je tiendrai là, dans ma main, les plus beaux désirs de leur vie. Le palais du Doré, les jardins en cascade, la pointe de roc avancée jusqu'aux eaux profondes du lac, les montagnes qui l'environnent, tout est inscrit sous mes cheveux. Je conduirai mes gens jusque sur ce rivage. Je leur dirai : « Nous y voici. » Mais ils ne sauront rien de plus. J'attendrai une nuit sans lune, et quand ils seront endormis, j'irai tout seul au fond de l'eau remplir un grand sac d'émeraudes. Au matin, assis sur la plage, un œil fermé et l'autre ouvert, je leur désignerai l'endroit. Je ne mentirai pas d'un pouce. Je leur dirai : « Allez, mes hommes. » Ils me laisseront là tout seul, ils ne verront plus que ce point, le bout du roc, le ciel dans l'eau. Ils m'oublieront. Je partirai avant qu'ils s'enragent et s'étripent pour une émeraude de plus. Je reviendrai à Saint-Domingue, j'aime ses parfums africains, et j'y vivrai si fortuné que les plus grands nobles du lieu ôteront leur chapeau à plumes devant monsieur mon perroquet. En attendant ce jour béni, que Dieu nous garde, toi et moi. Donne-moi la main, Alvaro.

Nous étions frères, en vérité. Chacun s'en assura dans le regard de l'autre. Se pouvait-il que nos chemins n'aillent plus aux mêmes maisons ? Voilà qui me sembla, à cet instant, absurde. Je crus mon bonhomme aveuglé par une folie passagère. J'étais certain, dur comme fer, que rien, jamais, sur cette terre ne pourrait l'éloigner de moi. J'ignorais encore en ces temps l'étrange puissance des rêves. Après notre retour parmi les Espagnols il fit exactement tout ce qu'il avait dit, de son voyage aventureux au bord du lac du roi Doré jusqu'à l'île de Saint-Domingue, où il est aujourd'hui le plus riche marchand du pays Caraïbe. Que le Ciel protège sa vie.

Je me fis bientôt des amis dans cet insouciant village où passaient les jours et les lunes sans que jamais se désaccorde la musique du fil du temps. Le père du garçon à la jambe cassée (un homme sec et doux, il s'appelait Koya) m'accueillit comme un frère aîné dans sa maison tout encombrée de tapis et de poteries. Il m'amena souvent avec lui au désert chasser les oiseaux et les lièvres. Il m'apprit à tirer à l'arc. Il m'enseigna la langue hopi avec un sérieux de saint moine, me faisant répéter chaque mot, chaque phrase jusqu'à la parfaite diction. Koya, en vérité, était un être rare. Il parlait peu, presque à voix basse, mais je n'ai pas le souvenir d'avoir jamais connu un homme plus discrètement amical. Jamais il ne me demanda d'où je venais, de quel pays. Il était pour cela trop digne et trop attentif à me voir aussi satisfait que possible. Or un soir, après le dîner et les palabres autour du feu, à l'instant d'aller nous coucher il m'annonça qu'il désirait m'offrir une magie d'ancêtre. Je voulus aussitôt savoir ce qu'elle était. Il refusa de me répondre.

– Demain matin, dit-il.

Le lendemain, donc, nous partîmes dans la rosée du jour naissant, parmi les saules nains et les buissons de sauge. Koya s'était chargé d'une paire de sacs et de son arc en bandoulière. Il avait un champ de maïs à deux bonnes heures de marche dans les caillasses du désert. Il m'y conduisit sans un mot. Quand nous y fûmes, le soleil avait déjà tiédi les pierres. C'était un jour de printemps sec. Il s'assit contre un petit arbre, il sortit de son baluchon sa viande et ses graines grillées et nous déjeunâmes en silence. Après quoi il rangea les restes du repas et s'en fut dans son champ parmi les épis maigres. Il s'arrêta au milieu d'eux et là debout, les mains tendues, les yeux fermés, la face au ciel il se mit à prier à voix sourde et puissante. Après quoi il défit le sac qu'il portait encore à l'épaule, en tira par poignées de la farine jaune et la répandit alentour. Enfin il s'en revint vers moi, me tendit son arc, une flèche.

– Tire-la, me dit-il, tire-la droit et fort, qu'elle perce le soleil et que la pluie nous vienne.

Je ne pus m'empêcher de rire, mais sans entrain. J'étais déçu. « Lui aussi va l'être », me dis-je. Je ne pouvais imaginer que nous tombe la moindre ondée de cet air bleu, parfait, limpide où dérivaient quelques oiseaux. Je tentai de parler, de lui dire mes doutes. Il m'observait si froidement que je me tus. J'obéis donc. J'armai la flèche sur la corde, je visai d'un œil le soleil et je la laissai s'envoler. Je ne la vis pas redescendre. Koya, un court moment, la suivit du regard puis il se mit à son travail, repoussant çà et là la terre autour de ses plants rabougris, comme si sa vieille magie lui était sortie de l'esprit. Je fis de même, tête basse, sans poser aucune question. Or, tandis que je m'inquiétais de ce qu'il allait pouvoir dire de notre inévitable échec je sentis l'air fraîchir, s'obscurcir alentour. Je n'osai pas lever le front. « Cela ne se peut pas, me dis-je, Seigneur, cela ne se peut pas. » La première goutte tombée s'écrasa sur ma nuque courbe. L'averse s'abattit d'un coup. Koya l'accueillit, bouche ouverte. Il la but droit, les bras en croix. Ce fut ainsi. La pluie fut brève. Les nuages se dispersèrent et le soleil revint raviver les senteurs dans le champ ébloui. Alors mon compagnon s'assit parmi les maïs ruisselants, il m'invita d'un geste à faire comme lui et là il m'apprit la prière, à la moindre syllabe près. Il sourit enfin et me dit :

– Maintenant, tu es un Hopi.

Cet homme-là m'intimidait. Il rendait simple l'impossible et décourageait les questions. Au crépuscule doux et rouge il me ramena au village sans que rien d'autre ne fut dit. Au soir, je contai à Maïna le prodigieux événement dont j'avais été le témoin autant que l'acteur incrédule.

– Qu'en penses-tu ? lui dis-je enfin. Comment imaginer que l'on puisse appeler une averse, et qu'elle vienne ?

Elle me répondit simplement :

– Koya t'a fait un beau cadeau.

Et comme je cherchais encore, sans vouloir en croire mes sens, à démêler la vérité de je ne sais quelle illusion, elle se mit à rire de moi avec un si joyeux entrain que je n'eus plus d'autre désir que de lui dévorer la bouche, ce que je fis, tout rugissant.

Ce fut au lendemain de ce jour mémorable que l'âme me tomba du corps. Comment elle me quitta, comment elle me revint, c'est ce que maintenant il me faut vous conter. Je suis un homme de bon sens, quoique ignorant de bien des choses. Je ne crois que ce que je vois et ce qu'il m'arrive de vivre. Mais on vit parfois l'incroyable, et l'on doit humblement se rendre à l'évidence que ce monde où nous sommes nés est mille fois plus prodigieux que les plus puissants de nos rêves. Je ne savais rien des mystères qu'il me fut donné d'affronter. Je n'en sais pas plus aujourd'hui, mais je peux dire en vérité que l'Alvaro qui s'en revint du pays des morts, ou des songes, n'était certes pas l'homme qui s'en était allé. Dieu me garde de vous mentir. Je vais vous dire sans détour, aussi simplement que possible, ce qui, ce jour-là, m'arriva.

J'étais donc en chemin vers un village proche où m'attendaient quelques enfants amaigris par de fortes fièvres et l'épouse du chef de clan dont le ventre était encombré de sable et de mauvais cailloux. Maïna, Tulque, Esteban et le fils de Koya voyageaient avec moi depuis le petit jour. Vers l'heure de midi, comme nous traversions une vaste ravine, le ciel se renfrogna, le tonnerre gronda, les éclairs fouettèrent, là-haut, les chevaux de monsieur le diable, bref un orage printanier nous prévint qu'il venait sur nous. Esteban redoutait plus que tout ici-bas les colères célestes. Sa force et son courage étaient indiscutables, mais il était ainsi bâti que le moindre bruit nuageux lui faisait courber les épaules et appeler à son secours une flopée de noms d'Allah. Il nous entraîna donc en hâte dans une grotte au plafond bas, à mi-pente de la vallée. Nous nous assîmes là, serrés autour de lui, le bout du nez dehors et l'échine dedans. Or, la pluie ne vint pas, et je perdis patience. Je sortis donc. Je m'éloignai jusqu'à un arbre mort dont les branches effeuillées semblaient prier le ciel de les prendre en pitié. Je me sentais empli de désirs exaltants. J'adorais, moi, les beaux orages. Je me mis à parler aux Esprits des nuages. J'étais comme un enfant qui ne doute de rien. Qu'ils m'inondent de leur puissance, de leur savoir tonitruant, voilà ce que j'attendais d'eux. Je n'entendis pas le tonnerre. Le monde s'emplit de lumière et tout aussitôt disparut.

Je tiens le récit qui va suivre de Tulque, Esteban et

Maïna. Ils virent donc, de loin, la foudre éblouir l'arbre et disparaître entre mes pieds. Je m'abattis sur les cailloux. Ils m'appelèrent, ils accoururent, se précipitèrent à genoux, palpèrent mon corps, ma figure. Je respirais, mais faiblement, et mon cœur palpitait à peine. Esteban se mit à hurler, à maudire le ciel, à cogner l'air du poing. L'orage déferla soudain en cataractes aveuglantes. Tulque dit contre mon oreille :

– Ecoute-moi, tiens bon le fil.

Et il se mit à me parler. Bien sûr, je n'en entendis rien. Le fils de Koya s'en alla prévenir son père et les autres. Esteban m'empoigna, me chargea sur l'épaule. Maïna me prit la main et ne la lâcha plus. Tout au long du chemin, son frère récita au plus près de mon crâne vide son inlassable litanie. Ils me ramenèrent au village sous les craquements fracassants, les éclats de feu, le déluge. On me coucha dans ma maison, on m'enveloppa de pelisses. L'orage bientôt s'éloigna. Alors Tulque s'en retourna, en grande hâte, à l'arbre mort où j'avais été foudroyé. Esteban partit avec lui. Seuls Koya et Maïna restèrent près de moi et sans cesse ils chantèrent, me soufflèrent dessus, me parlèrent à l'oreille pour me garder vivant. Plus tard, je demandai au nègre ce que son compagnon était allé chercher dans cette ravine pelée.

– Ton âme, me dit-il.

Et il me raconta ce que Tulque avait fait.

– Quand nous y sommes arrivés il m'a dit : « Elle est là cachée, elle a froid, elle a peur, elle tremble. » Puis il s'est mis à l'appeler : « Viens ma jolie, viens ma petite, ne crains pas, Alvaro t'attend, il ne t'a pas abandonnée, c'est le feu du ciel, c'est la foudre qui t'a séparée de son corps. » Il a répété ces mots-là, penché sur les cailloux, longtemps, puis il s'est arrêté, il a tendu le cou, il a écouté, immobile. La nuit était venue. Il m'a pris par le bras, il m'a dit : « Je l'entends, écoute-la, elle pleure. » Dans son sac de ceinture il a pris quelque chose, il s'est agenouillé près d'une touffe d'herbe, et là j'ai vu ce qu'il tenait. Du bout d'une petite plume il a poussé un rien, ton âme, je suppose, dans une boulette de fil. Il l'a enveloppée dedans, puis il l'a mise dans son sac en lui parlant tout doux encore, et nous sommes vite partis. Nous avons couru jusqu'ici. Koya chantait toujours et Maïna te parlait. Son regard, quand elle nous a vus ! Quel incendie, quelle lumière ! Ton souffle était imperceptible mais chauffé par un feu pareil, non, tu ne pouvais pas mourir. Tulque a pris au creux de sa main sa pelote tout emmêlée, il l'a approchée de ta bouche. Nous avons attendu quelques dures secondes, le temps d'un grand souci, puis tu t'es mis à respirer comme un endormi ordinaire.

Je restai sans paroles, les yeux écarquillés. Avais-je vécu tout cela ? Moi, j'avais d'autres souvenirs. Je ne suis sûr de rien, mais autant que je sache, ce fut par le chemin des rêves que je m'en revins de la mort. Ils furent d'une vérité si terriblement imposante qu'ils me sont encore aujourd'hui plus présents que d'autres voyages pourtant à coup sûr accomplis. Je me revois errant dans la lumière brune d'une sorte de demi-nuit. Je venais de faire naufrage, je me traînais sur les cailloux, parmi des ronciers, des ravines, j'étais en lambeaux, j'avais froid. Je voyais des feux devant moi le long d'un sentier de montagne. Je devais marcher, les atteindre, un à un. Je savais cela, mais je ne pouvais plus mettre un pied devant l'autre. Des gens cheminaient, loin devant, sans souci de moi, de ma peine, de mon extrême épuisement. Maïna bavardait avec eux. Parfois elle revenait à quelques pas de moi, elle me criait impatiemment de me hâter, de la rejoindre. Elle ne voyait pas ma détresse ni mon impuissance à marcher, et je ne pouvais même pas l'appeler, implorer son aide, je m'égosillais, mais sans voix, et cela m'était un supplice plus désespérant que la mort. Il était pourtant évident que j'étais au bout de mes forces. Comment pouvait-elle être aussi peu soucieuse de mon délabrement, aussi indifférente, aussi impitoyable ? Je me souviens l'avoir haïe, m'être tout à coup révolté avec une rage si folle que mon sang s'en est emballé. Je me suis retrouvé debout. Alors j'ai senti à ma gauche un halètement d'animal. Un pelage rêche, mouillé m'est venu au bout de la main. Un loup trottinait près de moi et se frottait contre ma jambe. A son côté j'ai pu marcher, j'ai passé un feu, puis un autre. Me reviennent, tandis que j'écris, son odeur âcre de tanière, la palpitation de son flanc, sa chaleur, sa sueur luisante. Tout le monde avait disparu, la foule des hommes, Maïna. Nous étions seuls, mon loup et moi, et nous grimpions dans la montagne, sauvagement, de feu en feu. A la cime j'ai découvert le jour naissant, le vaste ciel où erraient des nuages noirs. A mes pieds était une plaine, la rive de la mer, au loin, des caravelles nonchalantes. A la poupe de l'une d'elles qui virait et prenait le large je vis frère Juan de Palos. Il me fit un signe d'adieu mais je ne lui répondis pas. Maïna était cachée par-là, derrière un rocher de la pente. Je le savais. J'en étais sûr. J'avais retrouvé ma vigueur et j'étais d'humeur massacrante. « Si elle me veut, me dis-je, elle me verra. Qu'elle vienne. Moi, je ne la chercherai pas. » J'ouvris les yeux sur ma litière. Je vis son visage penché. Je murmurai son nom d'un souffle émerveillé. Tout était bien. Elle était là et je pouvais me reposer.

Je restai quatre jours couché sans plus de forces qu'un mollusque. Maïna me nourrit de tisanes, de soupes de maïs, de patates séchées et de purées de mangues. Esteban fit une épopée de mon foudroiement, de ma mort et de la quête de mon âme, qu'il conta avec force gestes à mes visiteurs quotidiens, en l'enjolivant à plaisir d'époustouflantes inventions. Le matin du quatrième jour fut entre tous inoubliable. Je sais que les mots sont trop lourds pour faire entendre à ceux qu'on aime la merveille d'un souvenir. Leur bruit n'est pas, ne peut pas être exactement celui du cœur. Rien ne peut être vraiment dit, hélas, pour nos plus grands bonheurs. Il me faut pourtant vous conter, malgré ma peur de l'abîmer, ce que j'appris ce matin-là. Après qu'il eut remis mon âme dans son nid, Tulque avait soudain disparu. Il s'en était allé arpenter le désert, tout seul, sans rien dire à personne. Comme nous prenions le soleil, Maïna et moi, devant la porte, il vint à nous, tout poussiéreux, il sortit de son baluchon une poignée de fleurs de sauge, il nous la tendit et nous dit :

– Mangez donc, mangez, mes agneaux, c'est de la bonne médecine. Elle est pour vous, et pour vous seuls. Quand je l'ai cueillie tout à l'heure, elle m'a dit : « Maïna, Alvaro. »

Je haussai les épaules, le traitai de farceur.

– Donne-moi, lui dit ma compagne.

Elle prit l'herbe, la respira les yeux fermés pour mieux sentir, puis je l'entendis murmurer avec une étrange ferveur :

– Qu'elle garde en longue vie le père, qu'elle garde la mère et l'enfant.

Elle l'enfourna, m'offrit ses lèvres, voulut me faire grignoter, sur sa bouche, les brins de fleur. « Un enfant ? Quel enfant ? » me dis-je. Je m'écartai d'elle, ébahi. Un instant, je la vis craintive. Mon air, peut-être, l'effraya. Je lui ouvris mes bras. Elle se blottit dedans. Je la serrai, je la berçai, je balbutiai dans ses cheveux :

– Maïna, Maïna, quelle merveille !

– Touche mon ventre, me dit-elle. Bénis notre fils, Alvaro.

Je fis ce qu'elle me demandait.

– Et maintenant, mange la sauge, qu'elle nous porte bonheur, nous en aurons besoin.

Elle me regarda fièrement mâchouiller l'herbe et l'avaler, puis elle s'en alla aux travaux des femmes. Seigneur, sa tête droite, haute, et la fermeté de son pas quand elle rejoignit ses compagnes ! Je ne vis pas Tulque partir. Je l'entendis au loin appeler Esteban. Je restai seul, l'âme éblouie. Je crois que, de tout ce jour-là, je ne pus parler ni penser, tant me parurent neufs à ne savoir que dire le soleil, les maisons, les gens dans le village, la nonchalance des nuages et la simplicité de Dieu.

Il est tard, et il vente fort. J'entends le pas de votre père. Il a fermé la porte, en bas. Il va venir poser la main sur vos cheveux et vous dire qu'il vous bénit. Tout est bien. Vous êtes là, dans votre lit, je n'ai ni pensée ni parole et je vous regarde dormir.

12

Comme je me laissais aller à inventer une figure à cet enfant inespéré, à lui parler déjà, à jouer avec lui, à lui conter nos vies, me vint de ce rêve de fils une question inoffensive et qui pourtant m'embarrassa. Depuis combien d'années étions-nous en chemin ? Je crus la réponse facile. Je comptai sur mes doigts, réfléchis, recomptai deux ou trois fois. Je m'égarai. J'en restai, pour le coup, songeur. J'avais perdu le fil des ans. L'océan était inconnu des hommes de ces terres rouges. Moi, je me souvenais de lui, mais il était aussi lointain dans les brumes de mon esprit qu'un pays presque imaginaire. J'avais souffert, aimé, découvert mille vies, traversé des nuits sans espoir et d'inconcevables lumières. J'avais aussi parfois marché de longues saisons ordinaires sans que rien ne me reste d'elles qui vaille d'être raconté. En bref, tout bien considéré, il me sembla que nous errions depuis à peu près cinq années. Quand Esteban me rejoignit, aussi ému que si l'enfant était à lui-même promis (il venait à l'instant d'apprendre la nouvelle), je lui demandai son avis.

– Sept ans, pour le moins, me dit-il.

Tulque et Maïna, le soir venu, s'amusèrent fort de nos comptes. Les ans étaient pour eux des objets incongrus, des sortes de couteaux à trancher le passé en rondelles de brume. Comme nous parlions de cela, il m'apparut que leur mémoire était comme une grotte pleine de chagrins, de merveilles, d'effrois et de trésors qu'ils faisaient revivre en paroles, en récits à demi rêvés. Planter de loin en loin des bornes le long des routes de nos vies ? Ils n'y avaient jamais pensé. Depuis combien de temps cheminions-nous ensemble ?

– Depuis mon père droit, là-haut, sur la falaise, me répondit Maïna.

Son regard brilla, ses yeux se mouillèrent.

– Depuis combien de temps ? dit Tulque. Qui le sait ? Depuis autant de lunes au ciel qu'il y a de cailloux au désert !

Me revinrent confusément de vieilles rêveries secrètes. Que voulait-il dire vraiment ? Que nous nous connaissions, déjà, avant de venir en ce monde ? Que les sensations, les images qui parfois traversaient mes nuits depuis l'enfance étaient des souvenirs, et non des illusions ? Je n'osai pas l'interroger. Ce nombre d'années de voyage qui me tarabustait l'esprit me parut soudain dérisoire.

A quelques jours de ce soir-là je sentis dans l'air du village comme un frémissement de printemps amoureux. On se mit à confectionner des coiffes de plumes, des masques, des habits ornés de feuillages et la maison commune, jusque tard dans la nuit, bruissa de réunions discrètes dont on n'entendait, au-dehors, que des rumeurs de voix et des brins de musique. Les Esprits des nuages allaient bientôt venir. Ce fut Koya qui me l'apprit.

– J'ai consulté nos pères et nos fils, me dit-il. Je leur ai proposé que tu fasses partie des masques Katcinas. Ils trouvent l'idée bonne.

On appelait ainsi les meneurs travestis de la fête des eaux du ciel. Je ne savais presque rien d'eux. Je n'avais entendu parler que vaguement de leurs chansons, de leurs danses, de leurs ripailles, de leurs bouffonneries grossières et du vacarme qu'ils menaient pour exciter et réjouir le cœur des maîtres des ondées dont ils espéraient les bienfaits. Etre accueilli parmi ces gens était un honneur enviable. Leur invitation me toucha. J'hésitai pourtant, tout surpris, et je répondis à Koya que je n'avais pas leur pratique, que j'ignorais tout de leurs jeux, que je me sentais trop pataud pour leurs farces, pour leurs folies.

– Allons donc, me dit-il, pourquoi fais-tu l'idiot ? Tu sais bien que les Esprits t'aiment.

Je voulus protester encore. Il ne m'en laissa pas le temps. Il haussa les épaules et me tourna le dos.

Il vint le lendemain avec un compagnon m'offrir un masque horrible à voir. Ses yeux étaient tout ronds et jaunes, il était orné d'un long bec, entre ses lèvres exagérées grossièrement teintées de rouge étaient des crocs en dents de scie et sur son front étaient plantés de longs cheveux faits d'herbes noires qui tombaient jusqu'au bas du dos. On m'amena à la maison où d'autres hommes répétaient les musiques et les pas de danse. J'y fus reçu comme un ami. On m'entoura, m'examina, on me vêtit de pied en cap de guenilles d'épouvantail et l'on me planta sur le nez l'extraordinaire figure. On me trouva impressionnant. Il est vrai que je dépassais tous ces gens de plus d'une tête. L'un d'entre eux m'estima taillé pour incarner le Katcina que l'on appelait le géant. On l'approuva. Koya m'apprit quel serait mon rôle à la fête.

– Tu devras, me dit-il, aller de bon matin de maison en maison réveiller les familles. Dès qu'ils te verront arriver, les enfants iront se cacher. Tu les chercheras en grognant, tu feras semblant d'avoir faim et de vouloir les dévorer. Leurs mères t'offriront tout ce que tu voudras, des fruits, des viandes, du maïs pour que tu t'emplisses le ventre et que tu oublies de les voir. De ce que l'on te donnera tu nourriras les autres masques, les musiciens et les danseurs, les conteurs de farces, les pitres, puis tu sortiras du village et tu prieras comme tu sais pour des averses sur nos champs.

Cela me plut malgré ma crainte de décevoir mes compagnons. De fait, ce qui me délivra, ce fut leur joie et leurs fous rires, leurs pets, leurs grimaces, leurs rots, leur désarmante niaiserie. Seigneur Dieu et maîtres d'Eglise, quel bonheur de vivre sans vous ! Je m'entraînai une semaine avec mes frères Katcinas à jouer les croquemitaines, j'appris les chants sacrés et les contes paillards, le rythme des tambours, les battements de pied, les gestes rituels, bref je pris un plaisir de bouffon comploteur que jamais de ma vie je n'avais éprouvé.

Au jour dit je m'en fus dès l'aube, vêtu d'amples haillons feuillus, masqué de peintures grotesques, cogner aux portes et aux murs. Je fis l'ogre affamé à grosse voix joueuse. Dès la première des maisons :

– Si tu veux dévorer quelqu'un, me cria la mère du lieu, prends mon mari, il ne vaut rien, son bout d'entrecuisse est tout flasque et il ne veut pas travailler !

L'homme était là, qui s'esclaffait. Les enfants, sous les

couvertures, couinaient comme des oisillons. J'allai renifler autour d'eux en grognant comme un loup comique. La femme se mit à piailler, s'agita de droite et de gauche, fit mine de me supplier puis s'en fut chercher un panier et me le poussa sur le ventre. Il débordait de fruits et d'épis de maïs. Elle me chassa à grand tapage et coups de bâton maladroits. Les enfants, rassurés, me coururent derrière. J'allai ainsi de porte en porte, jouant là le dieu des tempêtes, là l'ivrogne, là le fouineur ou le loup flairant la chair fraîche. Tout le village fut bientôt à me poursuivre, à me narguer, à me faire des pieds de nez, à fuir mes grondements de monstre. Les Katcinas qui m'assistaient sans cesse me débarrassaient des corbeilles de victuailles et se faufilaient dans la foule comme des voleurs dégourdis. Je faisais semblant d'en gémir, de m'en arracher les cheveux. On se moquait de mes misères, on s'effrayait de mes sursauts, on me couvrait d'herbe terreuse et sous le masque je suais, je faisais l'ours et le bison, je me saoulais de contorsions et de grimaces puériles. Les autres Katcinas m'avouèrent plus tard que j'avais été un géant comme ils n'en avaient jamais vu. J'en fus plus fier que si saint Pierre m'avait accueilli chapeau bas à la porte du paradis. Dès que je fus entré partout, je m'éloignai seul du village. Les gens s'en furent sur la place où les tambours les rameutaient. J'allai jusqu'aux buissons de sauge parmi les cailloux du désert. Je m'assis là, dans le beau temps, et je récitai la prière que m'avait apprise Koya. J'étais encore empli de cette force brute qui m'avait fait m'égosiller et jouer les géants farceurs. Je n'offris rien d'autre aux Esprits. Point de bons sentiments ni de supplications, simplement ma vigueur idiote et jouissive. Je m'en retournai aux maisons.

Sur la place les Katcinas braillaient, dansaient, virevoltaient et se laissaient tomber des toits, le long de cordes de chiffons en criant aux Esprits des pluies de quitter leur ciel, de les suivre. J'aperçus Esteban et Tulque au milieu d'un cercle de gens qui tournoyaient, les bras ouverts. Je cherchai Maïna dans la foule. Je la vis sur une terrasse en compagnie de quelques femmes qui s'affairaient devant un feu où rôtissaient les provisions que l'on m'avait partout données. Je lui fis de grands signes, l'appelai follement, jouai au mari tyrannique, lui ordonnai à grosse voix de venir danser avec moi. Elle me tira la langue et se joignit aux autres qui se désignaient en riant un Katcina en haut d'un mât planté au milieu de la place. Il cria à la foule, en bas :

– Je vois des vallées, des verdures, des sources, des buissons de fleurs, des pluies, des bruines, des rosées, ohé, je les vois qui grandissent, qui envahissent le désert, dansez pour leur donner la force de venir jusqu'à nos maisons !

Le vacarme, alors, redoubla. Les tambours battirent, bondirent, poursuivirent le chant des flûtes, et les femmes, robes troussées, se mirent à taper du pied, à tourner autour de leurs hommes, hanches mouvantes, croupe offerte, tandis que les masques couraient après les cris aigus des filles, excitaient les danseurs, lançaient, haut dans le ciel, des poignées de maïs qui retombaient en pluie sur les têtes levées. Au soir, autour du feu, les pitres capturèrent une vieillarde hirsute et firent avec elle une démonstration des postures d'amour. Elle s'y prêta avec entrain. Tout le monde en pleura de rire, et moi aussi dans mes guenilles de grand bouffon époustouflé. Je n'avais plus rien d'un chrétien et j'en éprouvais un bonheur insurpassable, inespéré, d'autant que Maïna, près de moi, semblait elle aussi plus heureuse que je ne l'avais jamais vue. Les musiques enfin s'éteignirent. Les gens retournèrent chez eux. Quelle nuit nous vécûmes sur notre lit de foin ! Je ne veux pas en dire plus. Il est des ombres si intimes que les mots n'y peuvent rien voir. La fête dura quatre jours. Elle fut paillarde, extravagante, et pourtant constamment offerte au peuple invisible du ciel. Je fis les danses rituelles avec les autres Katcinas. Celles-là ne souffraient ni défaut ni caprice. Je veillai scrupuleusement à la mesure de mes pas. Tulque m'en fit des compliments. Je lui répondis en hopi. Je crois qu'il ne me comprit pas, il connaissait mal ce langage, mais il me baisa sur la bouche avec l'ardeur déconcertante qu'il mettait à ces effusions autant soudaines qu'effrontées. J'oubliai de le repousser. Je saisis aussi sa figure, je lui fis ce qu'il m'avait fait et nous partîmes au même instant d'un grand rire de garnements.

Ce fut à quelque temps de ces festivités, un jour de grand soleil, que j'épousai Maïna. La chose était dans l'air depuis que j'avais vu s'unir deux jeunes gens sous l'arbre sacré du village. J'en avais été attendri. Ma compagne qui assistait, auprès de moi, à ce mariage avait serré ma main plus fort que d'ordinaire tandis que la fille et son homme mêlaient leurs cheveux ruisselants. Elle n'avait rien dit. Moi non plus. Le lendemain j'étais allé aider Koya à sa récolte. Nous avions à peine parlé de ces touchantes épousailles, puis après longtemps de silence, il m'avait dit :

– Ce serait bien.

Justement, je songeais à nos possibles noces. Manifestement, lui aussi. Ce diable d'homme avait-il vu, sans même daigner m'observer, les belles images brumeuses qui nichaient derrière mon front ? Mi-étonné, mi-amusé, je lui avais posé la question. Il m'avait répondu :

– Oh, il n'est pas besoin de te trouer le crâne, tes idées sont toutes dehors, elles te dansent sur la figure. Si tu veux, je ferai la demande pour toi.

Il l'avait faite le jour même. Je l'avais vu, de loin, au seuil de la maison où Maïna reprisait quelques vieux vêtements. Il s'était approché, la mine compassée, s'était incliné devant elle et avait dit les mots qu'il avait préparés. Elle avait contemplé la face du compère comme s'il annonçait l'arrivée impromptue du pape des orages. Elle avait à peine parlé. Il l'avait enfin saluée et m'était tout droit revenu. Elle avait repris son travail, mais elle s'était piqué le doigt. Il m'avait dit :

– Elle veut.

Je lui avais répondu, faraud :

– Evidemment.

Comment imaginer qu'il en soit autrement ? J'avais alors voulu rejoindre ma compagne, mais dès qu'elle m'avait vu venir elle s'était vivement enfuie comme une bête effarouchée. Je ne l'avais pas poursuivie, j'étais allé cueillir des herbes avec Tulque, dans le désert. Au soir je m'étais aperçu que tout le village savait la demande que j'avais faite. Tandis qu'on me congratulait, Maïna était restée cachée parmi les femmes. La nuit venue, sur notre lit, elle n'avait pas voulu m'entendre. Elle avait mis deux doigts en croix contre ma bouche et, couchée près de moi, elle avait pris ma main. Ses yeux étaient restés ouverts, pareils à deux lunes vivantes dans l'ombre de notre maison.

Selon la coutume hopi nous devions, ma promise et moi, être pourvus chacun d'un couple de parents. Maïna choisit son frère Tulque et l'épouse du chef de clan. Le grand dadais se vit ainsi assisté d'une grosse femme qui, bien droite, de pied en cap, tenait largement sous son bras. Esteban, lui, était flanqué d'une veuve qu'il retrouvait tous les soirs, dès la nuit tombée, à l'insu de tous (croyait-il). Elle resplendissait comme un astre malgré ses trois ou quatre enfants. Ma bien-aimée, ce matin-là, s'était toute fleurie de rouge. Des chants, autour de nous, des flûtes et des danses nous menèrent à l'ombre de l'arbre où attendaient nos compagnons vêtus de neuf, émus et raides, chacun auprès de son amie. Dans l'herbe était posé un grand vase de terre plein d'eau fraîche embaumée de mousse de yucca. Je m'agenouillai devant lui. Les deux parents de mon épouse aspergèrent ma chevelure et la lavèrent longuement, puis Esteban et sa compagne firent de même avec Maïna. Quand ce rite fut accompli, les mains de nos amis accolèrent nos tempes et tordirent ensemble nos cheveux ruisselants, tandis que les chants alentour redoublaient d'ardeur jubilante. Ainsi fut scellée notre union. Personne, sur nos fronts ni devant nos figures ne traça le signe de croix, mais je jure Dieu que le ciel, les oiseaux, la brise, les herbes furent nos prêtres bienveillants, et l'air bleu notre cathédrale. On nous offrit un beau festin à l'ombre de l'arbre sacré, puis chacun revint à sa vie, à son champ, à son pas de porte. Tandis que les gens s'en allaient, j'étreignis longuement Maïna. Alors je l'entendis chanter, la bouche enfouie dans ma chemise, à voix basse, rauque, fervente une sorte de mélopée dont je ne compris pas les mots. Je les lui demandai. Elle me dit :

– Ce n'est rien, une magie du temps de l'île.

J'insistai, tendrement. Elle m'obéit enfin. Elle murmura ces mots :

– « L'amour est le plus haut des monts. Nous n'atteindrons jamais la cime mais nous grimperons bravement. Alors le long de l'escalade, que les cailloux, les bouts de branches, les aspérités des rochers ne manquent pas de nous aider, qu'aucun ne trahisse nos pieds, qu'aucun ne refuse nos mains, que chacun soit un brin de bonheur passager. »

Elle se tut puis elle dit encore :

– Ma mère fredonnait ce chant dans mes cheveux, en me berçant, quand j'étais triste, quand le courage me manquait, et les forces me revenaient. Tous les matins de notre vie je le chanterai, Alvaro.

Elle contempla mes yeux, avide, suppliante. De quoi me priait-elle ainsi ? J'aurais dû sans doute parler, la rassurer, que sais-je encore, lui promettre des lendemains qui soient dignes de son attente, mais je ne sais dire ces choses qu'espèrent les regards aimants. Je restai tout intimidé. Mon embarras la fit sourire. Elle me caressa la figure comme on fait aux enfants inquiets.

Ce fut au retour d'un village où mon *Pater* avait sauvé une accouchée presque mourante que j'appris le prochain départ des hommes forts de la tribu pour le grand voyage du sel. A cinq journées de marche était un lac salé que l'on appelait le Zuni. Il était d'accès difficile, et le vague chemin tracé, à ce que j'entendis de lui, traversait le pays le plus méchant qui soit. Je consultai Maïna. Elle comprit à mon air que j'avais grande envie de me joindre à la troupe. Elle en fut fière. Elle me dit :

– Va.

Le lendemain je m'en fus donc, chargé de sacs, chaussé de neuf avec onze frères de route dans la fraîcheur du petit jour. Parmi eux étaient Tulque, Esteban et Koya qui amenait son fils pour la première fois vers ces terres lointaines où, disait-on, les brumes et les forêts de cèdres cachaient mille pièges tendus par des sortes d'Esprits rogneux qui n'aimaient pas rire avec les hommes. Il fallait donc avoir le cœur aussi simple et pur que possible, ne point se laisser effrayer, car la puanteur des peureux excitait ces êtres sans chair, et honorer aux bons endroits les Invisibles bienveillants. Le premier jour fut sans souci. Au soir, nous fîmes halte au pied d'une falaise où était une source. Les hommes déposèrent là des offrandes de plumes et de maïs pâteux dans des écorces de melon et lancèrent au ciel de grandes brassées d'eau en priant les Vivants des nuages, là-haut, d'ouvrir leurs sacs de pluie. Tulque fit tout comme les autres et, d'un geste, m'encouragea à me plier à ces magies. J'aspergeai donc le crépuscule en disant les mots qu'il fallait. Les hommes m'en remercièrent. J'en fus touché. A dire vrai, si j'avais hésité à saluer comme eux les Esprits de ce lieu, c'était par simple discrétion. Je n'étais pas de leur tribu, et je ne voulais pas, sans y être invité, entrer dans leur église intime. Mais une bête vive à l'affût sous ma peau percevait à coup sûr ces présences légères qui font frémir les apparences et qu'on flaire sans rien en voir dans la transparence de l'air. Esteban fit comme les autres avec la lenteur recueillie d'un communiant dominical. Son frère Tulque, pourtant prompt à le railler à tout propos, n'eut pas un mot de moquerie. Tous les deux, au plus près du feu, s'enfouirent sans rien dire sous leur fourrure de bison. Le deuxième jour de voyage, vers la fin de la matinée, nous abordâmes la montagne et la forêt de cèdres et de genévriers où, selon les vieux du voyage, il fallait prendre garde à tout, et d'abord au vol des oiseaux dont les errances dans le ciel étaient lues comme des oracles. On fit de nouvelles offrandes et l'on pria la mère-ancêtre des biches et des cerfs de pousser un de ses enfants au travers de notre chemin. Il n'en vint pas de la journée, et nous n'eûmes à manger que des baies aigrelettes cueillies sans faire halte sur des buissons piquants. Comme l'humidité du soir commençait à renfrogner l'ombre, un homme se blessa le pied. Une épine troua son talon jusqu'à l'os. J'apaisai aussitôt son mal, mais ne pus effacer sa plaie. Nous dûmes donc camper avant la nuit tombée. Quelques-uns de nos compagnons allèrent chercher un endroit plus accueillant que cette pente où nous nous étions arrêtés. Ils nous entraînèrent bientôt dans un chaos de rocs moussus, près d'un torrent assourdissant. Nous fîmes un feu de misère et nous couchâmes sans un mot. La journée avait été rude et les Esprits inamicaux. Chacun fit son nid comme il put dans des creux parmi les rochers et se fit oublier du monde.

Une bête me réveilla. Je sentis ses pattes menues escalader ma couverture et fuir à deux doigts de mon nez. Je me dressai. Le jour venait. Des lueurs d'aube traversaient des vapeurs errantes, légères. Un oiseau lourd et noir s'envola d'un feuillage, il fit pleuvoir de la rosée, il lança, là-haut, comme un rire. Me vint la brusque certitude qu'il m'avait vu, qu'il me parlait, mais que pouvait-il bien me dire ? Je me levai sans bruit parmi les endormis, allai au bord de l'eau, m'inondai la figure et remontai le cours vivace du torrent. Il faisait doux déjà. Les brouillards s'effaçaient. Les Esprits çà et là paraissaient s'étirer dans l'heureuse sauvagerie du premier matin de la terre. J'entendis un bruit de cascade. Il m'attira. Je m'avançai sous des ombrages épaissis. Elle m'apparut soudain dans sa sombre lumière, fracassante, majestueuse et prodigieusement vivante. Je vis cela, à l'évidence. Elle vivait. Elle était un être d'une furieuse majesté, d'une démesure inhumaine et pourtant joyeuse, accueillante. J'en restai frappé de stupeur. Elle dévalait d'un fouillis d'arbres en haut d'une paroi géante et se fracassait dans l'écume et des bruines ensoleillées d'où s'élevait un arc-en-ciel. Autour de lui parmi les éclats argentés volaient nonchalamment d'immenses papillons aux ailes frémissantes, aussi largement déployées que des éventails de madones et teintées de couleurs si étrangement pures qu'elles paraissaient tombées d'un sourire de Dieu. Debout sur un rocher du bord, empli de ce rugissement, de ces émouvantes beautés, de ces fragilités rieuses, de ces forces sans foi ni loi d'où jaillissaient mille merveilles je me vis minuscule, impuissant, démuni et pourtant débordant d'exaltation sacrée. J'eus envie, tout à coup, de rire. J'étais comme un lutin au seuil du paradis des bêtes et des arbres. La forêt alentour, la voûte des feuillages semblaient veiller jalousement sur cette chambre de nature où le soleil venait s'ébattre, à l'abri des regards humains, dans le grand lit tumultueux de la mère des eaux du monde. J'étais enfin dans ce lieu même où j'avais rêvé de venir depuis mon enfance espagnole, dans ce jardin secret du Père de la vie qu'on appelle l'Eden. Je n'osai pas Lui rendre grâces de m'avoir accueilli chez lui. J'étais un être négligeable, je n'étais rien, je le sus là, sur ce rocher mouillé. J'étais pareil au moucheron perché sur la corne d'un bœuf, je n'avais aucune importance dans le concert tonitruant du ciel, de la terre, des ombres, des rugissements d'eau, des bonheurs de lumière. J'étais donc libre de jouer comme Dieu Lui-même faisait, sans me soucier de rien croire, de rien savoir ni rien penser, libre de jouir des bontés semées çà et là sur ma route, d'aimer sans peur et sans questions comme l'écume aimait le flot qui la trouait, la bruine l'arc-en-ciel, et l'air ces papillons si beaux qu'ils en étaient presque effrayants. Je n'entendis pas venir Tulque. Quand je le vis il était là, son épaule contre la mienne. Il s'emplit de tout, comme moi. Il ne prononça pas un mot. Il prit ma main, la serra fort et ne me lança qu'un coup d'œil. Comme nous revenions ensemble au campement, il me demanda :

– Mahona ?

Je murmurai :

– Il était là.

– C'est bien, dit-il.

Et ce fut tout. Nos compagnons déjà s'éloignaient en silence. Je pris mon sac et les suivis.

Nous arrivâmes au lac salé après cinq jours de marche lente et d'offrandes de plumes et de maïs pilé au moindre soupçon de souci. Ce fut le garçon de Koya qui le découvrit le premier, du haut du mont où la forêt avait fait place à l'herbe rase. Il était au bas de la pente sur une plaine sans attrait, aussi gris et plat que le ciel. Comme nous descendions vers lui, j'appris que sur son autre rive étaient les terres d'un royaume peuplé de puissantes cités qui se faisaient souvent la guerre. Aucun Hopi n'avait jamais poussé aussi loin un voyage, mais certains avaient rencontré des hommes dans de longues barques qui venaient de ce pays-là. Esteban me dit :

– Le Mexique. Et droit devant, les Espagnols. Ils ne sont pas loin. Je les sens.

Il s'en frotta les mains en riant comme un diable. Moi, j'en fus inquiet. Tulque aussi. Je ne pouvais imaginer revoir des chrétiens sans Maïna.

Nous eûmes quelque mal à trouver du bois mort pour allumer le feu. Ne poussaient là que des arbustes tordus, rabougris, mal feuillus derrière les plages blanchâtres qui longeaient les eaux endormies. Les hommes, ce soir-là, sous la lune embrumée chantèrent et dansèrent longtemps pour remercier les Esprits de n'avoir dévoré personne. Le voyage avait été rude mais sans véritable danger. Quand nous fûmes couchés autour du tas de braises je me pris à imaginer notre travail des jours prochains, la chaleur, le temps monotone, notre retour sous les sacs lourds. Rien ne fut comme j'avais cru. Au matin, Esteban et moi, assis ensemble au soleil dur, nous assistâmes, époustouflés, au spectacle le plus inattendu du monde. Je pensais que nos compagnons allaient nous appeler au travail de récolte, mais non, ils se mirent tout nus, ils s'avancèrent dans l'eau grise, ils s'aspergèrent la poitrine et sur la peau du lac se couchèrent à plat ventre. Dès qu'ils furent ainsi je les vis s'agiter, lascivement, les bras en croix, comme s'ils baisaient une femme. Cela dura un long moment. Leur cul luisant bougeant tout doux, je les entendis chantonner des mots d'amour aux vagues calmes. Esteban murmura, pensif :

– Comme ils sont beaux.

Je ne pus l'approuver, j'étais trop étonné, mais ils étaient, en vérité, simples comme des enfants-dieux descendus des pays du ciel pour féconder les eaux désertes. Quand ils revinrent sur la plage, j'aperçus Koya et son fils qui se tenaient par les épaules et parlaient en catimini. L'envie me vint de les rejoindre, de poser les mille questions qui me débordaient de la bouche, mais je craignis d'être importun. Tulque vint de je ne sais où. Il était nu comme les autres. Je ne l'avais pas vu dans l'eau. Il appela Koya. Il lui dit :

– Belle danse.

Son fils courut à nous. Il nous lança, fiérot :

– Moi, j'ai imaginé ma marraine Ninka. Depuis longtemps j'ai envie d'elle. J'en ai eu beaucoup de plaisir.

– Moi, j'ai couché avec ma tante, dit son père, paisiblement. C'était un vieux rêve d'enfant.

Je regardai Tulque, ébahi. Il désigna ma face idiote et partit d'un rire éclatant. Koya lui dit, la mine grave :

– Il devrait aller, lui aussi, honorer la Dame du sel. Instruis-le, il est notre frère.

Tulque se tut. Les yeux mi-clos, il me contempla la figure. Il n'était plus, à cet instant, le dadais que j'avais connu. Il portait le soleil sur son épaule gauche. Il se tenait si droit qu'il me parut immense. Il laissa tomber de son haut :

– L'instruire, lui ? Allons, que me chantes-tu là ? Je l'ai fait chaque jour pendant vingt-huit saisons. J'ai troué joliment son crâne. Qu'il laisse donc entrer le jour au lieu de fermer ses volets, et il verra tout ce qu'il veut. Il n'a plus besoin qu'on lui dise.

Il tourna les talons et s'en fut s'habiller. Il avait raison, je savais. L'amour est rare dans ce monde, rare comme un baiser de Dieu, mais le désir est tout-puissant. Il est la force des vivants. Les hommes avaient donné à la Dame de sel ce qu'ils avaient de plus fertile, leur bonheur d'être, leur plaisir et ils s'étaient aidés, pour porter leur cadeau, de marraines déshabillées dans le libre pays des rêves. En étaient-ils honteux ? Du tout. Je les admirai pour cela. Il est vrai que la honte est là où l'on se cache. Ils ne se cachaient nulle part. La mère de ce lac devait être contente, émue peut-être par ces gens qui avaient réjoui son ventre. Oh, Seigneur, comme l'on te nie derrière les murs de Tes temples ! Je tombai à genoux, seul sur la plage blanche. Les oiseaux caressaient les vagues, eux aussi voyaient les Esprits. Le soleil me baisa les yeux et le vent me dit à l'oreille que j'étais aussi fou que lui. Je m'ébrouai, tout ébloui. Les hommes jouaient maintenant à se tirailler, se poursuivre, à s'arracher, par jeu, leurs pagnes. Je les rejoignis, cherchai Tulque. Je le vis avec Esteban assis contre un arbre, à l'écart. Ils bavardaient en espagnol. Le nègre expliquait à son frère ce qu'étaient un roi, un palais, un trône, un vêtement de cour et l'autre le regardait dire comme un enfant émerveillé.

Ce fut deux jours plus tard, vers l'heure de midi, comme nous étions tous dans les vagues salées, qu'Esteban, le premier, nous désigna la barque. Elle était si menue à l'horizon du lac, si indécise dans l'air chaud que je la pris pour un mirage. Chacun cessa de travailler pour guetter cette apparition immatérielle, silencieuse qui nous venait tout droit dessus. Elle prit forme bientôt. Des gens nous firent signe. Quelques-uns d'entre nous plongèrent à leur rencontre, on tira la pirogue, on la mena au bord. Des femmes, des hommes, hagards, en descendirent, s'embrassèrent, s'agenouillèrent en pleurant, baisèrent le sel de la rive. Certains étaient blessés. Tous étaient haillonneux et se mouraient de soif. On courut leur chercher du maïs et de l'eau. Ce qu'ils nous dirent alors en désordre bavard me pétrifia cœur et sang. Les Espagnols avaient investi leur village. Ils avaient brûlé leurs maisons et tué comme par plaisir jusqu'aux enfants à la mamelle. Seuls avaient survécu ces gens qui nous parlaient. Ils s'étaient cachés dans un bois où ils cueillaient des fruits sauvages. Ils nous supplièrent de fuir et de les amener chez nous, car les monstres au crâne de fer sur leurs grandes bêtes à crinière contournaient le lac par le nord et seraient au bout de la plage avant que soient passés trois jours.

J'ignorais tout de la cascade. Il ne m'en a jamais parlé. Peut-être a-t-il d'autres secrets, qu'il ne dit même pas à vous. J'aimerais qu'il me dise tout.

Quand je le vois pensif (il l'est assez souvent), je ne peux m'empêcher d'être toute en alerte. Que voit-il ? Que rumine-t-il ? Me cache-t-il quelque souci ? Je garde pour moi mes questions. Je ne veux pas qu'il les devine, alors je m'occupe les mains, ou je vais jouer avec vous. Je me raisonne. Je me dis que lui ne sait pas tout de moi, j'ai mes nostalgies, moi aussi, mais la différence entre nous est que lui ne s'en soucie pas. En tout cas, c'est ce qu'il me semble. Moi, j'aimerais pouvoir entendre ses pensées, visiter avec lui ses rêves, éprouver ses moindres désirs.

Il a vu un matin les eaux du paradis, et je n'étais pas là. Tout à l'heure, je m'en plaindrai. Je suis sûre qu'il en rira, puis il me prendra dans ses bras, et je saurai lui faire dire que je suis Maïna, son aimée.

13

Dans l'heure qui suivit la barque fut coulée, nos traces effacées, le feu couvert de terre. A l'instant de lever le camp le plus ancien parmi les hommes monta sur un roc, face au lac. Là, tête haute, bras ouverts, il dit notre affection à la Dame du sel et notre gratitude pour l'hospitalité qu'elle nous avait offerte. Après quoi il pria le vent d'aller disperser loin d'ici ce qui pouvait rester de nous dans l'air, nos odeurs, nos pensées errantes. Il chanta enfin puissamment. Le ciel, les oiseaux, les nuages et les mille soleils dans l'eau l'écoutèrent avec amitié. Cela se fit sans hâte aucune, comme si rien ne nous pressait. Quand le vieux descendit du roc, l'impatience reprit nos corps. Il leva son bâton et rameuta la troupe. Nous partîmes sans autre mot, chacun chargé de ses soucis. Tandis que nous escaladions le mont par où nous étions arrivés, le fils de Koya vint à moi, et s'accrochant à ma ceinture :

– Je n'ai pas peur, dit-il. Tu connais les Esprits, tu sais qu'ils nous protègent.

Sa voix tremblait pourtant, et je vis dans ses yeux une telle détresse que j'en eus envie de hurler, de vouer au diable l'Espagne, son épouvantable arrogance, sa malfaisance, sa folie. Je le rassurai bravement, je parvins même à lui sourire. Je me pris à imaginer je ne sais quelle rébellion, quelle armée d'Esprits invincibles partant à nos côtés en guerre vengeresse contre ces monstres infernaux qui gavaient la terre de sang, mais je dus bientôt convenir que mes rêveries belliqueuses ne témoignaient, en vérité, que de l'impuissance où j'étais. Je me fis pourtant le serment que cet insouciant village où j'avais épousé Maïna, moi vivant, ne périrait pas. J'en fus un peu rasséréné. « Ces soldats, me dis-je, ont un capitaine. Je lui parlerai. Le seul énoncé de mon nom lui fera ôter son chapeau. Il n'osera pas m'irriter. » A la cime de la montagne nous prîmes un moment de repos. Aussi loin que nous puissions voir, derrière nous, le long des plages n'était rien que quelques oiseaux. Nous laissâmes là un veilleur puis en désordre nous courûmes sous le couvert des premiers arbres de la grande forêt pentue. Un petit feu fut allumé dans un creux, entre deux rochers. Nous nous serrâmes tous autour. La nuit s'en vint, humide et fraîche. Tandis que les regards se perdaient dans les flammes, après que nous ayons mangé tout ce qui restait de nos vivres, un garçon dit en confidence aux quelques rescapés du village brûlé que j'étais guérisseur, et cependant de la tribu des ogres venus de la mer. On m'interrogea. J'avouai. Que je sache soigner les gens ne les étonna pas du tout. Mais que je sois de ces chrétiens qui embrochaient les nouveau-nés, ils refusèrent de l'admettre.

– Tu ne peux pas être des leurs, me dit un homme, l'œil malin, toi, tu viens du soleil levant, eux du couchant, du pays des morts.

Et un autre :

– Toi, tu guéris, tu rends la santé aux malades, eux massacrent les bien portants.

– Toi, tu es vêtu comme nous et tu marches sur tes deux pieds, grogna un vieux, à mon côté. Eux se font porter par des bêtes, ils ont des chemises de fer et les pots plantés sur leurs têtes les rendent sourds aux cris des gens.

Et tous enfin, parlant ensemble :

– Toi, tu ne pilles pas, tu ne prends pas de force les filles aux seins à peine nés. Allons, allons, c'est une farce, tu ne peux pas être chrétien.

Ils en auraient ri de bon cœur s'ils n'avaient pas été si las. Ils ricanèrent tristement. Une jeune femme me dit que ces êtres étaient sans esprit, qu'ils grondaient, ou qu'ils aboyaient, mais qu'ils ne pratiquaient aucun langage humain. Or, moi, je parlais le hopi. Les autres accueillirent ces mots d'un air d'évidence complice. Que leur répondre ? Je me tus, mais je me sentis seul au monde, perdu comme un enfant dans une nuit sans cœur, sans mère, sans pays. Je n'étais d'aucune tribu, ni Espagnol, ni Indien. Je me récitai un *Pater* comme on cherche une main amie, sans guère d'espoir, dans la nuit. Je me couchai avant les autres, ostensiblement à l'écart. Quand les parlotes s'éteignirent, Esteban traîna sa pelisse à l'abri du feuillage noir où je m'étais pelotonné. Il s'allongea auprès de moi en marmonnant que cet endroit était plus douillet que les autres. Son prétexte était saugrenu mais son intention fraternelle. Il avait perçu ma misère. Sa présence me fit du bien.

Dieu merci, le lendemain soir, les Esprits du bois menèrent à nous une jeune biche égarée qui traînait une patte inerte. Je ne sais quoi l'avait blessée. Elle se laissa tuer sans peine. Ce fut le seul moment où nous prîmes le temps d'un chant de grâces aux Invisibles pour la viande qu'ils nous offraient. Nous retrouvâmes quelques traces des plumes et du maïs laissés, à l'aller, au bord d'une source, mais nous longeâmes le ruisseau, au retour, sans nous arrêter. Il nous avait fallu cinq jours pour parvenir au lac salé. Nous fîmes le chemin inverse en un peu plus de trois journées. Dès que les maisons du village apparurent au fond des terres de notre désert familier, toutes fatigues oubliées chacun courut à leur rencontre. Nous fîmes peur à nos compagnes tant nous étions crasseux, écorchés, faméliques, mais plus encore elles s'effrayèrent du flot de mots désordonnés qui leur dégringola dessus. Je crois qu'elles n'y comprirent rien, sauf que le diable était en route et qu'il allait pleuvoir du feu. Maïna m'entraîna droit chez nous au travers de la bousculade. Elle me dévêtit sans rien dire, lava ma figure et mon corps, m'habilla d'une couverture, et tandis que je frissonnais, encore ruisselant d'eau froide, elle m'interrogea du regard.

– Les Espagnols, lui dis-je. A trois journées d'ici.

Elle resta longtemps silencieuse, le front bas, serrée contre moi. Enfin elle releva la tête. Elle me dit :

– Ils ne viendront pas. Jamais aucun ne s'est risqué plus loin que le lac de Zuni.

– Ils viendront. Je ne sais pas quand, demain, dans dix jours ou dans vingt, mais ils seront à notre porte avant la prochaine saison. Je les sens, Maïna, je les flaire. Ils ont passé les plages, ils sont au pied du mont. Ils voudront en voir le sommet. Ils rencontreront la forêt. Ils voudront savoir ce qu'elle cache. Ils l'auront bientôt traversée. Je connais cette rage-là, elle ne se contente de rien. Je dois aller à leur rencontre. Je ne veux pas les voir ici.

– Nous irons ensemble, Alvaro.

Pouvait-il en être autrement ? Certes non, mais je m'effrayai. M'avancer vers eux avec elle, une Indienne, malheur de Dieu ! Comment allaient-ils la traiter ? Elle me regarda m'agiter puis me dit, la mine tranquille :

– Moi, il y a bien longtemps que je pense à ce jour. Je l'ai souvent vécu. Il ne me fait pas peur.

Je renâclai encore. Je craignais pour sa vie. Je nous imaginai devant les cavaliers, chevaux piaffants, piques pointées, et nous, sans rien que nos chemises. Les premiers mots, les premiers gestes seraient à coup sûr décisifs. Je soupirai. Je dis enfin :

– Il te faudra de beaux habits, de bon goût, austères mais riches. Une belle coiffure aussi. Tu ne lâcheras pas ma main. Nous irons droit aux officiers. Je me présenterai d'abord. Tu leur feras la révérence. Je leur dirai : « C'est mon épouse. » Tous les hommes de mon pays respectent ces liens sacrés.

Elle rit. Elle répondit :

– Si tu faisais cela, ils te mépriseraient. Ils penseraient : « Cette sauvage est sûrement un peu sorcière, elle a dû lui manger l'esprit. » Je resterai derrière toi. Tu leur diras : « C'est mon esclave. N'y touchez pas. Elle m'appartient. » Alors ils te regarderont comme un Espagnol véritable et te feront leur compliment.

Elle dit ces derniers mots avec une fierté si ardente et si droite que j'en demeurai stupéfait. Elle avait mille fois raison. Elle me vit encore pensif mais plus qu'à demi convaincu. Elle me sourit, contente d'elle. Ses yeux étaient des soleils noirs.

La nuit venue, devant le feu, comme tous les gens du village, assemblés là, discutaillaient, je les priai de m'écouter et leur fis part aussi clairement que possible de ce que j'avais décidé. Je leur dis que j'irais au-devant des soldats, que je les attendrais au bas de la pente du mont, à l'entrée du grand bois de cèdres, et que je me ferais connaître. J'affirmai, sans en être sûr, qu'ils m'accueilleraient en héros et n'auraient de souci que de me satisfaire.

– Je dirai aux hommes de fer qu'au-delà de cette forêt d'où je les aurai vus sortir n'est qu'un désert sans rien qui vaille, et j'exigerai de leur chef qu'on me conduise sans tarder au gouverneur de Mexico. Ils seront donc forcés de rebrousser chemin. Ainsi, vous n'aurez rien à craindre. Ils ne viendront pas jusqu'ici.

– Tu n'es pas leur pareil, ils ne te croiront pas, me lança une femme hargneuse cachée derrière son mari.

C'était bien ce que je craignais. De fait, il était fort possible qu'aucun de ces soldats n'ait entendu parler de l'expédition de Narváez ni des nobles de bon renom qui s'étaient perdus avec lui. Je cognai l'air du poing, farouche. Je répondis :

– Ils me croiront.

Du brouhaha qui s'ensuivit émergèrent la vieille figure et la voix du chef de tribu. On se tut. On le regarda. Il dit :

– Voici ce que j'ordonne. Vingt crieurs te suivront. Tu les sèmeras un à un, le long de ta journée de marche. Quand tu rencontreras ces gens qui se nourrissent de malheurs, le dernier se tiendra caché. Il t'observera. Si tu tombes, il poussera un cri pour prévenir les autres et la nouvelle de ta mort d'homme à homme nous parviendra peu après qu'elle sera partie. Nous aurons tout le temps de fuir et de nous cacher dans les grottes où ils ne nous trouveront pas. Que ce qui doit venir nous vienne. Que ce qui doit être soit fait.

Il finissait toujours ses discours de la sorte. Personne après lui ne parla. Comme je quittais l'assemblée, quelques femmes en pleurs m'embrassèrent et des hommes me poursuivirent pour un rien, un mot d'amitié, un geste de bénédiction. J'aperçus Esteban affalé contre un mur. Sa compagne était près de lui. Tous les deux contemplaient la nuit comme s'ils y cherchaient les mots qu'ils n'arrivaient pas à se dire. J'avais à peine entrevu Tulque parmi les gens, autour du feu. J'errai, un long moment, l'appelai dans le noir, mais je ne le vis nulle part. Je rentrai, perplexe, chez nous. Je pensais que Maïna saurait où le trouver. Je les découvris tous les deux assis dans l'ombre du dedans. Il me dit :

– Enfin te voilà.

Dès que je fus près d'eux, il me prit par l'épaule et demeura le front baissé. Je me sentis alors vidé de toute force. Il ne nous suivrait pas. Je le sus à l'instant. Je regardai Maïna. Elle paraissait tranquille.

– Tu as fait ce que tu devais, moi aussi, dit-il. Tout est bien. Tu vas retrouver l'autre monde que tu as si longtemps cherché.

Je grognai :

– Ce n'est plus le mien.

– Je le sais. Tu n'es plus ni d'ici ni d'ailleurs. Où est la vie, tu es. Où tu es, tu la sers, voilà tout. C'est ainsi. Maintenant écoute, Alvaro. Les Espagnols, ceux-là, les autres, à Mexico, dans ton pays, t'accueilleront avec respect. Ils te regarderont comme un trésor trouvé. Ils voudront tout savoir de toi et de nous aussi, les sauvages. Alors tu leur raconteras tes naufrages, ton long voyage, et tu leur parleras de nous, de notre vie, de nos villages. Tu leur diras : « Ces pauvres gens n'ont aucune idée de nos ports, de nos villes, de nos grands hommes, de la gloire de notre roi ni de la beauté de nos livres, mais ils ont appris de leurs arbres, de leurs sources, de leurs déserts mille choses simples, fragiles qui voudraient être aimées de vous. » Tu leur diras : « Ils vous invitent à vous asseoir autour du feu, à partager leur nourriture, à chanter, danser avec eux, à les regarder simplement comme des hommes fréquentables. » Apaise-les, rassure-les. Ne leur cache ni nos misères, ni nos sottises, ni nos peurs, ni ton affection pour tous ceux qui se sont trouvés sur ta route. Tu leur parleras comme il faut car les mots que tu trouveras ne te viendront pas de tel peuple, de telle foi, de tel rivage mais de ton cœur, et de lui seul.

Je haussai les épaules. Je lui grognai :

– Allons, ils ne m'entendront pas.

– Je sais cela. Que crois-tu donc ? Que je suis un simple d'esprit ? Que j'imagine les chrétiens meilleurs qu'une meute de loups ? Personne ne t'écoutera, sauf un homme, un enfant peut-être qui, dans la foule des rieurs, restera frappé de stupeur. Celui-là t'entendra et parlera un jour, à son tour, à un autre. Rien ne peut arrêter ce qui doit être dit. Le cœur du monde est lourd, il est long à s'ouvrir, mais viendra le jour où il s'ouvrira, aussi sûr qu'une goutte d'eau mille et mille fois répétée finit par trouer le caillou. Et puis pense aux Esprits qui te gardent vivant. S'ils sont contents, tu le sauras, et tu n'auras plus à chercher l'approbation des gens de cour. La leur suffira à ta vie. Et ta propre oreille, Alvaro, elle aussi t'entendra parler. Car tu dois savoir qui tu es. La loi de nature est cruelle, elle attire tout vers le bas, tout, sauf le germe du maïs qui grimpe seul vers la lumière. Tu es une pousse qui monte à travers la nuit de la terre. Tu es maintenant de ces êtres qui refusent la pesanteur. Sont-ils nombreux ? Je ne sais pas, mais il y en a chez toi, chez nous. Il y en a partout dans le monde avec chacun son ciel, sa langue, sa couleur. Tu découvriras tout cela. Allons, adieu. Prends soin de toi. Que nos compagnons invisibles ne se lassent pas de t'aimer, et que de temps en temps ils me parlent de toi. Maïna veillera sur ton feu, tu instruiras ton fils, un jour, Esteban aura des esclaves et je fuirai les Espagnols. Sois tranquille, ils ne m'auront pas.

Il se leva et s'en alla en me saluant de la main, comme au bout d'un jour ordinaire. « Comment peut-il partir ainsi ? » me dis-je. Je le rappelai, mais il ne voulut pas m'entendre. Maïna le suivit dans la nuit. Je me pelotonnai sous notre couverture et le recommandai à Dieu. Puis, comme j'écoutais les bruits, les frôlements du village endormi, j'entendis, loin dans le désert, la double voix d'un chant qui montait dans l'air calme. Tulque et sa sœur Maïna se donnaient rendez-vous dans je ne sais quel monde au-delà des chemins.

Le lendemain matin, quand je vins sur la place, vingt hommes m'attendaient, assis contre les murs. J'entendis Esteban descendre une ruelle. Il apparut, tout guilleret, en fredonnant un air arabe, avec son perroquet planté sur ses cheveux et la mule chargée de sacs. Maïna vint la dernière. Aucun mot ne fut dit. Nous n'avions presque pas dormi et le petit jour piquait dur. Nous quittâmes sans bruit le village désert. Je n'eus pas à me soucier de ceux qui nous accompagnaient. Ils suivirent Maïna qui chevauchait la mule. La longue troupe, au fil des heures, perdit peu à peu de ses gens. Certains grimpèrent sur des rocs, d'autres s'assirent sous un arbre mais d'un geste, d'un mot, d'un chant, tous me souhaitèrent bonne chance. Je ne voulus pas de repos. A chaque détour du chemin je craignais de voir dévaler, du fond des terres, droit sur nous, des cavaliers d'apocalypse, mais le jour passa sans souci, nous ne fîmes aucune rencontre. Au soir, nous arrivâmes à la source ombragée où j'avais honoré l'Esprit qui vivait là, avec mes compagnons du voyage du sel. Nous n'étions pas très éloignés de la grande forêt de cèdres, et nous n'avions plus avec nous qu'un seul des hommes à forte voix. J'aimais ce lieu. Je me sentais comme chez moi sous ces verdures. Je décidai, quoi qu'il arrive, de ne pas pousser plus avant. J'attendrais là les Espagnols. J'ordonnai au dernier crieur de grimper à l'orée du bois et de veiller aux bruits qui lui viendraient de l'ombre. Il entendrait de loin les hommes, les ferraillements des chevaux. Nous aurions tout le temps d'affermir notre cœur. Eux seraient surpris, mais nous, non. C'était là un grand avantage. Tandis que je me souciais de ne rien laisser au hasard, Esteban se coucha dans l'herbe et se mit à jouer avec son perroquet, comme si rien, dans ce beau temps, ne pouvait survenir de grave. Il m'irrita.

– Eh quoi, lui dis-je, allume donc le feu, fais griller du maïs, rends-toi utile, sacré nom !

Il me répondit :

– Fils d'Adam, je serai bientôt fortuné. Il faut que je m'exerce à la paresse noble. Les riches (l'as-tu remarqué ?)

ont des gestes plus lents que nous, plus alanguis, plus ronds aussi. Je dois apprendre leurs manières.

J'avais oublié, en effet, ces subtilités courtisanes. Elles m'apparurent ridicules. Comme j'en étais loin, Seigneur ! J'avais eu de ces fatuités, moi aussi, aux temps andalous. « Si Dieu me prête vie, me dis-je, je retournerai à Séville, mais qui pourrai-je fréquenter ? Ni les bravaches des tavernes ni les beaux esprits de la Cour. » Cela ne m'affecta en rien. J'étais inquiet de presque tout, remarquablement imparfait, d'intelligence assez petite, mais en moi avait fait son nid un être sans cesse à l'affût des moindres élans de la vie, et je n'avais d'autre désir que de le protéger du monde. J'allumai moi-même le feu et préparai notre repas avec Maïna, trop silencieuse, qui lançait des regards obliques à chaque bruit dans les fourrés.

Le lendemain, nous attendîmes. Les Espagnols ne vinrent pas. Le bavardage des oiseaux et le chant narquois de la source m'agacèrent si rudement que, vers la fin de la journée, je montai à l'orée du bois. Le veilleur vint à ma rencontre, et désignant l'ombre feuillue :

– Ils sont à une heure d'ici, sous un rocher, dit-il. Ils campent. Je les ai vus, ils sont nombreux.

Le cœur me bondit dans la tête. « Enfin, me dis-je, les voici ! » Une envie violente me prit : grimper jusqu'aux abords du camp, me glisser parmi les fourrés, les épier entre deux branches, m'emplir les yeux et les oreilles de leurs figures, de leur feu et de ma langue castillane si chère et si longtemps perdue. Je m'avançai dans le sous-bois. L'homme me retint. Il me dit :

– Ils ont caché partout des gardes. S'ils te voient, tu

meurs. Moi aussi. A quoi bon risquer notre vie ? Ils seront là demain matin.

Il me ramena à la source. Je le suivis à contrecœur. Je prévins Maïna et le nègre. Ma compagne lissa prestement son habit et rajusta sa chevelure, fébrile comme si ces gens allaient survenir à l'instant. Esteban m'entraîna derrière notre mule et me dit, la main sur le cœur :

– J'aimerais que tu me présentes au capitaine de la troupe comme le seigneur d'Azemmour, allié de Sa Majesté et compagnon d'Andrés Dorantes, dont j'ai cent fois sauvé la vie (dis-lui bien cela, s'il te plaît) avant qu'il ne meure pour moi en me jurant son amitié.

Et comme je restais muet, époustouflé par son aplomb :

– Vois, Alvaro, je suis un nègre. Si ma noblesse et mes faits d'armes n'impressionnent pas ces brigands, ils ne verront que ma figure, et ma vie ne vaudra plus rien.

Je le rassurai en riant.

Toute la nuit nous attendîmes, bien que nous sachions à coup sûr qu'ils ne nous viendraient pas dessus avant la matinée prochaine. Le jour se leva, gris et doux, le soleil grimpa dans les arbres. Je me plantai debout, face au versant du mont, et guettai la sortie du bois, sans plus bouger, le cœur tonnant. Quand je les vis enfin paraître sous leurs casques éblouissants, hérissés de piques, bruyants, inattaquables, magnifiques, ce que j'avais cent fois imaginé, prévu, répété, ressassé se noya dans le flot de larmes qui troubla mes yeux et mes sens. Je tombai à genoux dans l'herbe, pris d'irrépressibles sanglots. J'entendis des ordres de halte, des souffles de bêtes freinées, des bruits autrefois familiers, je vis des formes s'approcher tandis que la voix d'Esteban, exagérément étonnée, hurlait au-dessus de ma tête :

– Voici que Dieu nous vient en aide ! Alvaro, mon ami, voyez !

Je me relevai, égaré. Je voulus crier moi aussi je ne sais quel alléluia, mais ne pus rien dire d'audible. Deux ou trois soldats m'amenèrent au capitaine de la troupe. Il était resté à cheval et me regardait de son haut. Je me repris. Je m'affermis. Je lui dis qui j'étais, et quels étaient mes titres. Alors il quitta sa monture et vint à moi, abasourdi, comme au-devant d'un spectre empêtré dans ses brumes.

– Alvaro Núñez, me dit-il, petit-fils du très vénéré don Carlos Cabeza de Vaca ! Seigneur, dans quel état vous êtes !

Il s'appelait Torrès, il était chevalier et sa famille était de l'île de Majorque. Il avait entendu conter les faits d'armes de mon grand-père par son propre aïeul, autrefois. Je lui présentai Esteban comme mon seul et cher ami. Le nègre fit le grand seigneur avec élégance et mesure. Il fut digne comme un évêque et si aimablement courtois qu'aucun, parmi les cavaliers, n'osa douter de sa noblesse. Maïna resta près de la mule à nous examiner, de loin. Je dis qu'elle était mon esclave et que je l'avais achetée sur un marché de Saint-Domingue. L'œil de Torrès s'illumina.

– Félicitations, me dit-il. Elle est d'une grande beauté et semble vous être attachée.

Je lui répondis qu'en effet elle était fidèle, vaillante, qu'elle s'était convertie à la foi catholique, qu'elle m'avait été fort utile dans les villages traversés et qu'elle parlait un espagnol infiniment plus châtié que celui des soudards qu'il traînait après lui. Il en convint, d'un petit rire. J'intimidais ce grand barbu. J'étais, à ses yeux, un héros revenu vivant de l'enfer, et tandis que je racontais les malheurs de nos caravelles, la perte de mes compagnons et mon interminable errance, je vis naître dans son regard la très intéressante idée que ma rencontre inopinée pourrait peut-être lui valoir d'être estimé du gouverneur, s'il me ramenait sain et sauf dans son palais de Mexico. Comme Tulque l'avait prédit, j'étais pour ce noble espagnol un possible trésor. De fait, je n'eus aucune peine à le convaincre qu'au-delà de cette forêt montagnarde qui l'avait amené à nous, il ne trouverait rien de bon.

– Un désert de cailloux, lui dis-je, quelques misérables hameaux où croupissent de pauvres gens aussi nus que des animaux.

Il me répondit :

– Que m'importe. C'était vous, seigneur Alvaro, que je cherchais sans le savoir. La Providence m'a conduit jusqu'à cette source cachée où Elle vous tenait dans sa main. A Elle ma reconnaissance, à vous mon entier dévouement. Votre calvaire est terminé. Reposez-vous le temps que vous jugerez bon. Dès que vous l'aurez décidé, nous partirons pour le Mexique.

Je le remerciai d'un hochement de tête et m'en fus rejoindre Maïna. J'aperçus alors Esteban trônant comme un conteur d'Orient devant une assemblée de soldats captivés par le récit qu'il leur faisait, à grosse voix et gestes larges, de notre fabuleux voyage dans ces pays inexplorés apparemment peuplés de dragons et de diables. Je m'assis près de ma compagne.

– Votre esclave a tout entendu, me dit-elle, l'air amusé. Ce capitaine vous admire mais moi, par contre, je l'intrigue. Il ne nous quitte pas des yeux. N'oubliez pas de me traiter avec le mépris qui convient.

Ce « vous » piquant me fit sourire. Je répondis d'un ton léger que je m'en ferais un devoir. Tout était plus simple, à vrai dire, que je n'avais imaginé. Les soldats, à les voir ainsi affalés autour d'Esteban, avaient l'air d'innocentes bêtes incapables de faire tort à qui que ce soit ici-bas. Ils paraissaient presque enfantins, grossiers, certes, mais sans malice. Et pourtant ils avaient tué, non point comme on fait à la guerre, fer contre fer, loyalement, mais d'abominable manière, pour rien, par haine débridée, par plaisir d'embrocher des mères avec leur enfant sur le sein. Ceux qui avaient commis ces effrayants massacres étaient aussi des êtres aux regards étonnés, à la mine candide, avides de gober leur tétée de paroles, de faits d'armes tonitruants et d'ébahissements heureux. Comment, avec ces têtes-là, pouvaient-ils être malfaisants ? Ils l'étaient cependant, et le seraient encore. Seigneur, quels univers, derrière ces regards ! Quelles forêts peuplées de monstres, quelles tempêtes, quels déserts, et quels rêves, aussi, d'oasis ! « Sommes-nous tous ainsi, me dis-je, tous des ogres, tous des enfants, tous effrayés, tous effrayants ? » Trois hommes vinrent m'apporter une couverture espagnole, une soupe de haricots et un quignon de pain rassis. Je leur demandai si la troupe avait rencontré des cités, des gens accueillants, ou hostiles.

– Oh, rien d'intéressant, me répondirent-ils. Depuis plus de cent jours, pas le moindre grain d'or. Des villages, tous décevants.

– Qu'avez-vous fait des habitants ?

– Des rôtis, dit négligemment le plus fringant des trois compères.

Les autres rirent. Je me tus.

– Si vous avez quelque besoin, nous sommes à votre service, me dirent-ils en s'en allant.

Ma compagne baissa la tête. Je la vis blessée, accablée. Je

n'osai pas la consoler. Je me méfiais de Torrès qui donnait des ordres à ses gens sans cesser de nous épier.

Nous partîmes le lendemain, tous à cheval, même Maïna, malgré son amusante crainte de voyager si haut perchée. Le capitaine tint à nous avoir tous deux aux bords de sa monture. Comme nous traversions la source :

– Vous l'aimez beaucoup, me dit-il en me désignant ma compagne.

Je ne voulus pas lui répondre. Je lui lançai un coup d'œil noir. Il dit encore :

– Hernán Cortés avait lui aussi une esclave dont il était très amoureux. La Malinche, c'était son nom. Elle connaissait tous ses secrets. Quand l'empereur Moctézuma voulut traiter avec son maître, ce fut par elle qu'il passa. Elle fut partout son interprète. Elle était fille de péon, mais sa beauté était royale. Elle lui a donné un garçon.

Je l'ignorais. J'en fus touché. Maïna me lança un coup d'œil d'une fierté si lumineuse que j'en fus tout embarrassé. Torrès ne perdit rien de notre jeu furtif. Il tapota mon dos et partit d'un grand rire.

Tout au long de la chevauchée nous ne rencontrâmes que ruines, croix plantées sur des places vides, esclaves nus et enchaînés dans les jardins des monastères, et tas de cadavres pourris dans des hameaux abandonnés. Dieu merci, nous étions pressés. J'obtins de notre capitaine que nous ne nous attardions pas en dévastations superflues. Il m'avoua qu'il était las d'explorer ce pays sans fin dont il avait longtemps espéré des merveilles et qui ne lui avait rien donné, sauf des miséreux à tuer. Il me dit aussi, une nuit, dans la seule maison debout d'un village peuplé de chiens, que j'avais eu beaucoup de chance de trouver un être à aimer.

– Sans doute n'ai-je pas mérité ce bonheur que vous avez eu, me dit-il.

Je lui répondis que peut-être, s'il avait été désarmé, quelque femme serait venue lui offrir un bol de sa soupe. Il en demeura tout pensif.

– Impossible, dit-il enfin. Je n'ai pas rencontré de gens, je n'ai vu partout que des bêtes.

Il en parut si désolé que je fus pris de compassion.

– Imaginez, Torrès, lui dis-je. Vous voyez une forme, au loin. Vous pensez : « C'est un animal. » Vous vous approchez. Vous pensez : « On dirait bien que c'est un homme. » Vous voici en face de lui. Vous parlez, il vous parle aussi. Vous découvrez votre pareil. Les Indiens sont tout comme nous. Je le sais, ils m'ont accueilli. Je le dirai au gouverneur. Je lui dirai : « La peur éloigne. Envoyez des soldats sans armes à la rencontre de ces gens et vous découvrirez des hommes, des femmes dignes d'être aimées et des enfants pareils aux vôtres. » Il m'entendra, j'en suis certain.

Je me sentais content, joliment exalté. Il me regarda, ébahi. Il répondit :

– Vous êtes fou.

J'aurais dû tenter de comprendre pourquoi il me traitait ainsi, mais non, je voulus le convaincre et m'obstinai comme un baudet. Quatre-vingts journées de voyage nous amenèrent à Mexico. Je fus aimablement reçu par le gouverneur de la ville, don Antonio Sanchez del Mar. Il avait bien connu Narváez. Il le haïssait de bon cœur. Devant lui et ceux de sa Cour je racontai ma longue errance. Je dis les malheurs des Indiens, leurs ignorances, leurs bontés. J'affirmai hautement qu'ils n'étaient pas des bêtes mais des êtres doués de sens, de désirs proprement humains et de soucis très ordinaires. Si j'avais entendu Torrès, j'aurais certes été plus prudent. On me posa mille questions. J'y répondis sans prendre garde aux grimaces et aux airs hautains qui accueillirent mes paroles. Un moine environné de femmes abandonna leur compagnie, me vint dessus et prétendit que j'avais été envoûté. Alors on s'écarta de moi, et les nobles de l'assistance commentèrent entre eux, en riant, ce qu'ils appelaient mes mensonges et mes visions d'écervelé. On nous mena, Maïna et moi, dans un couvent de franciscains. Je craignis qu'on ne nous sépare. Nous vécûmes de mauvais jours. Heureusement, Esteban vint avec son sac d'or sur l'épaule. Il avait élu domicile dans une taverne à soldats. Il paya de quelques pépites notre fuite pour Veracruz cachés dans une caravane de chariots qui ne portaient rien que quelques ballots de maïs. Il nous dit adieu sous la pluie, un triste matin de septembre. Comme les chevaux s'ébranlaient il me fourra dans la chemise une poignée de son trésor et s'effaça dans le brouillard. A lui mes pensées fraternelles. J'espère parfois sa venue quand je vois une caravelle passer entre le ciel et l'eau.

14

Mon fils, vous avez vu le jour sur le navire chargé d'or, de masques et de bijoux volés qui nous ramenait à Séville. Cela se fit à mi-voyage, par temps bleu, sans vent, vers midi. Je vous ai offert au soleil, à la proue de notre bateau, adossé aux vivats des hommes, et j'ai vu les Esprits de l'air danser, là-haut, autour de vous. A quoi bon vous dire ma joie, ma naïve fierté de père ? Vous connaîtrez ces sentiments, un jour futur, si Dieu le veut. Ils ne doivent pas être dits, ils sont trop vastes et trop intimes, trop proches de ce lieu de l'âme où le Seigneur de l'univers se cache pour rêver de nous. Vous êtes venu sans douleur. A peine sorti de son ventre, votre mère vous a souri et vous a serré dans ses bras, et moi auprès d'elle, à genoux, je suis resté la bouche ouverte à penser que peut-être bien, si j'avais traversé le monde, ce n'était que pour vous trouver, vous, mes trésors inespérés.

C'est au cours de la traversée que j'ai écrit au roi, mon maître. J'ai été prudent, mesuré. Je me suis gardé de tout dire, mais ma relation de voyage était encore trop hardie. On me conseilla de me taire et de prier pour qu'on m'oublie. Par souci de demeurer libres nous sommes partis pour Oran, où nous sommes depuis sept ans. Reverrai-je l'Espagne un jour ? Cela parfois me préoccupe, mais de moins en moins, je l'avoue. Le seul exil insupportable est d'être loin de ses amours. Notre cœur est notre maison, la seule que Dieu nous accorde. Tout est bien, nous sommes chez nous.

DU MÊME AUTEUR

Démons et merveilles de la science-fiction, essai, Julliard, 1974.

Départements et territoires d'outre-mort, nouvelles, Julliard, 1977 ; et Seuil, Points n° P732.

Le Grand Partir, roman, Seuil, 1978 ; Points n° P525.

L'Arbre à soleils, contes, Seuil, 1979 ; Points n° P304.

Le Trouveur de feu, roman, Seuil, 1979 ; Points n° R695.

Bélibaste, roman, Seuil, 1982 ; Points n° P306.

L'Inquisiteur, roman, Seuil, 1984 ; Points n° P66.

Le Fils de l'ogre, roman, Seuil, 1986 ; Points n° P385.

L'Arbre aux trésors, contes, Seuil, 1987 ; Points n° P361.

L'Homme à la vie inexplicable, roman, Seuil, 1989 ; Points n° P305.

La Chanson de la croisade albigeoise, traduction, Le Livre de poche, « Lettres gothiques », 1989.

L'Expédition, roman, Seuil, 1991 ; Points n° P524.

L'Arbre d'amour et de sagesse, contes, Seuil, 1992 ; Points n° 360.

La Bible du hibou, contes, Seuil, 1994 ; Points n° P78.

Les Sept Plumes de l'aigle, récit, Seuil, 1995 ; Point n° P1032.

Le Livre des amours, contes, Seuil, 1996 ; Points n° P584.

Les Dits de maître Shonglang, poèmes, Seuil, 1997.

Paroles de chamans, Albin Michel, « Carnets de sagesse », 1997.

Paramour, roman, Seuil, 1998 ; Points n° P760.

Contes d'Afrique, Seuil, 1999.

Contes du Pacifique, Seuil, 2000.

Le Rire de l'ange, roman, Seuil, 2000 ; Points n° P1073.

Contes d'Asie, Seuil, 2001.

Le Murmure des contes, Desclée de Brouwer, 2002.

La Reine des serpents, contes, Seuil, « Points Virgule », 2002.
Contes d'Europe, Seuil, 2002.
Contes et recettes du monde (en collaboration avec Guy Martin), Seuil, 2003.
L'Amour foudre, contes de la folie d'aimer, Seuil, 2003 ; Points n° P613.
Contes d'Amérique, Seuil, 2004.
Contes des sages soufis, Seuil, 2004.
Le Voyage d'Anna, roman, Seuil, 2005 ; Points Grands Romans n° P1459.
L'Almanach, Editions du Panama, 2006.

Site de l'auteur :
www.henrigougaud.fr

Composition IGS
Impression : Imprimerie Floch, février 2008
Éditions Albin Michel
22, rue Huyghens, 75014 Paris
www.albin-michel.fr

ISBN : 978-2-226-18232-6
N° d'édition : 25782 – N° d'impression : 70392
Dépôt légal : mars 2008
Imprimé en France.